STERNE LEUCHTEN NUR IN DER NACHT

ELI BETH

Veröffentlicht von
Elisabeth Wagner
Franz Soronics- Straße 1, A- 7000 Eisenstadt

Alle Rechte vorbehalten.

Umschlaggestaltung und Buchsatz: wabe.design
Korrektorat: Schreib- und Korrekturservice Heinen

Herstellung und Verlag: BoD — Books on Demand, Norderstedt
ISBN: 9783746018744

www.elibeth.at

Ein guter Mensch ist ein Stern für jene,
die das Licht nicht finden.

— PHIL BOSMANS

KAPITEL 1

*L*aute Musik dringt mir in die Ohren. Der Bass lässt die feinen Härchen auf meinen Unterarmen zittern, als würden sie im Rhythmus wippen. Mein Körper kann sich kaum noch gerade halten. Es ist einfach viel zu heiß hier drinnen. Dennoch will mein Kopf nicht aufhören – ich muss tanzen, muss den Frust wegbekommen!

»Lulu!«, brüllt meine Freundin und doch kommt es nur dumpf bei mir an. »Ich kann nicht mehr.« Ninja sieht wirklich fertig aus, Schweiß liegt auf ihrer Stirn und ihre Mascara ist nicht am richtigen Platz.

»Bitte, bitte, bitte, lass uns an die Bar. Trinken. Der ganze Alkohol ist ja längst ausgeschwitzt.« Seufzend höre ich auf zu tanzen, ergreife ihre Hand und verschränke meine Finger mit ihren. Mit einem dankenden Lächeln schaut sie mich an und zerrt mich von der übervollen Tanzfläche – nicht dass es woanders weniger voll wäre, aber in der restlichen Diskothek bekommt man immerhin etwas mehr Sauerstoff in seine Lungen – anschließend drückt sie mir einen Kuss auf die Wange.

»Gern geschehen. Und doch schuldest du mir einen Drink«, kokett lächle ich sie an. »Und eventuell noch ein wenig mehr.« Ich nehme meine Unterlippe zwischen die Zähne, was ihre Augen aufblitzen lässt. Aber sie schüttelt den Kopf.

»Komm«, sagt sie mit hochgezogenen Augenbrauen und führt mich zur Bar. Kurz darauf halten meine Freundin ein Captain-Cola und ich ein Bier in der Hand.

»Auf einen heiteren Abend«, säusele ich in ihr Ohr. Ninja legt ihren Kopf zur Seite, was ihre Wange an meine streichen lässt.

»Jetzt«, flüstert sie. Ich lese es bloß von ihren Lippen ab, da nach wie vor diese katastrophale Discomusik um uns ist. Ja, ich hasse sie, allerdings ist sie wiederum so mies, dass ich hierhergehe, da es jeden einzelnen Gedanken in meinen Gehirnwindungen abtötet.

Sie haben ihr Ziel erreicht.

Ninja legt eine Hand auf mein mit einer dünnen Nylonstrumpfhose bedecktes Bein, lässt sie den Bruchteil einer Sekunde dort liegen, ehe sie stückchenweise hinaufwandert. Ich weiß, dass jedes Augenpaar im Moment auf uns ruht und das liegt wohl nicht an mir, wenngleich ich auch ohne Ninja ein Blickfang bin – positiv oder negativ sei dahingestellt.

Ich lasse mir ihre Aufforderung kein weiteres Mal sagen, sondern folge ihr bereitwillig, als wäre ich ihr Hund und sie hält mich an ihrer Leine.

Vielleicht ist das mein Fehler, weil ich genau das tue, was man von mir verlangt – egal, von wem. Irgendwie will ich es allen recht machen.

Obwohl ich das hier angefangen habe, habe ich nicht die geringste Ahnung, ob ich es tatsächlich will.

»Ich weiß, dass du es auch wie ich möchtest«, wispert sie in mein Ohr, als sie mich an die Mauer neben dem Toiletteneingang presst. Ein Lächeln schummelt sich auf meine Lippen – ich schiebe es auf den Alkohol.

»Lass mich vergessen«, hauche ich in ihr Ohr, denn Ninja weiß nicht, worum es geht. Sie hat absolut keinen Schimmer, wovon ich spreche, und das ist gut. Sie ignoriert es sowieso. Sie genießt einfach diesen Moment mit mir, wo ich es zulasse, dass sie mich anfassen darf, so wie sie es gerne mag.

Ihre Hände streichen zart über meinen nackten Bauch. Gänsehaut breitet sich von dieser Stelle aus, während ihre Zunge mit meiner tanzt. Adrenalin schießt durch meinen Körper, Glücksgefühle wollen mich überströmen, allerdings ist da etwas, das sie nicht vollständig aus mir herauslassen. Aber ich bemühe mich und ziehe meine Freundin näher an mich ran. Meine Fingerspitzen streicheln an ihrer Seite aufwärts, bis ich eine ihrer blonden Locken fühle und damit zu spielen beginne. Nach und nach gleitet die gesamte Hand in diese weiche Lockenpracht.

Als würde man ein Daunenkissen zwischen die Finger nehmen.

Mit einem Mal reiße ich die Augenlider auf und sehe unzählige Augenpaare auf mir. Sie starren mich an, als wäre das hier falsch, und es mag sein, dass es das im Grunde ist, da ich Ninja nur benutze, um nicht denken zu müssen. Tränen schießen mir in die Augen, während die Finger meiner Freundin nach wie vor meinen Bauch und den Rücken erkunden und wenn ich es in aller Öffentlichkeit zulassen würde, wären sie längst woanders.

»Es tut mir leid«, presse ich mich mit beiden Handflächen von ihr weg. »Ich kann das heute nicht.« Schuldbewusst schüttele ich kräftig mit dem Kopf.

»Lulu ...«, beginnt sie diesen Satz, den ich sie nicht zu Ende sprechen lasse, da ich sie mit flehendem Blick anstarre. Nebenbei wird meine Atmung hektischer, der Puls schneller. Ich höre meinen Herzschlag, als wäre er der Bass eines Techno liedes, ansonsten ist im Moment kaum etwas anderes wahrnehmbar.

»Luisa, ich weiß, dass du es auch willst.« Sie rückt die

Zentimeter wieder zu mir, die ich versucht habe, mich zu entfernen, nur ist das ein äußerst schwieriges Unterfangen, wenn man an der Mauer steht. Und schlussendlich hat mich mein Name in die Realität zurückgeholt. Grölende Männer, die eine Zugabe fordern, begrüßen mich.

»Ninja ... tut mir leid. Sei mir bitte nicht böse«, seufze ich, ehe ich ihr ein Küsschen auf die Wange gebe und mich aus dieser beengten Situation befreie. »Sorry!«, rufe ich noch über meine Schulter und sehe im Augenwinkel, wie sie fragend die Arme in die Höhe wirft und dabei ungläubig ihren Kopf schüttelt.

Ich hasse heiße Körper, besonders dann, wenn ich mich durch sie hindurchzwängen muss, um an den Ausgang zu gelangen. Als wäre ich betrunken, torkele ich hin und her. Ja, ich habe viel getrunken, aber ich fühle mich im Moment alles andere als angeheitert.

»Scheiße, tut das gut«, rede ich mit mir selbst, als ich endlich nach Luft schnappen kann.

»Oh und wie«, werde ich von der Seite angesprochen.

Tief einatmen, Lulu.

Wenn du deine Ruhe haben willst, müsstest du nach Hause. Nein, nicht mal dort gibt es diese Ruhe. Die kenne ich nicht, da müsste ich eher auf eine einsame Insel flüchten.

»Heute wohl nicht in Laune, wobei ... das hat vorhin ja ganz anders ausgesehen.« Erst da bemerke ich, wer neben mir steht.

»Till«, seufze ich erleichtert.

»Höchstpersönlich«, grinst er mich an und legt seinen rechten Arm um meine Hüfte. Seine Hitze brennt auf der Stelle auf meiner Haut. »Was ist geschehen?«, fragt er unbeirrt. Till kennt einfach kein Tabu. Seine Angelegenheiten sind meine und umgekehrt, auch wenn ich das manches Mal nicht will, manches Mal aber irgendwie schon. »Du hast doch eben noch an Ninja gehangen.«

Wieder ächze ich. »Ja, mag sein. Aber es wurde mir zu viel.

8

Du weißt, ich mag Ninja. Nur nicht so, wie sie mich mag. Sie weiß so vieles nicht«, beginne ich zu sprechen, ehe mich Till stoppt, und das mit seinen Lippen auf meinen. Vorerst versuche ich, ihn von mir zu drücken, allerdings ist das im Grunde sinnlos. Er ist zu kräftig gebaut, als dass ich ihn wegdrücken könnte. Zudem mag ich es, wenn sein Bart an meinen Wangen kratzt. Im nächsten Moment ist seine Wärme jedoch weg, Till steht einen guten Meter von mir entfernt.

Scheiße, es ist so richtig kalt.

»Ich bring dich nach Hause«, sagt er und tritt ein weiteres Mal auf mich zu. »Du siehst … beschissen aus.« Seine Worte sind bloß ein Hauch an meinem Ohr, doch es ist, als hätte er mich damit wirklich gekränkt, und ein schäbiges Gefühl kommt über mich. Ich verschränke meine Arme vor dem Körper – Abwehrposition, ich will nicht verletzt werden.

»Sorry, Lulu«, haucht er und nimmt mich in seine Arme. »Ich meinte, dass du für heute wohl genug hast. Du siehst verdammt müde aus.« Erleichterung, ich hasse es, wenn mich jemand fertigmacht, paar kleine Wörter, dass ich miserabel, nichts wert sei, egal von wem, lassen mich wertlos erscheinen. Wobei es im Grunde immer nur eine Person ist, die es so meint, wie es gemeint ist. Ein unangenehmes Ziehen durchfährt mich und lässt schließlich meine Knie zittern.

»Alles in Ordnung, Lulu«, wispert Till. Eine seiner Hände verlässt mich und im nächsten Augenblick werde ich am Handgelenk gehalten, um in ein Taxi mehr oder weniger geschubst zu werden.

»Till!«, rufe ich erbost, da er mich wirklich unsanft hineingestopft hat. Mein Kopf bekommt es gerade zu spüren, da er zu brummen beginnt.

»Sorry«, murmelt er und nimmt mich in seinen Arm, als er die Tür hinter sich schließt. »Aber hier muss man schnell reagieren, wenn ein Taxi kommt.«

»Alles gut«, seufze ich erleichtert und kuschele mich näher an ihn ran, in dem Moment, in dem das Auto losfährt. Till ist meine Wärme, zumindest an einigen Tagen, an manchen mag ich ihn einfach nicht – das sind seine Machotage.

»Wir sind da«, flüstert er in mein Ohr, seine Finger streicheln zärtlich über meine Wange. Ich will die Augen nicht öffnen, da ich dieses Gefühl der Geborgenheit genieße.

»Komm mit.« Erwartungsvoll schaue ich ihn an, dabei beiße ich mir auf die Unterlippe.

»Luisa, ich weiß nicht, ob das die beste Entscheidung ist … nicht am heutigen Tag.« Im Augenwinkel sehe ich den ungeduldig wirkenden Taxifahrer, sein Zeigefinger tippt nervös auf die Rückenlehne des Beifahrersitzes. Im Grunde lässt es mich kalt, soll er doch, das Taxameter läuft schließlich und am Ende muss es Till oder ich bezahlen.

»Bitte«, flehe ich mit großem Wimpernaufschlag. »Er ist auch nicht hier«, füge ich beinahe tonlos hinzu.

Ohne ein weiteres Mal darüber nachzudenken, steckt er seine Hand in die Hosentasche, holt Geldscheine hervor und gibt sie dem Fahrer.

»Stimmt so.«

»Danke«, flüster ich, bevor ich mich über ihn beuge, um die Tür zu öffnen, und hinauskletter.

KAPITEL 2

*W*ieso habt ihr hier draußen keine Laterne? Da stolpert man nicht nur über seine eigenen Füße, sondern auch über dieses unebene Kopfsteinpflaster.«

»Till, regt dich nicht über diese Kleinigkeiten auf, das Leben ist zu kurz dafür«, behaupte ich, während ich gekonnt über die bekannten Stolperfallen hüpfe und dabei meinen Freund, in so vielen Lebenslagen, hinter mir her ziehe. »Außerdem sind wir schon an der Eingangstür.« Ich halte an und drehe Till zu mir, meine Hände lege ich auf seinen Schultern ab. »Sei bitte leise, Matthias sollte nicht geweckt werden.«

»Wie immer, Lulu.« Ein süßes Lächeln legt sich auf seine Lippen, danach schließe ich die Tür auf. »Und Schuhe ausziehen, in die Hände nehmen und mit auf dein Zimmer«, plappert er meine Predigt vor sich hin.

»Danke«, flüstere ich und drücke ihm ein Küsschen auf die Wange, bevor wir ins Haus treten.

»Was war das eben eigentlich für eine Show?«, fragt er seelenruhig und an die Zimmerdecke starrend, als wir längst über dreißig Minuten in meinem Bett liegen.

»Show?« Fragend hebe ich meine Augenbrauen und lehne mich von ihm weg. »Was meinst du?«

»Na, was wohl?«, lacht er auf und hält sich gleich darauf eine Handfläche vor den Mund, um den Lärm zu dämpfen. Matthias hat nicht den besten Schlaf und jedes zu laute Geräusch würde ihn wecken.

»Du und Ninja ...« Dadurch, dass er seinen Rücken zum Fenster gedreht hat, liegt auf seinem Gesicht ein dunkler Schatten, allerdings weiß ich, dass er mich in diesem Augenblick ziemlich bescheuert ansieht.

»Ich ... du weißt doch, dass ... argh ... Till«, verzweifle ich während meiner Erklärung.

»Komm, sag schon«, drängt er mich, dabei rückt er ein Stück an mich ran, bis seine Beine meine berühren.

»Nein ... du weißt, warum.«

»Weiß ich es?« Wieder kommt er näher. Seine Körperwärme beginnt mich zu umhüllen. Sein Daumen streichelt vorsichtig über meine Wange, ich lehne mich automatisch an ihn und spüre sogleich seine gesamte Handfläche. Ich nicke in seine Hand.

Till kreuzt unsere Beine und drückt mich an sich, seine Nasenspitze berührt meine, so fühle ich seine hektische Atmung gegen mein Gesicht.

»Till«, seufze ich unweigerlich. Ich will mich bei ihm verstecken, will mich mit ihm vergessen, will alles vergessen. »Lass mich Mensch sein«, wisper ich, ehe mein Mund seine berührt. Ich genieße es, wie seine vollen Lippen meine einrahmen. Seine Zungenspitze drängt dagegen, bis ich meinen Mund öffne und sich unsere Zungen treffen. Ich schmecke den kalten Rauch. Eigentlich hasse ich es, das habe ich ihm mehr als nur ein einziges Mal gesagt, doch ich weiß, dass ich kein Recht dazu habe, etwas an ihm zu kritisieren. Er ist nicht der Mann, dem ich mein Herz schenken kann, niemand ist das.

»Du bist so wundervoll«, unterbricht Till meine Gedanken, die ich nicht denken sollte.

»Pst!« Den Zeigefinger lege ich auf seine Lippen, anschließend drehe ich mich so, dass ich mich auf ihn legen kann. »Kein Wort, Till.« Schließlich setze ich mich auf ihn. Aufreizend sehe ich zu ihm hinab, während ich mir das Top Stück für Stück höher ziehe. Mein Herzschlag erhöht sich im selben Moment. Man kann noch so oft Sex gehabt haben, noch so oft mit derselben Person, dennoch ist es jedes Mal aufs Neue aufregend. Meine Finger sind sogleich auf seinem Oberkörper, den ich bereits angestarrt habe, als sich Till für das Bett fertig gemacht hat – also seine Klamotten bis auf die eng anliegenden Boxershorts ausgezogen hat. Mit beiden Handflächen streichle ich darüber und wieder hinauf, um danach mit meinen Nägeln dieselbe Strecke wieder abwärts zu kratzen. Sein Gesicht zeigt mir, dass es womöglich nicht so angenehm ist, aber das zwischen uns ist meiste Zeit nicht angenehm, da müssen es der Sex und das dazugehörige Spiel auch nicht sein. Rote Striemen sind gleich auf der Haut sichtbar.

Wir sehen uns einfach an, während meine Hände die Arbeit übernommen haben. Die linke schafft es irgendwie, das letzte Kleidungsstück von ihm zu entfernen, während die rechte nach wir vor über dieses Sixpack streicht. Als das letzte Stück Stoff von ihm ist, packt die andere Hand allerdings woanders kräftig zu.

»Verdammt, Lulu«, stöhnt er laut, woraufhin ich ihm wieder einen Finger auf den Mund lege. Meine Hand um seine Erektion greift stärker zu. Ich stemme mich etwas hoch, um mit dem Penis an meinem Eingang zu spielen. Der Lusttropfen und meine Feuchte vermengen sich. Ich reibe an mir selbst, was mir beinahe die gesamte Kraft im Körper raubt und mich zwingt, mich wieder auf Till zu setzen. Mein Bettfreund erkennt mein Verlangen und hebt mich an der Hüfte in die Höhe. Schließlich bringe ich das Glied in die perfekte Position und setze mich auf ihn. Ein wohliges Gefühl, das Empfinden ganz zu sein, durchströmt mich. Hitze gepaart mit Lust und Begierde nach diesem heißen Körper unter mir.

Meine Arme greifen hinter mich, damit ich mich an seinen Oberschenkeln abstützen kann. Till hingegen umfasst mit einer Hand meine zierliche Brust und knetet sie mit angepasstem Druck, es turnt mich an und lässt mich das Tempo erhöhen. Brummen tönt aus seiner Brust. Ich beiße mir in die Innenwange, um keinen Laut von mir zu geben, dabei würde ich gern ein einziges Mal so richtig hemmungslos aufstöhnen wollen, den Namen der unter mir liegenden Person rufen, als gäbe es niemand anderen außer den oder die eine.

Doch es gibt im Grunde viel zu viele, sodass ich vermutlich auch noch aufpassen müsste, um nicht den falschen Namen zu sagen.

Ich sollte mein Leben überdenken.

Immer hastiger klingt das Gebrumme, ich spüre, wie Till tiefer in mich einzudringen versucht, daher nehme ich seine Hände, ziehe ihn hoch und lege meine Beine um seine Hüfte.

»Sch… verdammt«, dringt es schließlich aus ihm heraus. Nicht jeder kann stumm sein. Aber ich kann ihn zum Schweigen bringen und presse meine Lippen auf seine, dringe dabei forsch mit der Zunge ein, was diesen Sex um ein Vielfaches heißer macht. Die Oberkörper sind aneinandergepresst – der Schweiß ist spürbar. Meine momentan pinken Haare kleben an meiner Stirn, von den Locken der Ausgehnacht ist wohl auch nicht mehr viel über. Immerhin habe ich mich vorher abgeschminkt, ansonsten wären Mascara und Co. nicht an Ort und Stelle, da mir die Hitze bis in den Kopf gestiegen ist.

Zungenspiel und Sexspiel finden den gleichen Rhythmus, während ich meine Arme um seinen Nacken lege und meine Finger in dieses zerzauste dunkelblonde Haar gleiten und daran reiße. Irgendwie muss man seinen Emotionen freien Lauf lassen, wenn es auch nicht auf laute Art und Weise möglich ist. Till hat ganz offensichtlich seine Art gefunden und krallt seine Fingernägel in meinen Hintern, ich sehe mich schon im Spiegel, wie ich meinen Po inspiziere, denn das fühlt sich verdammt noch mal sehr schmerzhaft an, als würde er tatsächlich alle Hautschichten bis an das Blut durchbohren. Doch jedem das seine und wir benötigen das.

Ein letztes Mal kralle ich mich fest in seine Haare, bevor mich ein Hitzeschwall durchströmt und ich mit aufeinandergebissenen Zähnen den Höhepunkt erreiche.

Ehe ich auf Tills Schulter sacke, umfassen seine Hände ein weiteres Mal meine Hüften, um mich zu heben, da er haargenau weiß, dass mich schnell die Kraft verlässt und ich schließlich mein Vergnügen hatte. Aber er will auch seinen Spaß haben und hebt mich weiter auf und ab. Nach gefühlten Minuten, wenn es auch nur Sekunden gewesen sind, habe ich mich wieder unter Kontrolle, um Till zu helfen, und mir offenbar ebenso, denn er hat scheinbar mehr für mich in dieser Nacht vorgesehen. Sein Daumen beginnt an meiner empfindlichen, immer noch pulsierenden Stelle zu kreisen. Ich atme scharf durch meine Zähne ein, dabei halte ich die Luft für eine Zeit an, bevor ich sie loslasse.

Verdammt, das treibt mich gerade so richtig in den Wahnsinn. Ich will schreien!

Till dringt etliche Male heftig in mich ein, regelrecht spastisch und zieht mich ein weiteres Mal mit sich. Fix und fertig lehne ich nun die Stirn gegen seine Schulter. So verweilen wir einige Zeit, bis ich von ihm absteige, um mich mit der Decke zu verhüllen.

Mein Bettfreund wird vom schwachen Licht des Mondes angestrahlt. Zärtlich streiche ich mit dem Zeigefinger über seinen Nasenrücken, seinen Mund und schließlich den Oberkörper. Am Bauch halte ich an und lege die ganze Handfläche darauf.

»Danke, Till«, nuschele ich in das Kissen.

»Nicht dafür.« Er gibt mir einen Kuss auf die Haare, hebt meinen Kopf, sodass er seinen Arm unter mich legen kann, und zieht mich zu sich. »Es war mir doch selbst ein Vergnügen.« Wenn er könnte, würde er nun laut auflachen.

»Wer hätte es gedacht«, sage ich spielerisch und klatsche auf die nackte Haut.

»Luisa … du kannst immer die romantischsten Momente versauen.« Till klingt beinahe gekränkt, aber ich bin mir ziemlich sicher, dass er es nur spielt, schließlich wissen wir, was wir aneinander haben und haben können.

»Weil zwischen uns ja auch nur irgendetwas romantisch ist. Das ist Sex, getrieben von der Lust.«

»Mag sein«, seufzt er und presst seine Lippen auf meine Schläfe. »Schlaf nun. Das wird dir guttun.« Ich murmle ein »Ja«, ehe mir die Augen zufallen.

»Gute Nacht, du wundervolle … geheimnisvolle Frau«, lausche ich noch seinen Worten, bevor ich im Land der Träume, dem Land des Unbekannten eintreffe.

KAPITEL 3

*L*uisa!« Auf der Stelle beginnt mein Puls zu rasen.

Wo bin ich?

Woher kommt diese Hitze?

Ich bin daheim und das ist meist nicht gut, nein, das ist niemals gut. Noch dazu dann nicht, wenn Egon früher als geplant nach Hause kommt. Panik schießt mir durch alle Glieder. Ich bin wie gelähmt, jedoch sollte ich mich bewegen und handeln und das rasch … schnell … schneller als schnell.

»Wo steckst du, du …«, brüllt er. Das letzte Wort muss er nicht aussprechen, vielleicht lässt er es ja nur wegen Matthias aus – das ist zumindest meine Hoffnung. Doch dann könnte er noch so viel mehr bleiben lassen, das für Matthias' Augen und Ohren nicht bestimmt ist, allerdings tut er es nicht.

»Till«, kreische ich, aber das irgendwie ohne Ton, schließlich soll es niemand außer ihm hören und diese Türen sind nicht gerade schalldicht. »Wach auf«, rüttele ich an seiner Schulter, dabei blicke ich an dem nackten Mann neben mir runter. Er hat sich gestern nicht einmal die Mühe gemacht, sich zuzudecken, was mir seine morgendliche Latte direkt präsentiert.

»Er ist da«, rüttle ich kräftiger an ihm, bis er endlich die

Augenlider aufschlägt und es ihm auch gelingt, sie nach etlichen Malen blinzeln geöffnet zu halten. Ich bin so dermaßen in Panik, dass ich über das Augenoffenhalten nicht nachdenken muss – das ist das Einzige, das im Moment wirklich automatisch klappt. Abgesehen vom Atmen, wobei das irgendwie nicht so funktioniert, wie es vermutlich sollte – viel zu hektisch atme ich ein und aus. Wenn das so weitergeht, hyperventilier ich und falle in Ohnmacht, dann stolziert dieser Arsch in mein Zimmer, was alles um ein Vielfaches schlimmer macht, wenn ich diese Situation nicht schnell in den Griff bekomme.

»Luisa!«, brüllt er und das ist nun ziemlich nahe gewesen. Till sieht mich entschuldigend, mit Bedauern, ängstlich an.

»Hau ab, oder nein, durch das Fenster geht nicht. Da brichst du dir das Genick. Ich brauche dich noch länger und das nicht nur für den guten Sex.«

»Er ist gut?«, fragt er kokett nach.

»Keine gute Zeit für Scherze, du hörst die Schritte.« Mehr Panik breitet sich in mir aus. »Unter das Bett mit allen Klamotten und den Schuhen.« Nur gut, dass mein Bett dieses Betttuch hat, das bis zum Boden reicht.

Im selben Moment, als Till sich unter das Bett rollt, geht die Tür auf. Mit zusammengebissenen Zähnen und die Decke um mich gewickelt sehe ich in die dunklen Augen von Egon.

»Wo sind Matthias und Vera?« Erbost tritt er immer näher, als wüsste ich die Antwort auf diese bescheuerten Frage.

»I... ich weiß es nicht«, stotter ich vor mich hin. Aber anders kann ich mich vor ihm nicht verhalten, da helfen mir auch nicht meine vierundzwanzig Jahre.

»Wieso nicht?« Seine Nasenflügel beben, sein Kopf ist hochrot. Ob es rein durch die Wut oder die zu eng gezogene Krawatte ist, kann ich nicht genau sagen.

»Du hilfst mir nun«, lacht er höhnisch auf, packt mein Handgelenk und zerrt mich aus dem Bett – nackt, so wie ich von einem Monster erschaffen wurde.

»Lass mich was anziehen«, brülle ich, was allerdings ein Fehler meinerseits gewesen ist. Ich darf einfach nicht denken, wenn ich in seiner Nähe bin, denn schon liegt seine flache Hand auf meiner Wange. Es brennt höllisch. Egon ist groß, er wirkt wie ein Bär, sobald er vor einem steht, ein Bär mit zu viel Kraft und obendrein einen temperamentvollen Charakter.

»Du kannst auch nackt gehen, wenn du nachts zu besoffen bist, um deine Klamotten zu finden, du Schlampe.« Tränen schießen mir in die Augen, weil ich weiß, dass er einerseits irgendwie recht hat. Im Vorbeigehen an der Leseecke schnappe ich mir die Decke vom Ohrensessel und wickele sie mir um den Körper, um nicht mehr unverhüllt durch das Haus laufen zu müssen, und in der Hoffnung, auf irgendeine Art etwas Wärme in mich zu bekommen.

Es ist so absurd, durch dieses Haus zu gehen, da es so aussieht, als lebte hier die perfekte Familie – immer alles am rechten Platz, nichts tanzt aus der Reihe, man findet nie auch nur ein Staubkorn, Fotos von fröhlichen Personen hängen im Flur. Eine reine Scheinwelt, die das Gute zum bösen Spiel ist.

»Beweg deinen fetten Arsch, oder soll ich dir zeigen, wie man seine Beine bewegt?«, knurrt Egon hinter mir und schubst mich ein wenig vorwärts, sodass ich beinahe ins Stolpern gerate.

Wieso haust du nicht einfach ab?

Danach verschwindet er die Treppe abwärts, um höchstwahrscheinlich Vera zu suchen. Ich hoffe so für sie, dass sie spazieren ist, oder schlicht irgendwo, wo sie Egons Laune nicht begegnet, es reicht vollkommen, wenn ich unter ihm leiden muss.

»Matthias«, wisper ich und eile zu seinem Zimmer. Bevor ich eintrete, klopfe ich an. Falls er daheim ist, weiß er, dass es nur Vera oder ich sein kann. Mister Arschloch würde niemals auch nur einen Gedanken daran verschwenden, an eine Tür zu klopfen, da hier sowieso alles seines ist.

»Hey Kleiner«, sage ich leise, als ich in seinen Raum trete.

»Ist er weg?«, höre ich eine ängstliche Stimme, die sehr nach weinen klingt.

»Nein, bleib besser versteckt«, flüster ich. »Ich wollte nur wissen, ob du hier bist. Wenn die Luft rein ist, komme ich zu dir. Hab dich lieb, Kleiner.« Es zerreißt mir das Herz, weil ich weiß, wie verängstigt er nun in seinem Zimmer hockt, zumindest gut getarnt. Wir haben schon dafür gesorgt, dass er einen Ort hat, wo ihn niemand findet.

»Luisa!« Für einen Augenblick schließe ich die Augen und denke mich an einen Strand, bis ich wieder meinen Namen schreien höre.

»Runter mit dir.«

Widerstand ist zwecklos, deswegen tue ich das, was er will.

In der Küche erwartet mich derselbe hochrote Kopf wie noch vor fünf Minuten, doch auf seiner Stirn sind um die hundert Falten mehr dazugekommen, seine Arme sind zudem vor dem Körper verschränkt, dennoch erkenne ich ein Stück Papier zwischen seinen Fingern.

»Ich wollte Vera hinzuziehen, aber offensichtlich ist sie ja der Meinung, nicht daheim sein zu müssen.« Wenn Egon so etwas Ähnliches wie normale Sätze herausbringt, oder zwingt, klingt es nach Hass und das lässt einen kalten Schauer über mich rieseln und diesen Knoten in meinem Bauch anwachsen, der sich bis in den Hals zieht.

»Was soll das?« Diesem Blick kann man und darf man nicht ausweichen, ansonsten wird es schlimmer.

»Ich … Vielleicht kö… könntest du mir sagen, was du hier hast?«, probiere ich, den Satz rasch über meine Lippen zu bekommen, aber es gelingt mir in seiner Gegenwart nie auch nur ein gerader Satz, jedes Mal stotter ich, als wüsste ich nicht, was die Wörter aus meinem Mund bedeuten.

»Eine Jobzusage.« Innerlich versuche ich, mich zu freuen, als ich diese Worte höre, doch dann dämmert es mir, dass Egon das nie hätte lesen dürfen.

»Ja, weißt du … ich da… dachte, dass es gut wäre, Erfahrungen zu sammeln.« Eigentlich will ich niemandem auf der Tasche liegen, vor allem diesem Menschen nicht, da es bloß bedeutet, abhängig zu sein und in seiner Schuld zu stehen.

»Mach erst dein Studium fertig, du hast dir eingebildet, dieses Modestudium zu machen. Danach kannst du über Praxis nachdenken.« Seine Augen funkeln mich an und sein dunkles Braun der Iris wirkt in jenem Moment schwarz.

»Natürlich, Vater«, antworte ich und senke meinen Blick zu Boden.

»Hast du mich verstanden?« Mit einem Mal steht er vor mir, seine Finger greifen um meinen rechten Unterarm und drücken kräftig zu. Es schmerzt, so als würde er versuchen, mir Elle und Speiche zu brechen. Ich weiß, dass er das könnte, doch vorerst wird es bei den Blutergüssen bleiben.

»Ja, selbstverständlich.« Irgendwie bringe ich es über meine Lippen und sehe ihn dabei an, ohne nur eine Träne aus meinen Augenwinkeln entkommen zu lassen.

»Jetzt hau ab, du … Ich will dich an diesem Tag nicht wieder unter die Augen bekommen.« Egon vollendet seinen ersten Satz nicht, aber das muss er nicht, weil ich weiß, wie er über mich denkt.

Du bist ja auch nichts wert.

Bist eine Gestalt, die im Leben umherschwankt.

»Ja, Vater.« Beide Hände umklammern die Decke, es schmerzt, seine Finger so fest hineinzukrallen, allerdings lasse ich lieber hier meinen Frust aus als an einer Person. Das verletzt bloß andere Individuen. »Es tut mir leid, dass ich dich enttäuscht habe«, flüster ich rasch, als es mir schließlich gelingt, die Beine in Bewegung zu setzen. Sobald mein Fuß die erste Stufe berührt, laufen die Tränen an meinen Wangen hinab, ich reiße mich zusammen, damit ich nicht laut zu heulen beginne. Jede Schwäche in Gegenwart von Egon bedeutet mehr Stärke für ihn. Ich darf ihm nicht offensichtlicher zeigen, dass er mich gebrochen hat.

Er weiß es womöglich sowieso.

Kurz vor meiner Zimmertür höre ich, wie Egon die Arbeitszimmertür in das Schloss fallen lässt und den Schlüssel umdreht. Wahrscheinlich muss er sich auf diese Strapazen nun einen runterholen. Ich kann mir nicht vorstellen, dass er jeden Sonntag wirklich arbeitet, der treibt garantiert irgendeinen Mist darin.

Irgendwie gelingt es mir, zu meinem Zimmer zu gelangen, dabei fühle ich mich gerade so, als würde ich schweben, neben mir stehen und mir beim Heulen zusehen. An der Holztür angelehnt, sinke ich zu Boden, die Beine ziehe ich eng an mich, die Stirn lehne ich gegen meine Knie. Von nun an gibt es kein Halten mehr, die Tränen laufen an meinen Wangen hinab, tropfen auf die Kuscheldecke und auf das Parkett.

»Lulu«, dringt Tills besorgte Stimme an mein Ohr, der sich offensichtlich unter dem Bett hervorgerollt hat. Ich hatte ihn längst verdrängt in den vielleicht zwanzig Minuten, in denen mich mein Erzeuger gedemütigt hat. Aber es ist wohl in diesen Ausnahmesituationen okay zu vergessen, was in der eigentlichen Welt geschieht.

»Hey, Süße ... lass dich nicht unterkriegen«, flüstert er liebevoll in mein Ohr, dabei fühle ich seine Hand auf meinem Arm auf und ab streichen.

Ich weiß nicht, ob Till weiterhin versucht hat, mit mir zu sprechen, denn ich hab mich an einen anderen Ort geträumt oder einfach nur die Lider geschlossen und probiert, alles auszublenden, was mich umgibt.

»Lulu?«, fragt mein Freund irgendwann vorsichtig. Nach einem tiefen Atemzug hebe ich den Kopf und versuche, meine verweinten Augen zu öffnen. Als ich schließlich fokussieren kann, blicke ich in hellbraune Augen, in ein Gesicht, das mir zeigt, wie gern er mich hat. Seufzend lehne ich mich an seiner Schulter an und lege einen Arm um seinen Nacken. Die Finger spielen mit den feinen Härchen am Haaransatz, irgendwie beruhigt es mich.

»Louisa«, flüstert er meinen Namen, immer und immer

wieder, bis ich wieder hochsehe. »Warum gehst du nicht weg? Du könntest einstweilen bei mir wohnen. Ich hätte nichts dagegen, dich jeden Tag zu sehen.«

»Das kann ich mir schon denken.« Ein kleines Lächeln schummelt sich auf meine Lippen, das allerdings schnell vergeht. »Matthias!«, rufe ich laut auf und halte mir die Hand vor den Mund, da ich nach wie vor Angst vor Egon habe, auch wenn ich weiß, dass er in seinem Arbeitszimmer nichts von dem hört, was im Haus passiert.

»Nein, Till.« Vehement schüttele ich den Kopf, danach stehe ich auf. Die Decke lasse ich zu Boden fallen und krame daher nackt in meinem Schrank nach frischer Wäsche und schlüpfe sogleich in einen sauberen Slip und ziehe einen BH an.

»Zieh dich bitte an.« Ich beiße die Zähne aufeinander, da die Worte zu harsch herausgekommen sind. »Ich … es … es tut mir leid.« Mit gesenktem Blick gehe ich zu Till, der mittlerweile steht, und lege die Arme um ihn. »Das wollte ich so nicht sagen. Ich werde noch wie er. Was ist, wenn ich bereits so bin?« Rasch löse ich mich von ihm, um anschließend wild in meinem Zimmer auf- und abzulaufen. Vermutlich habe ich tatsächlich längst Furchen im Parkett, da es nicht das erste Mal ist, dass ich unendlich lange dieselbe Strecke im Raum laufe.

»Louisa …« Tills Hände liegen auf meiner Schulter, so komme ich zum Stehen und bemerke, dass mein gesamter Körper zittert. »Du bist du und niemand anderes. Hast du mich verstanden?« Sachte dreht er mich um, legt seine Hände auf meine Wangen, da ich seinem Blick auszuweichen versuche. »Du bist Lulu, eine liebenswerte Person, die vielleicht ab und an ein wenig aufbrausend ist, aber sag mir mal ehrlich … wer ist das nicht? Jeder kann ausflippen.« Sein Daumen streichelt unentwegt über meine Wange.

»Aber du bist die zuvorkommendste Person, die ich kenne. Du willst es allen recht machen und lässt *dich* meist im Regen stehen, wenn *du* doch in der Sonne stehen solltest, um dein eigenes Leben zu leben.« Till nähert sich meinem Gesicht, bis ich seinen Atem fühle. Die Augenlider schließe ich, nein, ich presse sie vielmehr zusammen, sodass vermutlich unendliche Falten auf meiner Stirn zu sehen sind.

»Du bist so wunderschön, Lulu«, haucht er, bevor ich seine Lippen auf meinen spüre. Es ist, als würden sie mit einem Mal verschmelzen und den Schmerz ein kleines bisschen wegnehmen. Für einen Moment nur, denn so gern ich Till habe, ich weiß nicht, was ich bei ihm empfinden soll. Freundschaft mit Vorzügen, doch ohne Gefühle.

»Komm zu mir«, wispert er, als unsere Lippen voneinander lassen.

»Es geht wirklich nicht, Till. Nein …«, seufze ich und gehe einige Schritte rückwärts, bis ich einen Sicherheitsabstand aufgebaut habe. Ich muss mir danach allerdings auf die Unterlippe beißen, da er nach wie vor nackt ist und mein Kopf weiß, dass er verdammt gut gebaut ist, und meine Libido bei längerem Hinstarren mehr will, als ihn bloß anzustarren, daher gehe ich in mein Badezimmer. Bin ich froh, dass ich ein so tolles Zimmer habe und mein eigenes Bad dazu. Wenigstens in der Hinsicht hat Egon damals mitgedacht, aber er war vermutlich nicht immer so und wollte seiner Tochter ein eigenes Bad bieten, damit sie das andere nicht blockiert. Ich weiß nicht, was mit diesem Menschen passiert ist.

»Lass uns anziehen und dann muss ich zu Matthias«, rufe ich aus dem Bad zu ihm. Ein ernüchterndes Seufzen ist aus dem Schlafzimmer zu hören. Es bricht mir das Herz, einen Menschen so zu enttäuschen, doch ich kann nicht anders.

KAPITEL 4

*J*ch klopfe drei Mal gegen die Holztür und öffne sie zaghaft. Dicht hinter mir ist der endlich angekleidete Till. Ja … hätte ich ihn noch länger angestarrt, wäre ich ihm wieder verfallen. Manchmal denke ich mir, dass ich nichts anderes kann, als Menschen zu verführen, um sie anschließend fallen zu lassen, nur damit ich kurz was fühlen kann.

»Matthias, ich bin es«, flüster ich, auch wenn ich längst nicht mehr wispern muss. Ich öffne den Schrank, während Matthias den Geheimplatz öffnet und herauslugt. Sofort werden seine Augen groß und er ist wieder in seiner Ecke.

»Hey … was ist denn? Die Luft ist rein.« Ich versuche, meine Stimme so ruhig wie nur möglich zu halten, damit er wirklich merkt, dass alles in Ordnung ist.

»Wer ist das?« Die Stimme meines kleinen Bruders bibbert richtig.

»Das ist doch nur Till«, lächle ich, obwohl er mich nicht sieht.

»Hi Kleiner. Na komm … raus mit dir. Seit wann hast du Angst vor mir?« Till gesellt sich zu mir und hockt sich auch vor den Kleiderschrank, bis sich die versteckte Tür wieder öffnet und ein Häufchen Elend herauskommt. Ich muss mich sehr beherrschen, damit ich nicht auf der Stelle wieder zu heulen beginne. Bin ich froh, dass mich Matthias sogleich umarmt und damit mein Gesicht nicht mehr sieht, denn die Fassade lange aufrechtzuhalten ist keineswegs leicht. Till legt seine Arme um uns beide und drückt kräftig zu.

»Was haltet ihr davon, wenn wir zu mir fahren. Ich koche was und danach sehen wir, was der Tag so bringt. Wie klingt das?«

»Oh ja, lass uns zu dir fahren.« Nichts ist mehr von der Traurigkeit, der Angst in der Stimme meines Bruders zu hören.

Einen Tag wieder Kind sein, wie schön das wäre, da vergisst man die Sorgen schneller.

Wir lösen die Umarmung und ich blicke auf ein strahlendes Kind – es steckt irgendwie an. »Na komm«, wuschele ich ihm durch das ohnehin zerzauste Haar. »Du solltest dich aber noch umziehen, oder willst du als Superman im Pyjama umherfliegen?«

»Haha … äußerst witzig, Lu.« Matthias streckt seine Zunge heraus. Er schnappt sich einen Packen Klamotten und saust in den Flur.

»Geh doch in mein Bad und schließ die Tür hinter dir ab«, rufe ich ihm nach. Schon wechselt er die Richtung und sprintet in mein Zimmer. Till reicht mir die Hand und hilft mir auf.

»Danke«, flüster ich beinahe tonlos.

»Das mache ich gern. Er ist cool«, lächelt er mich an. »Und du auch irgendwie.« Ein breites Grinsen zeigt sich auf seinen Lippen, was mir allerdings rote Wangen bereitet.

»Irgendwie auch, was?«, tue ich meine Verlegenheit ab und schubse ihn an der Schulter.

»Ja … meist, wenn du nicht gerade an Ninja hängst. Mit ihr abhängen ist in Ordnung, aber …«

»Schon verstanden.« Gut, die Verlegenheit ist verschwunden. »Du weißt schon, dass wir nur Freunde sind?« Als hätte ich keine anderen Sorgen, beginnt er nun, wie so oft, mit diesem Thema.

»Fühlt es sich so an, wenn man nur befreundet ist?«, fragt Till und kommt zu mir, dabei legt er seine Arme um meine Hüfte.

»Till … wir sind Freunde …« Ich schüttele den Kopf, lege meine Finger um seine Handgelenke und entferne die Arme von mir, als wären sie Gift und verätzten meine Kleidung, bevor er an der Haut angekommen ist und aus mir Gefühle hervorlocken will, die es nicht gibt.

»Freunde«, seufzt er und schüttelt meine Hände von sich ab. »Natürlich sind wir das.« Till leckt über seine Unterlippe, seine Finger fahren nervös durch die Haare, immer und immer wieder, bis er sich sichtlich beruhigt hat und erneut direkt vor mir steht, so nahe, dass ich seinem Herzschlag lauschen kann. »Was ist dann das?«, fragt er vorsichtig nach und presst seine Lippen auf meine, eine Hand hält meinen Hinterkopf. Tills Zunge dringt in mich ein und für einen Moment steige ich in dieses Spiel ein, bis ich seine Erektion durch seine Jeans und durch den Stoff meines Kleides spüre. Schließlich lege ich die Hände auf seine Schultern und drücke mich von ihm weg.

»Ich weiß es nicht. Ich kann es dir, um ehrlich zu sein, nicht sagen, Till.« Ich gehe einen Schritt zurück.

»Genießt du es?« Den Schritt, den ich vorher rückwärts gegangen bin, schließt er wieder auf.

»Das … ich weiß nicht.« Die Verzweiflung ist mir deutlich anzuhören. Ich fühle mich bedrängt und das ist das Letzte, was man mit mir tun sollte.

»Tut mir leid, Lulu«, mit gesenktem Kopf entschuldigt er sich. »Die Gefühle sind wohl mit mir durchgegangen. Die Nacht war kurz, der Morgen schon viel zu lang. Ich weiß doch, dass wir Freunde sind.« Sein Blick trifft meinen. »Komm her, lass dich drücken und das vergessen, gut?« Er breitet die Arme aus und wartet, bis ich darauf einsteige, um mich hineinzukuscheln.

Wärme und Geborgenheit.

Meine Arme lege ich auch um ihn, den Kopf auf seine Brust, dabei kann ich dem schnell schlagenden Herzen lauschen, wie es mir zu sagen versucht, dass er immer für mich da sein wird, ob als Freund oder Liebhaber, das sei mir überlassen.

»Könnt ihr damit aufhören?« Mein Bruder klingt angeekelt. »Das ist widerlich.« Zudem macht er Würgelaute.

»Du bist ein Idiot, Matthias«, lache ich und löse mich aus Tills Armen, um danach Matthias so richtig kräftig zu drücken. »Und ist das auch ekelhaft?«, frage ich kichernd, lasse ihn schließlich los und wuschele ihm über die kohlschwarzen Haare. Er sieht so sehr wie Egon aus. Ich würde nun gern laut sagen, dass er mir leidtut, nicht dass mein Erzeuger ein schlecht aussehender Typ ist, aber er ist ein Arschloch.

»Na ja …« Matthias verzieht das Gesicht, nachdem er sich von mir befreit hat. »War gar nicht so schlimm«, murmelt er und wippt von Zehen zu Fersen. »Aber können wir nun los? Noch eine Umarmung halte ich nicht aus, weder, wenn du mich umarmst, noch, dass du Till in die Arme nimmst.« Mein Bruder saust an mir vorbei, schnappt sich seinen Rucksack und schmeißt wild Dinge hinein, ehe er meine Hand nimmt, um endlich gehen zu können.

»Hauptsache, meine Hand nimmst du freiwillig«, ziehe ich ihn auf und schubse ihn. Süß guckt er hoch und lächelt ein wenig verstohlen.

»Eines Tages wirst du eine Frau gern umarmen, Kleiner«, flüstert Till ihm zu, wobei es irgendwie viel zu laut gewesen ist, sonst hätte ich es kaum gehört. Ich vermute ja, dass es Absicht gewesen ist. Und Matthias gibt darauf keine Antwort.

KAPITEL 5

*D*anke für den schönen Tag«, flüster ich zu Till, da ich Matthias nicht wecken will, der während unseres DVD-Marathons eingeschlafen ist.

»Gern geschehen.« Sein Lächeln zeigt mir, dass er es immer wieder tun würde, und ich weiß, dass er es tatsächlich tut.

»Ich werde also meine Tasche nehmen und nach Hause gehen.« Gerade als ich aufstehe, hält mich Till am Arm fest.

»Bleib … bleibt einfach hier.« Ich schüttele meinen Kopf, doch Till spricht weiter. »Nur diese eine Nacht. Ich denke, Matthias wird es freuen, wenn er mal durchschlafen kann.«

»Gut, aber … was mach ich dann in der Früh mit ihm? Montag, du weißt schon, dass einige von uns arbeiten müssen.«

»Ich dachte …« Weiter lasse ich ihn nicht kommen.

»Egon weiß nichts davon. Das, was er in den Händen hielt, war für eine Festanstellung in einem Klamottenladen«, seufze ich. »Ich bin montags und mittwochs im Coffeeshop. Ein wenig Geld schadet meinem Geldbeutel nicht. So kann ich zumindest ein bisschen was für Matthias kaufen, wenn er sich etwas wünscht.«

»Du kannst so stolz auf dich sein, Luisa. Und Matthias

froh, eine Schwester wie dich zu haben. Und auf Matthias kann ich morgen übrigens aufpassen, ich denke, er mag mich … meistens.«

»Nein … ich bin nicht immer für ihn da. Ich sollte meine Wochenenden mit ihm verbringen, stattdessen gehe ich mich betrinken und mache mit …«

»Ja … weiter musst du nicht reden.« Will ich auch nicht, da die erste Träne aus dem Augenwinkel kullert. Dieses Wochenende hat mir wieder einmal den Boden unter den Füßen gezogen und ich bin nur am Heulen. Aber nein, ich bin stark, also atme ich tief durch.

Wir schweigen einige Minuten, ich lausche dem Schnauben meines Bruders und denke daran, wie schön es für ihn sein würde, hätte er eine unbeschwerte Kindheit. Es tut ihm nicht gut, dass er die ganzen Differenzen mitbekommt.

»Klamottenladen? Wirklich?«, platzt Till irgendwann in meine Gedanken und lacht auf. Matthias zuckt kurz, wacht allerdings nicht auf.

»Erfahrungen sammeln. Ist außerdem nicht so abwegig, wenn man ein Modestudium macht.« Till lacht weiter. »Ja … komm nur und lach mich aus. Ich habe dich damals auch nicht ausgelacht, als du während deines Studiums in einem Damenschuhgeschäft gearbeitet hast.« Um ihm zu zeigen, dass er mir gerade so richtig am Nerv geht, schubse ich ihn kräftig, sodass er von der Couch fällt und hart auf dem Boden landet. Es ist ihm egal, er lacht einfach weiter. Was bin ich froh, dass mein Bruder heute einen so guten Schlaf hat, offenbar weiß er, dass er in Sicherheit ist.

»Du hast es genossen, dass ich dort gearbeitet habe, sonst hättest du nie so günstig Schuhe abgestaubt.« Er rappelt sich auf und setzt sich zurück auf das Sofa, dabei legt er einen Arm um meine Schulter. »Also?«

»Ja gut«, meine ich schmollend. »Den Job hättest du wohl besser behalten sollen, denn … wie komme ich nun an so billige Treter ran?« Ich stocke einen Moment. »Hach … das frage ich mich wirklich.« Genüsslich lehne ich mich an Till an. »Danke«, säusele ich und schnaube.

»Wofür? Für die tollen Schuhe?« Mit zusammengezogenen Augenbrauen sieht er mich an.

»Nein ... nein, das habe ich als selbstverständlich angesehen.« Irgendwie versuche ich, die Schwere aus dem gerade ernst zu werdenden Gespräch zu nehmen. »Für dich. Für das. Dass du mich und Matthias auffängst.«

»Dafür bin ich gern da und noch mehr ... wenn du möchtest.« Bevor wir wieder in eine Konversation verwickelt werden, die für Till kein Ende und für mich keinen Anfang hat, schweige ich lieber und genieße die Stille um uns, die leider von dem Klingeln meines Handys unterbrochen wird. »Mistding«, murre ich und winde mich aus Tills Arm, um in den Flur zu gehen, wo das Teil in meiner Tasche liegt. Ich hasse es und nutze es nur als Mittel zum Zweck, deswegen habe ich oft keine Ahnung, wo ich es liegen gelassen habe. Keinen Schimmer wieso die meisten Leute so darauf fixiert sind, ständig online sein müssen, unentwegt Nachrichten an wen auch immer senden müssen. Ich wüsste nicht mal, wem ich schreiben könnte. Wenn ich mit jemandem was zu bereden hab, dann treffe ich mich mit der Person und nur, um auszumachen, wo man sich trifft, benutze ich mein Smartphone. Ja ... ich bin nicht drumherum gekommen, mir so ein Ding zu besorgen, da es doch keine Tastentelefone mehr gibt, außer die für Sehschwache. Noch zähle ich mich nicht dazu, obwohl ich mich an manchen Tagen um einiges älter fühle, als ich tatsächlich bin.

»Mum«, sage ich mit einer Mischung aus Hass, Liebe und Besorgtheit. Ich weiß, dass sie alles versucht hat, um mein Leben so gut wie möglich zu gestalten. Es ist ihr nicht immer gelungen und als ich in die Pubertät gekommen bin, ist es vorbei gewesen.

Die Tür zum Wohnraum schließe ich. Es ist mir egal, ob mich Till hört, er weiß ohnedies zu viel, also kommt es

31

darauf auch nicht mehr an. Doch manchmal will ich allein sein.

»Wo seid ihr?«, ruft sie panisch und richtig laut, sodass ich das Handy ein Stück vom Ohr nehme.

»Wir sind bei Till«, sage ich schuldbewusst, da ich nicht Bescheid gegeben habe, jedoch kommt es mir dann in den Sinn, dass sie diejenige ist, die den gesamten Tag nichts von sich hat hören lassen. »Aber eigentlich könnte ich dich das fragen, denn du hast Matthias alleine gelassen. Wieder einmal, Mum.« Es ist nicht fair ihr gegenüber, in diesem Ton zu sprechen, sie ist meine Mutter, wenngleich es mir so vorkommt, als wäre ich es an einigen Tagen.

»Ich musste weg«, schnieft sie. Aufgeregt laufe ich in diesem kleinen Flur auf und ab, meine Finger streichen unentwegt durch mein langes pinkes Haar. Es wird mal wieder Zeit, die Farbe zu wechseln.

»Wir auch, Mum«, versuche ich, mit ruhiger Stimme zu sprechen. Danach ist von keiner Seite mehr etwas zu hören, bloß die Atmung des anderen.

»Luisa … kannst du kommen?« Ich habe es längst gehört, dass es ihr nicht gut geht.

»Mum …«, seufze ich, während ich die Tür öffne und Till ansehe. »Brauchst du mich wirklich? Soll ich kommen?« Unbewusst knabber ich an meiner Lippe und sehe fragend zu meinem Freund und anschließend zu Matthias. Er nickt mir zu und setzt ein Lächeln auf.

»Bitte … er … er ist nicht hier.«

»Bis gleich, Mum.« Ohne auf ein weiteres Wort von ihr zu warten, lege ich auf. Das Telefon würde ich am liebsten mit bloßer Hand zerquetschen oder es am besten gegen eine Wand oder dem Boden knallen. Dieser hier ist wenigstens bestens geeignet dafür, da es nur Beton ist.

»Alkohol?«, fragt mein Freund nach.

»Ist eigentlich keine Lösung, also lieber nein.« Für einen Moment setze ich mich noch zu ihm. »Mum braucht mich.

Ich bin bald zurück, da ich nicht will, dass Matthias morgen früh ganz alleine ist.«

»Lulu, ich bin hier. Ich mach das schon, nimm dir Zeit.« Ein müdes Lächeln ist auf meinen Lippen. Bevor ich gehe, presse ich ihm ein Küsschen auf die Wange und streichle meinem Bruder über das Haar.

»Hab dich lieb, Kleiner.«

Till hat mir sein Auto geliehen, sonst wäre ich von dem kaum öffentlich zu erreichenden Stadtteil zum anderen nicht gekommen. Das Taxi hätte mir in diesem Augenblick zu lange gedauert, wenn ich dann das Treffen mit Mum auch hätte hinauszögern können.

Zitternd gehe ich den Weg zur Eingangstür entlang und weiche geschickt den Stolperfallen aus. Gestern fiel mir der Gang in das Haus leichter – ich hatte ja Alkohol im Blut und Till neben mir.

»Mum«, rufe ich. Der Hall komm auf der Stelle zu mir zurück. »Mum, wo steckst du?« Nachdem erneut nichts zurückkommt, lasse ich die Tür in das Schloss fallen und begebe mich auf die Suche.

»Was tust du?«, rufe ich entsetzt, als ich sie an einer Cognacflasche nippen sehe. »Und weg damit!« Mit den Worten entreiße ich ihr die Flasche. »Egon wird wieder sauer sein, weil du den guten Cognac gesoffen hast. Hättest du dir nicht den billigen Fusel nehmen können?«

»Aber der schmeckt doch nicht so gut«, schmollt sie, die Lippen wie ein Kleinkind verzogen und die Arme vor dem Körper verschränkt. Den Weinbrand schließe ich gleich in der Vitrine ein. Ich frage mich, weshalb das Ding ein Schloss hat und der Schlüssel trotzdem immer steckt.

»Ja, der schmeckt nach 600 €.« In meinem Kopf beginne ich längst zu rechnen, wo ich noch überall Geld liegen habe, oder ob auf meinem Konto so viel Kohle verfügbar ist, ohne dass ich ins Minus gerate.

»Das erklärt wohl alles«, lallt sie.

»Hoch mit dir«, seufze ich, während ich ihr die Hand reiche und sie hochziehe. »Du gehst besser in die Wanne, damit du diesen Gestank loswirst. Hier riecht es wie in einer Schnapsbrennerei.«

»Cognacfabrik, Luisa.« Mit einem breiten Grinsen sieht sie mich an.

»Wie auch immer, ab mit dir, damit ich den Rest hier wegmachen kann.«

»Das wollte ich nicht«, wimmert Vera, als ich zu ihr in das Badezimmer zurückkehre, nachdem ich die vollgerotzten Taschentücher weggeworfen habe, die Kissen und Decken wieder an ihren Platz gelegt habe, und sonst noch einiges, was Mum einfach hat liegen lassen.

»Schon gut, Mum.« Ich lehne mich an die kalte Badezimmermauer und rutsche hinab, bis ich auf dem Hintern lande. »Willst du mir sagen, was geschehen ist?« Eine Hand lege ich auf den Badewannenrand, sodass meine Mutter sie halten kann, wenn sie das Bedürfnis danach hat.

»Ich habe es letzte Nacht nicht mehr ausgehalten«, beginnt sie zu erzählen. »Du warst nicht hier.« Mit einem Mal bremst sie sich jedoch. »Wo bist du überhaupt gewesen?« Vorwurfsvoll starrt sie mich an und ich blicke sogleich mit weit geöffnetem Mund und Augen zurück.

»Ich? Mutter, ich bin vierundzwanzig, es ist Sommer, somit keine Uni. Ich war aus, manchmal möchte ich nur ich sein und nicht die, die hier auf alle …« In diesem Moment stoppe ich, da ansonsten zu viel aus mir herauskommt, das Vera mehr kränken würde. »Es tut mir leid, Mama. Ich sollte nicht in diesem Ton mit dir sprechen, aber der Tag ist einfach schon zu lang.«

»Ach, meine liebe Tochter …« Liebevoll und beinahe wie eine richtige Mutter sieht sie mich an und legt ihre Hand auf meine. »Ich war so alleine gestern. Du warst nicht hier, Egon auch nicht, da bin ich wohl ausgerastet und kurzerhand weggefahren«, seufzt sie. Als ich den Namen meines Erzeugers höre, rieselt mir ein eiskalter Schauer über den Rücken und ich entziehe Mum die Finger.

»Warum bist du bei ihm?«, frage ich ein wenig ängstlich, aber mit Sorge nach, da ich verdammte Angst vor der Antwort habe.

»Ich liebe ihn, Schatz. Er ist die Liebe meines Lebens.« Ein müdes Lächeln liegt auf Mums Lippen. Um sie genauer anzusehen, knie ich mich hin. Ohne nachzufragen, streichle ich über ihren Oberarm, der wie so oft mit blauen Flecken übersät ist.

»Ist er das gewesen?« Nach meiner Frage hätte ich eine Stecknadel zu Boden fallen können und man hätte sie gehört, so leise und zaghaft habe ich diese vier Wörter aus mir herausgebracht. Dieses Mal ist sie es, die mir die Hand entzieht.

»Nein.« Und obwohl sie es mit vollem Ernst sagt, weiß ich allein durch ihren Blick, dass er sie wieder zu fest angefasst hat.

»Wir können abhauen. Einfach weg. Und dann überlegen wir uns, wie wir das mit dem Geld machen.«

Stark sein, Lulu, wenn du nun weinst, glaubt dir deine Mutter niemals, dass es machbar ist.

»Ich liebe ihn, Luisa!« *Stur wie ein kleines Kind*, sagt mir mein Kopf. Oder bloß gut von diesem miesen Kerl eingeimpft.

»Okay …«, seufze ich. »Dann …« Ich schüttele den Kopf, anschließend stehe ich auf. »Kommt er heute zurück?«

»Natürlich, er musste bloß noch zu einem Kunden, der unter der Woche nie Zeit hat.« Das Schlucken fällt mir in diesem Moment durch den Kloß verdammt schwer.

»Gut … Mum, nimm dein Bad zu Ende, putz dir danach die Zähne, sieh zu, dass du ordentlich gekleidet bist, wenn Egon nach Hause kommt. Unten ist mittlerweile alles sauber und am rechten Ort.« Ich beiße meine Zähne aufeinander, um den Zorn ein wenig zu unterdrücken. Oder das, was mir gerade aufzukommen droht – hätte ich mehr gegessen, wäre es wohl das.

»Es war wegen dir«, wirft sie mir regelrecht an den Kopf, als ich vor der Tür stehe und die Klinke längst in der Hand halte. »Du weißt doch, dass wir jeden Tag um 18 Uhr gemeinsam essen. Du warst nicht hier, so wie es abgemacht ist.« Ich atme tief durch, ehe ich mich umdrehe, die Türklinke halte ich allerdings weiterhin – die Flucht muss manchmal schnell sein.

»Ich schiebe das auf den Alkohol, Mutter«, sage ich scharf. Sie hasst es, Mutter genannt zu werden. »Pass auf, dass du nicht auch wie er wirst«, füge ich leise hinzu und gehe schließlich.

»Hey Matthias«, wecke ich meinen kleinen Bruder sanft. Till hat ihn am letzten Abend in sein Bett gebracht und ihn sogar zugedeckt. Er hat so friedlich wie schon lange nicht mehr ausgesehen.

»Lulu?«, fragt er ein wenig dümmlich.

»Ja, wer denn sonst, Dummchen. Ich muss jetzt zur Arbeit. Du darfst heute bei Till bleiben, habt Spaß. Ich bin rechtzeitig zurück und dann ...« Ich habe noch nicht einmal eine Chance, fertig zu sprechen.

»Bist du für mich da«, vollendet er meinen Satz und lächelt, ehe er sich zurück in die Kissen kuschelt und die Decke bis zum Kinn zieht.

»Schlaf weiter«, flüster ich und küsse seine Stirn. Matthias hat schnell wieder die Augen geschlossen und dem ruhigen Atmen zufolge, denke ich mir, dass er längst zurück im Land der Träume ist. Ein Ort, wo ihm niemand etwas anhaben kann. Ein letztes Lächeln von meiner Seite, bevor ich mich umdrehe und gleich in Till stoße – auf diesen gut trainierten Körper, der es mir viel zu oft angetan hat.

»Sorry«, murmele ich und gehe einen Schritt rückwärts. Danach sehe ich ihn skeptisch an, die Augenbrauen zusammengezogen. »Hast du mich beobachtet?«

»Würde ich niemals tun.« Ein schelmisches Grinsen verrät mir jedoch genau das Gegenteil und da er von mir eilig weg will, ebenso.

»Wenn ich Zeit hätte, dann würde ich dir dieses Schmunzeln schon austreiben«, gehe ich ihm nach.

»Und wie?« Till ist plötzlich wieder vor mir, seine Hände liegen auf meinen Hüften.

»Garantiert nicht so, wie du gerade denkst, Herr Voigt. Außerdem ist ohnedies keine Zeit mehr, ich muss los, wenn es auch nur ein kleiner Job ist, aber mein Boss ist ein Arsch und er duldet kein Zuspätkommen.«

»Schade eigentlich.«

»Schade was? Kannst du irgendwann auch mal im Zusammenhang sprechen, oder hat dir jemand dein Gehirn weggenommen«, kicher ich und schlage ihm leicht auf die Schulter.

»Schade eigentlich, dass du keine Zeit mehr hast.« Eine Hand streicht zärtlich meine Haare hinter das Ohr. »Ich hätte nicht einmal Hintergedanken, wenn du hier bist. Es wäre einfach nur schön.« Es entlockt mir ein verlegenes Lächeln, mein Hirn sagt mir allerdings, dass ich ihn nicht so anlächeln sollte, da er ansonsten diese Gedanken bekommt, die ich nur im äußerst betrunkenem Zustand habe. »Pass auf dich auf«, flüstert er, ehe er mir einen Kuss auf die Stirn gibt und die Lippen länger darauf liegen lässt, als es notwendig wäre.

»Ich bin eine Kämpferin, Till. Ich schaffe das allein«, zwinker ich ihm zu und weiß im selben Moment nicht, ob ich das auf diese Situation beziehe oder auf mein Leben. Und ob ich mir das überhaupt glauben soll. »Ich hole Matthias gegen 16:30 Uhr ab. Bis später, Till.«

KAPITEL 6

𝒰nd wieder ein Teller weniger in diesem Haus. Solange es nur das ist, kann es mir eigentlich egal sein, denke ich mir. Die Dellen am Boden werden ohnehin immer ausgebessert, würden sie nicht, dann wüsste ich, wie viele Auseinandersetzungen es in diesem Haus gegeben hat. Wobei es im Grunde gleichgültig ist, es ist etwas, auf das man nicht stolz sein will.

Die großen Kopfhörer helfen leider auch nicht gegen das Klirren.

»Warum müsst ihr wieder streiten«, murmele ich vor mich hin. Matthias ist an diesem Tag zum Glück bei seinem Freund und dort bleibt er auch über Nacht, was auch besser so ist, denn mein Erzeuger und Mum sind der Meinung, dass wir auf gute Familie machen müssen und ein Essen mit Kollegen meines Vaters wäre sehr gut.

Was machst du gerade? :* Ninja

Im Bett liegen, Musik hören, warten, dass der Abend vorbeigeht. Bescheuertes Essen mit vielen »wichtigen« Menschen.

Hey, das klingt doch so, als dürfte ich mitmischen. :)

Oh nein, tu das bloß nicht, Ninja! Du weißt, wie mein Vater auf dich reagieren würde.

Panik steigt in mir auf und die Geräusche von unten sind längst vergessen.

Nein, weiß ich nicht, weil ich nur dann zu dir darf, wenn niemand daheim ist. So viel zu bester Freundin. Und ja ... ich rolle mit den Augen. Und das mit Genuss.

Du darfst sehr wohl kommen, wenn jemand daheim ist. Mum und Matthias. Ninja ... komm, nun sei nicht böse. Du weißt, dass ich dich lieb hab und dass ich dich nur vor schlechter Erfahrung schützen will.

So schlimm kann es doch gar nicht sein. Und ja ... meist weiß ich, dass du mich lieb hast. Vor allem dann, wenn du betrunken bist.

Ich schüttele den Kopf. Was habe ich da mit meinen Freunden angefangen? Das ist wohl die dümmste Idee gewesen, die sich mein Hirn je hat ausdenken können. Das kann nicht die einzige Art sein, um Dinge zu vergessen.

»Luisa?«, meine Mutter ruft fragend nach mir.

Sorry, Liebes. Mum will etwas. Vermutlich soll ich noch ein wenig helfen. Bis bald. :*

Ich verstehe nach wie vor nicht, weshalb du überhaupt noch daheim wohnst. Hab ja keinen Spaß!

Darauf gibt es keine Antwort mehr. Nur ungern steige ich aus dem Bett.

»Luisa?« Vera öffnet vorsichtig die Tür.

»Niemand hier. Und ich vögle schon keinen, wenn ihr im Haus seid«, sage ich sarkastisch zu ihr.

»Ach, Kind … achte doch ein bisschen auf deine Wortwahl.« Sie versucht, sich ein Lächeln zu verkneifen, da sie es eigentlich ganz lustig findet, wenn ich so offen über Sex und alles im Grunde spreche. »Versuche heute einfach nur …«

»Ich zu sein, Mum?« Sie sieht mich von oben bis unten an. Öffnet ihren Mund, verzieht ihn, macht ihn wieder zu und seufzt.

»Nein, also ja … vielleicht ein kleines bisschen. Jedoch bitte mit anderen Klamotten. Okay? Und die Haare zu einem Knoten gebunden, damit man das Pink nicht gleich so krass sieht, und etwas mit längeren Ärmeln. Die Tattoos schrecken eventuell ab.«

»Fertig?« Ich verschränke die Arme vor dem Körper. Wir bemuttern uns gegenseitig einfach viel zu viel. »Aber ich tue es, für dich.« Schließlich gehe ich zu ihr, um sie umarmen zu können. »Lass endlich los«, flüster ich ihr zu. Sie ist so verdammt verkrampft, als ich diese Worte ausspreche.

Loslassen ist schwer.

»Ich liebe ihn, Luisa.« Diese Sturheit … ich merke doch, wie es herauskommt. Es ist antrainiert.

»Ich weiß, Mama.« Es ist schwer, Liebe zu brechen. Da muss wohl mehr als Demütigung her. Aber was muss noch geschehen, bis sie es realisiert, dass er sie damit nach und nach tötet – seelisch. Vera ist nicht die Starke, die sie zu glauben scheint.

»Hilfst du mir noch, den Rest herzurichten?«, fragt sie in die Umarmung.

»Würde ich jemals Nein sagen?« Ich nehme sie auf Armlänge und lächle sie an. Sie verneint und sagt danach streng: »Aber bitte, Luisa … zieh dich vorher um.« Ich küsse Mums Stirn, bevor ich mich in mein kleines Bad begebe.

»Meine Herren und selbstverständlich auch Damen«, Egon zwinkert diesen Nutten seltsam zu. Man kann zu ihnen nichts anderes sagen, so wie die angezogen sind. Hauptsache, ich musste mich umziehen, weil ein bunter Rock nicht passend gewesen ist und mein Top zu kurz. Ich sollte mich über die Kleinigkeiten in meinem Leben nicht aufregen. Nun bin ich ja adrett gekleidet und sehe hoffentlich für alle schick genug aus. Ja … sogar Egon lächelt mich an, wenngleich es nur gekünstelt wirkt.

»Ich habe euch heute zu einem Sommerfest eingeladen, damit unsere Freundschaft gestärkt wird. Es wäre doch schade, wenn wir immer nur Geschäfte miteinander machen, wir sollten auch gemeinsam feiern können. Somit … hoch die Gläser und auf einen gelungenen Abend.« Egon erhebt sein Sektglas, nimmt Vera an der Hüfte und zieht sie zu sich, ein verstohlenes Lächeln bildet sich auf ihren Lippen, als er ihr etwas in das Ohr flüstert. Ich seufze und mache gute Miene zum bösen Spiel. Lautes Prost und Cheers dröhnt in unserem Garten.

»Prost, Luisa«, schubst mich ein Mann von der Seite an, den ich bloß als Kollegen von Egon erkenne, den Namen habe ich längst vergessen.

»Zum Wohl«, sage ich ein wenig irritiert.

»Du kennst mich nicht mehr, oder?« Sein Lächeln ist schief, ein Auge kneift er dabei beinahe zu.

»Ich muss nicht alle kennen, die in diesem Haus ein- und ausgehen, schon gar nicht, wenn sie mit den Geschäften von Egon zu tun haben.« Das hat nun ein wenig harsch geklungen, aber ich bin absolut nicht in Stimmung.

»Wie du meinst«, zwinkert er mir zu, bevor er einen Schritt zur Seite geht und kurz in den Abendhimmel sieht. »Sterne leuchten nur in der Nacht.« Bei seinen Worten schlucke ich hart, da ich genau diese Worte schon einmal zu

41

Ohren bekommen habe, sie aber in diesem Augenblick nicht zuordnen kann.

»Falls du mal etwas benötigst …« Der seltsame Mann drückt mir eine Karte in die Hand, prostet mir ein weiteres Mal zu, ehe er sich zu den anderen Spießern gesellt.

»Sterne leuchten nur in der Nacht«, flüster ich vor mich hin und nippe an dem Glas Prosecco.

»Amüsierst du dich?« Eine mir bekannte Stimme dringt von hinten in mein Ohr.

»Ninja … was hast du hier verloren?«, frage ich verbissen und will mich im ersten Moment gar nicht zu ihr wenden.

»Ich wollte dich sehen«, nuschelt sie und legt ihr Kinn auf meiner Schulter ab. »Schick habt ihr es hier gemacht. Die Lichtergirlanden von Baum zu Baum gefallen mir. Keine Kosten und Mühen gescheut, was?« Darauf kann man nur den Kopf schütteln. »Nein, im Ernst. Es sieht so romantisch aus.«

»Da hast du wohl recht, Süße. Darf ich mich eigentlich umdrehen, oder bekomme ich dann einen Schock?«

»Weswegen? Ich bin doch diejenige, die nett angezogen ist, und du die, die immer etwas … ich nenne es mal wirklich sehr liebevoll ›seltsam‹ gekleidet ist.« Sie schubst mich leicht. »Drehen«, haucht sie.«

Mit zusammengekniffenen Augen drehe ich mich zu ihr. Nach einem weiteren Rempler öffne ich sie schließlich.

»Okay … du hast ja richtige Klamotten an.« Erleichtert stoße ich Luft aus. Ninja lacht leise und schüttelt dabei ihren Kopf.

»Natürlich, was denkst du denn.« Meine Freundin nimmt meine Hand und zerrt mich von der Terrasse hinunter. »Komm. Lass uns unter das Volk mischen und uns betrinken.«

»Ersteres, aber nicht Letzteres, bitte.« Meine Stimme muss wirklich verzweifelt klingen, da sie auf der Stelle ein »Ja« zurückwirft.

»Hallo Ninja … was machst du denn hier?« Ich bin mir noch nicht sicher, ob meine Mutter erfreut oder eher schockiert klingt, das lässt sich in diesem Augenblick aber nicht mehr ändern.

»Ach … weißt du, Vera, ich dachte, ich überrasche Lulu, da sie sich sonst so einsam mit den al… mit all den Leuten hier fühlt, weil sie ja doch niemanden kennt.« Die alten Säcke hat sie sich zum Glück verkniffen, denn hinter dem Rücken von Mum tritt Egon hervor.

»Wen hast du uns hier mitgebracht, Luisa?«, fragt er beinahe freundlich, aber ich kann seinen spitzzüngigen Unterton sehr wohl heraushören.

»Vater, das ist Ninja, eine Freundin von mir. Wir studieren gemeinsam.« Dieser große, furchteinflößende Mann streckt seine Hand aus und reicht sie meiner Freundin.

»Sehr erfreut, Herr Becker.« Ja … auch ihr Lächeln ist eindeutig aufgesetzt, außerdem sieht sie immer wieder von seinem Gesicht zu ihrer Hand und lässt es erst sein, als er sie loslässt.

»Amüsiert euch, aber nicht zu viel.« Laut lachend macht er kehrt, jedoch nicht, ohne Mama mitzunehmen.

»Verdammter Scheiß aber auch«, flucht sie leise, nebenbei schüttelt sie ihre Hand. »Was ist mit ihm, der hat ja Gefühle wie ein Roboter und dieser Händedruck, ich dachte schon, er will mir meine kleinen, zarten Finger brechen, die ich noch für ganz andere Zwecke verwenden wollte.« Die letzten Wörter haucht sie und ihr Blick ist von einem zum nächsten Wimpernschlag ziemlich verrucht, zudem streicht sie mir über den dünnen Stoff, der meine Arme bedeckt.

»Ninja, bitte …«, flüster ich ein wenig genervt, schließe allerdings die Lider und genieße diese Berührung.

»Wenn du nicht willst«, seufzt sie. »Dann …« Ihr Blick wandert zur linken Seite, wo mein Vater sie von oben bis unten betrachtet und das immer und immer wieder, als wollte er sie auf der Stelle ausziehen, genauso wie die »Damen«, die er zuvor begrüßt hat. »Dein Paps ist schon eine Augenweide für einen Mann, der vermutlich um die fünfzig ist, hat er was.«

»Du widerst mich nun so richtig an. Wenn du etwas getrunken hättest, würde ich dir das nicht übel nehmen, doch so … du bist noch nüchtern!« Ich starre sie erbost an, aber ihre Augen kleben nach wie vor auf Egon. »Bin ich in der falschen Welt gelandet?« Ich richte meinen Blick hinauf zum Himmel, um kurz darauf zu Ninja zu sehen, die mich längst wieder im Blick hat.

»Das war nur ein Scherz. Du weißt, was ich von Männern halte. Jedoch dass er kein schlecht aussehender Kerl ist, musst auch du zugegeben, ob er nun dein Vater ist oder nicht. Immerhin weiß ich jetzt, woher du deine Schönheit hast.«

»Ich nehme das Kompliment an, wenn wir nicht mehr über ihn reden und so tun, als wäre das nie geschehen. Und uns was zu trinken holen, mein Sekt ist leer und ohne ein wenig Alkohol in mir überstehe ich diese heutige Nacht nicht.«

»Da bin ich dabei, dann fällt der Small Talk mit diesen steifen Personen womöglich leichter.« Sie sieht sich weiter um. Es stehen tatsächlich alle wie angewurzelt da, mit einem Glas Wein in der Hand, einem Häppchen in der anderen und es sieht so aus, als würde über Wirtschaft und Politik diskutiert werden. Annähernd alle tun das, nur dieser eine Typ nicht, der mich eben von der Seite angequatscht hat. Er lehnt lässig gegen einen Baum und redet mit einer Frau und ich vermute nicht, dass es sich hierbei um ein sonderlich spannendes Gespräch handelt.

»Los ins Getümmel«, sport mich Ninja an und schubst mich, sodass mir das leere Glas beinahe auf die Terrasse fällt.

»Ich fand es ganz nett«, murmelt meine Freundin. Ihren Kopf dreht sie zu mir, insofern sie das noch kann. Sie hat ein oder mehrere Gläser zu viel getrunken oder bloß zu wenig gegessen. Immerhin kann sie nicht vom Stuhl fallen, nachdem wir auf der Wiese auf einer Picknickdecke sitzen.

»Ja … ohne dich wäre es wirklich langweilig gewesen. Dann hätte ich tatsächlich über Politik und Wirtschaft sprechen müssen. Oder einfach diesen alten Säcken zunicken müssen und so tun, als stimmte ich dem zu, was sie mir zu sagen versuchen. Das ist nicht meine Welt.« Ich bin versucht, mir durch mein Haar zu fahren, aber ich komme nicht weit, musste ich sie mir schließlich zu einem Dutt binden.

»Wieso musstest du dann überhaupt mit dabei sein?« Ninja verdreht ihre Augen.

»Das«, nebenbei deute ich auf ihre Augen. »Ist so gruselig.« Sie tut es mit einem Schulterzucken ab. »Sie wollen wohl, dass es perfekt aussieht. Also das Szenario Familie, vielleicht wirkt es gut, wenn man sieht, dass man Familie und Beruf unter einen Hut bringen kann.«

»Und warum ist dann dein Bruder nicht hier?«

»Der ist doch viel zu jung. Was soll ein siebenjähriges Kind in dieser Welt?«

»Du hast recht.« Seufzend steht Ninja auf. »Ich muss ins Bett, Süße. Wein macht mich immer so schläfrig und wenn ich hier noch länger sitzen bleibe, bin ich weg.« Gähnend streckt sie ihre Hände in die Höhe, dabei rutscht ihr schwarzes Cocktailkleid ein kleines Stückchen zu hoch.

»Ich kann dein Höschen sehen«, flüster ich ihr lachend zu.

»Du unanständiges Ding«, kichert sie und lässt ihre Arme fallen. »Das nächste Mal darfst du ran«, haucht sie, während sie sich bückt und mir ein Küsschen auf die Stirn gibt. Ihre Worte zaubern mir ein kleines Flattern in der Magengegend, was ich dem Wein zuschiebe.

»Bis bald, Ninja, und danke für den netten Abend. Ach … und verabschiede dich von meiner Herrschaft.«

»Bis demnächst«, sie wirft mir noch eine Kusshand zu, ehe sie torkelnd zu Erzeuger und Mutter geht. Doch das Wanken kann man bestimmt auf die Kombination High Heels und Wiese schieben. Nachdem sie die zwei Stufen auf die Terrasse geschafft hat und im Haus verschwindet, stehe ich auch auf. Ich will es für die Nacht gut sein lassen und hoffe, dass ich auch tatsächlich die Nacht sein lassen darf.

Ich komme jedoch nur zwei Schritte, da er mich aufhält. »Willst du schon gehen?« Irgendetwas hat dieser Typ, das mich nervös macht, doch weil ich ihn ja nicht kenne, er aber so tut als ob, kann ich nicht urteilen, was es wirklich ist.

»Ja, einfach weil manche Tage länger als die anderen sind und heute ist einer der langen.« Ich versuche, diesen Kerl mit einem liebevollen Lächeln und müden Augen abzuwimmeln, bloß liegt seine Hand auf meinem Oberarm.

»Oh tut mir leid, ich halte nach wie vor deinen Arm«, entschuldigt er sich, nachdem er offensichtlich meine Blicke entdeckt hat. »Ich bin Niklas, wir sind uns schon mal begegnet, aber eventuell habe ich damals mehr reininterpretiert, als es vermutlich gewesen ist.« Verdammter Scheiß … mein Hirn beginnt gerade zu rattern und ich frage mich, wann ich einen Niklas kennengelernt habe, der zudem noch mit meinem Vater zu tun hat.

Wie besoffen muss ich gewesen sein?

Ich reiße die Augen auf und hoffe inständig, dass man es durch die Dunkelheit nicht sieht.

»Wir hatten letztes Jahr ein sehr nettes Gespräch, selbe Uhrzeit, in diesem Garten.«

»Niklas«, lache ich verzweifelt. »Ich kann mich zum Glück oder vielleicht doch leider an kaum etwas erinnern, was im vorigen Jahr zu diesem jährlichen, wie auch immer es Egon nennt, passiert ist. Aber …« ein schüchternes Lächeln legt sich auf meine Lippen. »Heute bin ich noch ich und möglicherweise könnte man das wiederholen.«

Lulu! Warum hast du das gesagt? Vermutlich nur, weil er wirklich sexy aussieht und bloß geschätzte fünf Jahre älter als du bist.

»Darf ich dich auf einen Drink einladen?« Niklas hebt seine Hand, damit ich sie nehmen kann, um mit ihm zur Terrasse gehen zu können, wo noch genügend Essen und Alkohol zu finden sind.

»Gern, doch nur, wenn das nicht so wie letztes Jahr für

mich endet. Alles andere als erfreulich.« Ein Lächeln umspielt meine Lippen, das jedoch schnell vergeht, als ich an Egon vorbeigehe. Mum lächelt mich an, aber er … er hat dieses böse Funkeln in den Augen, das mich erschaudern lässt und mich wieder nicht ich sein lässt.

»Lass uns einfach auf der Terrasse sitzen bleiben, ein wenig die Sterne beobachten«, sage ich leise und hoffe, nicht zu verängstigt zu klingen.

Es ist unser drittes Glas und ich ahne schon, warum ich voriges Jahr so verstrickt in das Gespräch mit Niklas gewesen bin – er ist magisch. Er weiß, wann er etwas dazu sagen soll, lächelt im richtigen Moment, ist äußerst zuvorkommend und hat zudem denselben Humor wie ich.

»Ich kann mir vorstellen, dass ich letztes Jahr etwas länger mit dir …« Ich überlege und hoffe, auch nur ein Schnipselchen aus dem hintersten Winkel meines Hirns zu bekommen, um mich an Niklas zu erinnern, doch da ist nichts. Schwarz. Ich kann bloß an die Kloschüssel und an laute Worte am nächsten Tag zurückdenken. Man kann sich nicht alles in seinem Leben aussuchen.

»Wir haben nur geredet, allerdings fand ich es wirklich anregend und du bist der Grund, weswegen ich hergekommen bin, schließlich ist es ein weiter Weg.«

»Dann lass uns den Abend noch genießen.« Während die Gläser klirren, schiele ich zu Egon, dessen Augen auf mir liegen, obwohl er doch mit einem seiner Kollegen im Gespräch ist. Was will er denn von mir? Aus welchem Grund bin ich sonst hier, wenn ich nicht Small Talk machen darf?

»Was hat es mit den Sternen auf sich?«, erlaube ich mir nach genügend Alkohol endlich zu fragen.

Aber alles, was ich als Antwort bekomme, ist ein Lächeln und dieser Blick, den ich nicht zuordnen kann.

»Was?«, lache ich, nachdem nichts weiter von ihm kommt.

»Das musst du wohl selbst herausfinden«, flüstert er für meinen Geschmack viel zu nahe am Ohr und somit auch am

Nacken, es lässt Gänsehaut von diesem Punkt aus über den Körper strömen. Anschließend lehnt er sich zurück auf seinen Stuhl, sieht für einen Moment in den Himmel, danach wieder zu mir. »Heute sind sie definitiv heller.« Verwirrt sehe ich ihn an, doch Niklas' Blick ist wieder nach oben gerichtet.

»Ich wollte nie mit ihm zusammenarbeiten, jedoch hat Egon dieses ... dieses gewisse Etwas, das einen in den Bann zieht«, beginnt er wie aus dem Nichts zu erzählen. »Er bringt einen im Leben weiter, beruflich gesehen. Sonst wäre ich vermutlich nicht dort, wo ich bin.«

Räuspernd unterbreche ich ihn. »Es tut mir so leid, dass ich nun dazwischenfunke, aber ich habe noch nicht mal die leiseste Ahnung, was Egon tut, also kann ich mir nicht vorstellen, was du machst.«

»Er ist dein Vater, interessiert es dich nicht?« So wie er mir die Frage stellt, hat er sich die Antwort längst gegeben. Es ist mir gleichgültig. »Ich verkaufe Immobilien.«

»Es wird nun Zeit zu gehen«, werden wir in unserem Gespräch harsch unterbrochen. Egon steht mit verschränkten Armen vor mir. Dieser Befehl galt nämlich bloß mir und nicht Niklas.

»Aber, Vater, wir haben gerade begonnen, über Immobilien zu reden.« In der Hoffnung, dass ihn das umstimmen könnte, werfe ich diesen Satz in den Raum. Nachdem ich endlich weiß, was mein Erzeuger so den gesamten Tag treibt. Immobilien verkaufen und ich vermute, die der teureren Sorte.

»Dennoch.« Als wäre das eine Antwort. Das kommt dem Satz »*Weil ich erwachsen bin*« gleich.

»Verzeihung, Egon, ich würde mich dann noch gern von Luisa verabschieden, hatten wir doch wirklich gerade sehr nett über die Immobilien am Stubenbergesee gesprochen.« Ich sehe, wie sein Kiefer arbeitet und das linke Auge zuckt, das tut es ständig, wenn er zu viel getrunken hat, er eine Rechnung mit jemanden offen hat oder einfach Hass mir gegenüber zeigt.

»Selbstverständlich, Niklas«, nickt er ihm zu. Niklas erhebt sich, reicht mir die Hand und begleitet mich bis zur gläsernen Terrassentür, davor bleibt er stehen. Wir sind außer Hörweite, aber nicht Sichtweite.

»Es war mir wieder ein Vergnügen, Luisa«, flüstert er mit einem Lächeln auf den Lippen. Meines verkneife ich mir, das würde die Aufmerksamkeit von Mister Arsch auf sich ziehen. »Ich schätze, man sieht sich spätestens in einem Jahr wieder.«

»Und dieses Mal erkenne ich dich, Niklas«, rede ich in derselben dezenten Lautstärke.

»Ich wünsche dir eine gute Nacht und merke dir: Sterne leuchten nur in der Nacht.« Seine Augen wandern zwischen mir und Egon hin und her. Ich nicke ihm zu, ohne auch nur die leiseste Ahnung zu haben, was er mir zu sagen versucht.

»Dir noch eine schöne Party und später eine gute Nacht.«

»Gute Nacht, Luisa«, flüstert er, ehe er zu Egon tritt, der ihm männlich auf die Schulter klopft.

Und ich gehe in mein Zimmer, so als wäre ich Aschenputtel, die um Mitternacht nach Hause muss, da sonst der Zauber endet.

KAPITEL 7

*J*edes Klirren lässt mich zusammenfahren. Ich will mich nicht wieder einmischen, da es die Lage für mich verschlechtert und das will ich auf gar keinen Fall. Auch wenn ich Mum gern helfen würde, sie muss sich in dieser Situation so klein fühlen. Aber ich kann nicht, deswegen presse ich die Augenlider kräftig aufeinander und träume mich für einige Zeit weg.

Kaltes Wasser spült auf meine Zehen, das Rauschen ist so entspannend, sodass ich das Gefühl habe, ein wenig über dem Boden zu schweben. Die Sonne wärmt mich, während eine Brise der erhitzten Haut Entlastung bietet. Nur leise nehme ich die Personen rund um mich wahr, aber solange sie mich nicht belästigen, dürfen sie tun und lassen, was sie wollen.

»Nein, Egon«, schreit meine Mutter den Erzeuger an und somit bin ich dort, wo es keine Sonne gibt, keine Ruhe – im Elternhaus. Matthias ist wieder nicht daheim, er hat es wohl verstanden, dass er bei seinem Freund besser aufgehoben ist. Vielleicht genießt er außerdem den Pool, den wir hier nicht haben.

»Matthias auch?«, fragt er wütend und ich sehe ihn regelrecht vor mir, wie sich sein Kopf im tiefsten Rot präsentiert.

»Du weißt, dass es nur dieses eine Mal gewesen ist. Willst du es mir mein gesamtes Leben nachtragen?« Vera ist den Tränen nahe, in ihrer Stimme zeigt sich Panik. »Nein, Egon!«, plärrt sie. Ich kann nicht anders, sie tut mir so leid, also wage ich mich aus dem Bett und öffne nur zaghaft die Tür, vorerst nur einen Spalt.

»Sie demütigt mich vor allen und das hast du zu verantworten!«

»Lass es gut sein, Egon. Ich kann mich, wenn du willst, noch millionenmal entschuldigen, weil ich dich liebe ... aus dem tiefsten Herzen.« Das ist reinste Angst, die ich da höre, aber definitiv keine Liebe.

Langsam schleiche ich mich hinab und bleibe im Türrahmen zur Küche stehen. Egon hält Veras Arm und das keineswegs sanft. Man sieht seine Knöchel deutlich hervortreten. Mein Blick fällt auf den Boden, wo Scherben von Tellern liegen, und auf den Küchentresen, wo der schweineteure Cognac beinahe wieder leer ist. Ja ... ich habe diesen schweineteuren Kram nachgekauft.

Kann man nicht auch billigen Fusel saufen?

»Lass Mum los!«, kreische ich, ohne nachzudenken. Breitbeinig stelle ich mich hin, ich hoffe, dass ich so zumindest ein wenig Stärke ausstrahle.

»Das Luder! Haben wir dich aus dem Schönheitsschlaf geweckt?« Er tut es tatsächlich – lässt Mum los. »Für nichts gut.« Er stellt sich vor mich hin und packt schließlich meinen Arm. »Sieh zu, dass du mir aus dem Weg gehst, du Schmarotzer.« Harsch schiebt er mich zur Seite, sodass ich mit der Schulter gegen den Türrahmen knalle. Ich beiße allerdings die Zähne aufeinander, da ich mir nicht die Blöße geben will, vor ihm zu heulen.

»Egon, bitte warte doch. Das ... lass uns das vergessen.« Mum schlängelt sich an mir vorbei und hält ihren Mann fest. Vermutlich ist mein Mund weit geöffnet, als ich das Gesehene beobachte, aber gut, es geht einfach nicht anders, da ich es nicht verstehen will, wie man hinter so einem Typen herjagen kann.

»Ich habe noch einen Termin«, wimmelt er sie ab und läuft regelrecht aus der Tür. Vera läuft ihm nach und hämmert wie wild auf die Eingangstür – immer und immer wieder. Nebenbei schreit sie, sie kreischt, sodass sich ihre Stimme überschlägt. Ich würde sie so gern verstehen.

»Mum?«, frage ich zaghaft nach, während ich zu ihr gehe und mir die Schulter reibe. Sie schmerzt so richtig. »Mum ... lass es gut sein«, sage ich ein wenig forscher, weil sie nicht reagiert.

»Nein, das kann ich nicht«, brüllt sie mich im Umdrehen an. »Du verstehst nicht, was zwischen uns ist. Das wirst du nie.« Sie senkt ihren Kopf und ziept wie ein nervöses Kleinkind an ihrer Nagelhaut. Ich nehme es nicht übel, wenn sie so auf mich reagiert, da es ihre Wut ist, die aus ihr spricht, und nicht die liebevolle Mutter, die sie sein kann. Wenn ich sie auch lange nicht mehr gesehen habe. Viel zu lange.

Ich kann nicht sagen, was vorgefallen ist, sie will nicht darüber reden.

Dass Egon schon immer ein Arsch gewesen ist, weiß wohl jeder, aber er war es nie zu ihr. Vielleicht zu mir, wobei ich zu wissen glaube, dass er einfach keine Kinder mag. Er hat in Matthias' gesamten Leben zehn Mal tatsächlich mit ihm gesprochen, also über Themen, die den kleinen Mann interessieren.

»Leider tu ich es wirklich nicht, Mum.« Gemächlich gehe ich zu ihr und lege eine Hand auf ihre Schulter. Sie zuckt sogleich zusammen. »Mum, das bin nur ich, du musst doch nicht wegen mir zusammenfahren.«

»Ich ... ich habe mich nur erschreckt, weil ich dich nicht habe kommen hören.«

»Siehst du nicht, dass es alles Ausreden sind?« Ich weiß, ich könnte sanfter auf dieses Thema eingehen, doch irgendwann reicht es auch mir. Ich nehme Veras Hand. »Komm mit.« Ich sehe sie an, wie sie ihren Kopf schüttelt, dabei frage ich nicht, ob sie mit mir aus diesem Haus gehen will, sondern bloß, ob sie mit mir in das Wohnzimmer gehen möchte.

»In das Nebenzimmer, Mum, okay … nur wenige Meter weiter.« Schließlich nickt sie und folgt mir.

Während sich meine Mutter auf das Sofa setzt, hole ich noch Wein. Manchmal kann es wirklich nicht schaden zu trinken, allerdings nicht den teuren Fusel, denn mein Konto ist nun um 600 € leichter. Dabei hätte ich das Geld für etwas anderes gebraucht oder einfach gespart, damit ich mal mehr eigenes Geld habe.

»Wo ist Matthias?«, fragt sie mit einem Mal panisch.

»Mum, ich hab ihn doch zu seinem Freund gebracht.« Ihre Augen weiten sich, ihre Gesichtsfarbe wird blass.

»Nein, davon weiß ich nichts.« Vielleicht hätte besser ich Matthias' Mutter sein sollen … Dann hätte ich zwei Kinder und ich würde mich um ein weiteres Stück hilfloser fühlen. Mehr als ich es schon bin. Ich könnte heulen, denn ich habe das Gefühl, dass die Last auf meinen Schultern liegt und es wird immer mehr und nicht weniger.

»Ich will mit dir nun nicht darüber diskutieren, ob ich es dir gesagt habe oder nicht, aber er ist dort und schwimmt und ich hole ihn um 17 Uhr ab, damit er rechtzeitig zum Abendbrot daheim ist, ich werde nachher auch kochen, nachdem ich Matthias hingebracht habe, war ich nämlich einkaufen.« Meine ganze Erläuterung lässt sie kalt, als wäre ihr Herz zu einem Block Eis gefroren, nur für einen kurzen Moment, als ihr Matthias in den Sinn gekommen ist, habe ich das bisschen Mutter gesehen, die ich kenne.

»Möchtest du mir nicht sagen, warum dieser Streit gewesen ist?«, frage ich vorsichtig nach, dabei bin ich versucht, an meinen Nägeln zu kauen.

»Nein, Luisa«, kommt beinahe ruhig aus ihrem Mund heraus. »Das würdest du sowieso nicht verstehen.« Sie versucht, mir ein Lächeln zu schenken, aber ihre Mundwinkel zucken bloß, es gelingt ihr nicht, sie vollkommen in die Höhe zu ziehen.

»Okay …« Ich seufze laut, sie darf meine Enttäuschung hören. »Ich werde in die Küche gehen, gut?« Ich bin längst aufgestanden, als mich ihr Blick verfolgt.

»Ich denke nicht, dass er heute nach Hause kommt«, wirft sie mir regelrecht entgegen. »Er hasst es, dich zu sehen.« Als würde man mir eiskaltes Wasser über den Rücken gießen, so fühlt es sich an.

»Mum … ich … warum sagst du das?«, frage ich gekränkt. Es schmerzt nämlich höllisch, wenn dir die Person etwas Hässliches sagt, zu der du dein Leben lang aufgesehen hast, die aber immer mehr zu der Person mutiert, die du abgrundtief hasst. Sie reagiert nicht mehr und das macht mich in diesem Moment wütender, aber ich will nicht brüllen, weil ich weiß, dass es nichts besser macht, sondern alles noch verschlimmert.

Sei einfühlsam.

Sei geduldig.

»Mama …« Vorsichtig nähere ich mich ihr wieder und knie mich vor sie hin, meine Hände lege ich über ihre, die sie auf ihre Knien gelegt hat. »Hat er dich jemals …« Es ist schwer, das nun auszusprechen, ohne ein falsches Wort zu sagen, ohne es wirklich direkt auszusprechen. »Hat er dich jemals belästigt?« Ich weiß, dass er das hat, aber ich will wissen, ob er sie jemals sexuell bedrängt hat, nicht verbal. Das macht er mit allen Mitmenschen. Das muss wohl das Arsch-Gen sein.

Geschockt starrt sie mich an. Vera schüttelt vehement ihren Kopf, immer und immer wieder, als wollte sie nie mehr damit aufhören.

»Tut mir leid … tut mir leid, dass ich das überhaupt gefragt habe. Ich … weißt du, ich will dir nur helfen, wenn wirklich etwas ist. Du bist mir ja wichtig und so …« Es gelingt mir einfach nicht mehr zu sprechen, der Kloß im Hals nimmt mir die Luft, die ich benötige, um diese wenigen Wörter herauszubekommen. Den Kopf senke ich, doch nur so lange, bis ich ihre zarten Finger unter meinem Kinn fühle. Sie zwingt mich dazu, dass ich sie ansehe.

»Luisa ...« Ist das der Hilferuf gewesen? Ist er das jedes Mal und ich kann es nicht deuten? Mein Herz rast.

»Sag es mir ... sag es mir bitte, dann kann ich dir helfen. Dann gehen wir mit meinem Bruder ... weit weg.« Ich will nicht nur Matthias aus der Schussbahn von Egon haben, sondern auch sie, aber um jemandem zu helfen, muss dieser Hilfe zulassen.

»Ich liebe ihn, er ist nur an einigen Tagen aufbrausend, mehr ist da nicht. Du weißt, dass er viel arbeitet, überarbeitet ist und dadurch nicht die Geduld hat, wenn etwas nicht so läuft, wie er es sich vorstellt. Aber er tut mir nichts.«

Es ist mir zu viel. Ich sehe es doch, dass er ihr was antut, alleine indem er sie zu fest anpackt und diese blauen Flecken auf ihren Oberarmen hinterlässt, ich will nicht wissen, was hinter verschlossenen Türen geschieht, dann, wenn niemand im Haus ist. »Du sagtest, er kommt nicht mehr, richtig. Dann muss ich auch nicht kochen. Ich muss den heutigen Abend woanders verbringen. Weil ... egal.« Jedes Wort stammele ich, zittrig. »Vergiss nicht das Essen. Es gibt genügend im Kühlschrank. Matthias ist heute Nacht entweder bei mir, oder er darf vielleicht bei seinem Freund übernachten.« Eventuell sollte ich öfter ihren kleinen Sohn erwähnen, denn dann, nur dann leuchten die Augen für einen winzigen Augenblick.

»Okay«, haucht sie jedoch und lehnt sich in die Kissen zurück und zieht sich die Decke von der Lehne, um sich einzumummeln.

»Es tut mir so leid für dich, Mum«, flüster ich, als ich längst im Flur bin.

»Ist mit dir alles in Ordnung?« Selten, dass man einen so zuvorkommenden Taxifahrer findet, meist pöbeln die einen doch nur an, vor allem dann, wenn man zu viel getrunken hat.

Die Rede kenne ich schon, dass ich dann die Reinigungskosten zu begleichen habe, sollte etwas aus mir überlaufen. Ich weiß zum Glück, wo meine Grenzen sind. Meist.

Doch das verwundert mich, gut, ich kann meine Tränen im Augenblick nicht verstecken und entweder nervt es ihn tatsächlich, oder er hat ein Herz.

»Nun ja«, schniefe ich. »Es ist nicht alles so, wie ich es mir wünsche.« Ich erkenne, wie er mit einem Auge zu mir schielt.

»Es gibt Momente, die einen in den tiefsten Abgrund drängen, aber glaub mir, ich spreche aus Erfahrung, es gibt immer einen Weg zu den Lichtern.« Erstaunt sehe ich ihn an und auch ein wenig irritiert.

»Und wenn es unbezwingbar erscheint?«, frage ich dennoch aufmerksam nach.

»Das ist es nie, die Dauer hängt doch davon ab, wie schwer man es sich zu Herzen nimmt und ob man tatsächlich schon tief genug ist.« Dieses Gespräch jagt mir irgendwie Angst ein. Weil, wenn das bedeutet, dass es noch tiefer gehen könnte … nein, daran will ich nicht denken. Was kann denn noch Schlimmeres geschehen, als dass man schikaniert wird, dass die eigene Mutter in Selbstmitleid verfällt und sich mit dem miesesten Typen gut fühlt? Dann bin ich so ziemlich sicher in einer verkehrten Welt gelandet.

»Okay, danke für den Rat«, bedanke ich mich etwas zögerlich. Es hat immerhin mein Weinen gestoppt und vielleicht ist es auch alles gewesen, was diese Unterhaltung bewirken sollte – somit gelungen.

»Wir sind da«, sagt er knapp.

Kurz bevor ich die Tür zumachen will, höre ich ihn noch sagen: »Siehst du, hat geholfen. So schlimm kann es noch nicht sein.« Ich lächle ihn an, während mir das »*noch*« im Kopf umherschwirrt.

Bevor ich läute, habe ich schnell Matthias' Schlafsituation geklärt. Er hat sich riesig gefreut, als ich ihm gesagt habe, dass er bei seinem Freund schlafen darf, natürlich habe ich vorher die Mutter seines Freundes gefragt.

Und dann diese Lügen, die man immer wieder gegenüber anderen Personen erfinden muss. Ich kann ja schlecht sagen, dass es mir plötzlich eingefallen ist, dass er doch dort schlafen könnte. Nein, ich muss mir mehr ausdenken, dass Mutter noch auf einer Reise mit Egon ist, weil der Flug ausgefallen ist und nachdem ich ja »arbeiten« bin, könnte ihn niemand abholen. Ich frage mich manchmal, wie glaubwürdig ich tatsächlich klinge.

»Alles gut gegangen«, flüster ich zu mir selbst und hole mein Handy aus der Tasche.

»Na, Prinzessin! Alles gut bei dir?«, fragt mich Till durch den Lautsprecher.

»Joa … aber möchtest du mir vielleicht die Tür öffnen?« Ich frage schnell, damit ich es mir kein zweites Mal überlege. Es ist schon oft vorgekommen, dann habe ich lieber die Nacht auf einer Parkbank verbracht, als dass ich um Hilfe gebeten habe. Im Herbst taugt das absolut nichts – es ist schweinekalt. So wie nun im Sommer wäre es ja beinahe eine Abwechslung, allerdings liebe ich es, auf Matratzen zu schlafen und mich in Kissen und Decke zu kuscheln. Das ist das bisschen Luxus, das ich gern habe.

»Du bist immer willkommen und hast Glück, dass ich überhaupt zu Hause bin.«

»Till, das bist du immer, du arbeitest von daheim aus.«

»Ich öffne dir.« Mit den Worten legt er auf.

»Danke für deine offene Tür«, begrüße ich meinen Freund und lege meine Arme um seinen Nacken, um seinen Duft tief einzuatmen – er hat so etwas Beruhigendes.

»Für dich jederzeit, du bist die Einzige, die mich von der Arbeit abhalten darf.« Till küsst liebevoll meine Stirn und dirigiert mich schließlich in die Wohnung, um die Tür hinter sich zu schließen.

»Dein Bruder?«, fragt er nur kurz und mit Sorge, die in seiner Stimme mitschwingt.

»Bei seinem Freund und das über Nacht.«

»Das ist gut, sehr gut. Und du?« Till hält mich auf Armlänge, sodass er mich besser beobachten kann. Genauso sieht es nämlich aus, seine Augen gehen meinen Körper entlang, als wollten sie mich scannen, mich durchblicken, als wüssten sie, was mich an diesem Tag zu ihm getrieben hat.

»Ich … ich verbringe die Nacht bei meinem Freund«, lächle ich ihn süß an.

»Na komm.« Er nimmt meine Hand und führt mich zum Sofa. »Ich wollte heute ohnedies nicht arbeiten und ob ich einen Tag länger brauche, merkt der Kunde nicht, oder?« Ich lächle ihn nur liebevoll an, da es mir im Moment nicht wirklich nach Small Talk ist, das merkt er wohl längst. »Gut, ich hol uns ein Gläschen Wein, ist ja bereits nach 14 Uhr, da darf man schon etwas trinken. DVD noch dazu, der Tag ist perfekt, nicht?«

»Du bist der Beste.«

»Das wievielte Glas ist das nun?« Ich lehne mich fester gegen Till und habe auch keine Ahnung, wie viele Filme wir geguckt habe, aber man muss ja nicht immer alles wissen, nicht wahr?

»War nicht so viel, doch ich vermute, du hast heute nichts gegessen.« Meine Schultern zucken unwillkürlich und mein Blick fällt auf ihn, dort bleibt er hängen. In diesen Augen, die an einigen Tagen so dunkel erscheinen, am heutigen jedoch licht erstrahlen. Es lässt mich nicht wegsehen, zudem lege ich meine Hand auf seine Wange, wobei ich mehr seinen Bart spüre, dennoch mag ich es.

»Ich weiß nicht, wie du das jedes Mal schaffst.« Tills Mundwinkel sind zwar nicht in der Höhe, allerdings lächelt seine Stimme und vielleicht auch die Augen und das ist es, was an diesem Tag besonders den Glanz hervorholt.

»Was denn?«, frage ich leise.

»Das hier.« Ich fühle seine gesteigerte Atmung, wie sehr sein Herzschlag sich erhöht hat. Im nächsten Moment sind meine Lippen auf seinen oder seine auf meinen, ich habe keine Ahnung, von wem die Initiative ausgeht.

Tills Mund berührt meinen nur hauchzart, es ist der Versuch, mich abzulenken, meine Gedanken vom eigentlichen Thema umzuleiten. Er weiß, was ich brauche, um nicht denken zu müssen.

Es kribbelt. Sogleich will ich mehr, mehr von Till. Ungeduldig dringe ich mit meiner Zunge ein und spüre die Wärme, aber er steigt nicht darauf ein, stattdessen legt er die Hände auf meine Schulter, um mich von sich zu drücken.

»Luisa …«, seufzt er, nachdem er mir in die Augen gesehen hat, ich lasse ihn jedoch nicht weiterkommen, sondern kletter auf seinen Schoß, meine Handflächen lege ich auf sein Gesicht, sodass er mir nicht ausweichen kann. So nähern sich meine Lippen wieder seinen oder wieder umgekehrt, bis wir zu einem Kuss verschmelzen.

Vorerst beginnt dieses Spiel einseitig, aber niemand kann der Lust widerstehen, Till schon gar nicht, so landen seine Finger auf meinem Hintern und packen kräftig zu. Ungewollt beiße ich ihm ihn die Zunge.

»Scheiße, Lulu«, schimpft er und von mir ist ein »Sorry« zu hören. Danach küsst er mich gierig, als wollte er jetzt auf der Stelle mehr, das ist auch deutlich durch seine Jeans zu spüren. Tills Hände wandern unter mein Kleid, während mich sein Mund verlässt, doch nur, um mein Schlüsselbein zu küssen. Mein Becken presst sich automatisch fester an ihn, ich reibe mich an dem Stoff der Hose.

»Der Sommer hat etwas Magisches. Da ist so wenig Stoff, der mich von dem hier trennt.« Jedes Wort zieht sich, jedes Wort hat seine Finger näher an meinen Slip gebracht. »Heiß!«, zischt er und streift mit dem Zeigefinger über den leicht feuchten Baumwollstoff. Ich kann meine Begierde wohl nicht länger verstecken, diese Berührung hat es mir äußerst angetan.

»Weg damit!«, befehle ich, halte den Saum seines nerdigen Shirts, um es hochzuziehen und schließlich über den Kopf zu bekommen. Mit schwachem Druck kratze ich an dem Oberkörper abwärts bis zu den Jeansknöpfen und lasse es mir nicht nehmen, sie sofort zu öffnen. Die Handfläche lege ich auf die ausgebeulte Boxershorts und reibe darüber. Tills Becken hebt sich mir entgegen, während seine Finger unter meinen Slip kriechen und dort ein Spielchen beginnen. Zart streicht er über meinen kleinen Hügel, was mich in die Höhe gehen lässt, um ihm besseren Zugriff zu geben, und mir mehr Vergnügen. Seine andere Hand kommt dem Rippenbogen entlang höher, bis sie meine Brust gefunden hat. Trotz der zwei Lagen Stoff zwischen mir und diesen Berührungen kann ich die kleinste Regung fühlen, die Brustwarzen sind unmittelbar erhaben und erregt. Ich will viel mehr, es kann niemals zu viel sein.

Im nächsten Wimpernschlag bin ich auf meinen Beinen. Aufgeregt stehe ich schwer atmend vor Till, der mich verwirrt ansieht. Dieser Anblick – nackter Oberkörper, makellos … beinahe, denn unter seiner linken Brust zieht sich eine lange Narbe entlang. Aber sie stört das Aussehen dieses Mannes keineswegs. Die Augen wandern ein Stück tiefer zu der geöffneten Hose und wenn ich genau hinsehe, kann ich seine Erektion pulsieren sehen. Ich muss mir auf die Unterlippe beißen, um mich ein wenig zu zügeln.

Für einen Augenblick schließe ich die Augen, ziehe mir mein Kleid aus und öffne die Lider wieder. Ich sehe, wie sich Tills Lippen bewegen wollen, ich deute ihm jedoch mit dem Zeigefinger, dass es nun nicht der passende Moment ist, etwas dazu zu sagen. Schließlich mache ich den BH auf und lasse ihn zu Boden fallen. Mit einem koketten Lächeln bedeute ich ihm, dass er aufstehen soll. Wir stehen mit unseren Oberkörpern aneinander, meine gereizten Brustwarzen an seinen Muskeln reibend. Meine Fingerspitzen gleiten seine Seiten abwärts, bis sie den Bund der Jeans erreicht haben und diese samt Boxer mit sich ziehen, die Socken müssen auch weichen, wenn schon, muss der Mann vollkommen entblößt sein.

Meine Hand findet sogleich die Erektion, die Finger lege ich darum und beginne, ihn zu stimulieren, dabei dringt ein animalisches Brummen aus ihm heraus, es bestärkt mich in dem, was ich tue, und zeigt mir, dass es ihm gefällt. Auf Knien vor ihm streicht mein Daumen über seine Eichel. Ein scharfer Atemzug seinerseits sagt mir, dass ich auf dem richtigen Weg bin, ihn verrückt zu machen.

Langsam stehe ich auf, jedoch nicht, ohne den Körperkontakt zu unterbrechen. Die Arme lege ich hinter seinen Nacken, um Till ganz nahe an mir zu haben, um ihn zu küssen. Doch er sträubt sich.

»Du hast noch etwas, das mich stört«, murmelt er und hängt zwei Finger in meinen Slip, so zieht er ihn ein Stück hinab, bis er von selbst fällt und ich hinaussteigen kann. »Viel besser.« Mit einem Ruck hebt er mich hoch, sodass ich meine Beine um seine Hüfte schlingen muss, dabei entkommt mir ein seltsames Kichern. Ich habe nicht damit gerechnet, dass er mich so stürmisch nimmt. So bringt er mich in die wenige Schritte entfernte Küche und setzt mich auf die Arbeitsplatte, um sogleich meine Beine zu spreizen. Sein Zeigefinger streichelt federleicht an der Innenseite meines Schenkels. Der gesamte Körper ist angespannt, die Hände krallen sich an das Ende der Platte, den Kopf lehne ich an Tills Schulter an. Sein Daumen kreist um meine Klitoris, langsam und mit einem gewissen Druck, der auf der Stelle Hitze in mir versprüht. Zwei Finger dringen in mich ein, was ein leises Stöhnen hervorlockt. Den Kopf lege ich in den Nacken, meine Atmung wird hektischer. Doch dann ist diese Hitze im nächsten Augenblick weg. Till sieht mich an, ich beobachte, wie sich sein Oberkörper im gleichen Tempo meiner Atmung auf und ab bewegt. Unweigerlich beiße ich mir auf die Unterlippe. Ich weiß nicht, was es ist, aber es hat garantiert noch jeden Mann verrückt gemacht. Möglicherweise ist es der Gedanke, dass zwischen den Zähnen mehr als nur die Lippe sein könnte, an der ich knabber.

Keine Minute will ich länger warten, daher ziehe ich ihn zu mir, bis ich seine Erektion an meinem Eingang fühle, ich lege meine Finger darum, stimuliere ihn einige Male und streiche über meine feuchte Stelle. Ich höre dieses Brummen, das ich ihm so gern entlocke. Tills Hände packen meinen Hintern, sie schieben das Becken näher an den Rand und er dringt in mich ein. Meine Atmung stockt und ich sehe ihn einige Sekunde an und er mich, regungslos, als wollten wir uns etwas sagen, doch niemand von uns weiß, was es tatsächlich ist. Schließlich bewegt er sich in mir, seine Hände fassen stärker in mein Fleisch, was mich anspornt, die Geschwindigkeit zu erhöhen. Meine Fingerspitzen streicheln seinen Oberkörper entlang, zerren an seinen Haaren, bis ich das Gefühl habe, noch mehr Halt zu benötigen und mich mit den Armen hinter mich stützen muss. Mein Bettfreund sieht es als Einladung und beginnt, meine Brüsten zu küssen. Heiß und kalt läuft es mir auf und ab.

Unsere Bewegungen werden spastischer, sie sind hektisch, voller Leidenschaft, sinnlich, bis ich tiefes Stöhnen von dem Mann vor mir höre und er das Tempo reduziert, dennoch sogleich kräftiger zustößt, immer fester, bis ich selbst in das Feuer springe und laut aufstöhne.

Erschöpft halte ich mich an seinen Schultern fest, als er langsam den Penis aus mir zieht und mir rasch einen Kuss auf die Stirn gibt. In diesen Momenten habe ich nie eine Ahnung, wie richtig oder falsch es ist, meinen Freund so auszunutzen. Seine Mimik verrät nicht viel darüber, was er denkt. Jedoch weiß ich, was ich denke.

Till lächelt mich an, platziert ein weiteres Küsschen auf meiner Stirn und geht von mir, um seine Klamotten aufzuheben, damit verschwindet er im Bad.

»Scheiße!«, zische ich leise. »Wie soll ich diese Nacht nun überstehen?« Kopfschüttelnd hüpfe ich von der Küche und wische schnell die Arbeitsfläche ab, schließlich will hier auch gekocht werden, bevor ich mich auch anziehe und es mir wieder auf dem Sofa bequem mache, um auf Till zu warten, doch er kommt nicht. Er bleibt wohl lieber im Bad.

»Ich hau ab«, rede ich mit mir selbst und bewege mich in Richtung Eingangsbereich.

»Wohin willst du?«, fragt er vorsichtig nach.

Ohne mich umzudrehen, gebe ich ihm Antwort: »In die Höhle des Löwen. Ich muss morgen zeitig aufstehen und wenn ich hier übernachte, dann müsste ich weitaus früher auf, da ich ja schlecht mit diesen Klamotten und der Unterwäsche vom Vortag arbeiten gehen kann.« Es ist ein einziger Redeschwall, der aus mir herauskommt – aus Scham, aus Angst, dass ich meinen Freund verletzt habe.

Das hast du, Lulu!

»Lulu ...«, flüstert er. »Bleib doch bitte.« Till legt einen Arm auf meine Schulter. »Dreh dich zu mir«, bittet er mich und ich tue es.

»Ich wollte das nicht, ich kann noch nicht einmal sagen, dass ich zu viel Alkohol getrunken habe, weil ich mich in diesem Augenblick alles andere als angeheitert fühle.« Die wohlige Wärme, die ich zuvor während des Fernsehens empfunden habe, ist vollkommen verpufft.

»Entschuldige dich niemals für etwas, das ich auch genossen habe. Also hiergeblieben. Ich glaube kaum, dass du in die Höhle des Löwen willst, wo du hier deine Ruhe genießen darfst.«

»Ja, da hast du recht.« Weil ich einfach Schiss habe, dass er vielleicht doch daheim ist und sonst niemand, was bedeutet, dass ich es voll abbekomme, da ich es nicht geschafft habe, die Familie zum Abendbrot zusammenzutrommeln. »Warum liegt die Verantwortung eigentlich bei mir?«, frage ich Till und im Grunde auch mich.

»Das kann ich dir nicht beantworten, Lulu.« Mein Freund nimmt meine Hand, um mich zurück in den Wohnbereich zu dirigieren. »Ich verstehe sowieso nicht, weshalb du noch dort bist.«

»Matthias« ist alles, was ich dazu sage. So fallen wir in ein Schweigen, kein unangenehmes, dennoch eines, in dem viele Fragen und Antworten um uns schwirren, obwohl nicht einer ein Wort sagt.

KAPITEL 8

*H*ey, Till«, flüster ich und rüttle ihn leicht am Oberarm. Seine Augenlider flattern, irgendwie bekommt er sie nicht auf, es sieht so bescheuert aus, aber ich versuche, mich zu beherrschen, um nicht laut aufzulachen.

»Guten Morgen liebster Freund«, säusele ich so nahe an seinem Ohr, dass es ihn kitzelt und er eine Hand darauf legt. »Aufwachen, Schlafmütze.« Endlich öffnet er die Augen. Till ist verdammt schwer wach zu bekommen. Vermutlich könnte ich ihm einen Eimer eiskaltes Wasser über die Birne schütten.

»Guten Morgen Lulu«, murmelt er und streckt die Arme über den Kopf.

»Ich muss los und wollte dir nur einen schönen Tag wünschen.« Lächelnd sehe ich auf ihn herab.

»Deshalb weckst du mich?« In seinem Gesicht spiegelt sich Müdigkeit und Verzweiflung – armer Till.

»Nur deswegen«, behaupte ich fest, kann mir aber mein Lachen nicht lange verkneifen. »Nein, eigentlich wollte ich dir wegen letzter Nacht danken.« Ich setze mich zu ihm auf die Bettkante, Till rutscht hoch und streichelt meinen Arm entlang.

»Keine Ursache und du weißt, das Angebot steht.« Ich verdrehe die Augen und sage nicht mehr dazu.

»Gut ... ich muss nun los.« Bevor ich mich erhebe, gebe ich ihm einen Kuss auf die Wange und seufze schließlich. »Gott ... wie ich Frühschicht hasse«, murre ich. »Immerhin kann ich am Mittag gehen.«

»Ich schlafe noch eine Runde«, ruft er mir nach, als ich in der Tür stehe. Ein letztes Mal drehe ich mich um, doch nur, um ihm meine Zunge zu präsentieren. »Ach, und richte deinem Bruder schöne Grüße aus.«

Auf dem Weg nach Hause und schließlich dann in den Coffeeshop habe ich Mum geschrieben. Sie hat schreibtechnisch nüchtern gewirkt und angeboten, ihren Sohn von seinem Freund abzuholen, wenn sie mit der Arbeit fertig ist, und sie geht mit ihm anschließend ins Kino. Ich vermute, dass sie ein schlechtes Gewissen hat, da sie Matthias in letzter Zeit vermehrt ignoriert hat.

Und ich ... ich bin in meinem Bett – alleine nach der Arbeit.

Meine Augenlider sind geschlossen. Ich höre es – die Ruhe, die mir in diesem Moment niemand nehmen kann. Bloß das Ticken der großen Wanduhr im Wohnzimmer dringt bis in das obere Stockwerk. Wenigstens hat es etwas Beruhigendes – tick ... tack ... tick ... tack. Immer derselbe Takt, der Takt, in dem mein Puls schlägt.

»Schön, dich hier endlich anzutreffen.« Egons Stimme bringt den ruhigen Puls jedoch im nächsten Augenblick zum Rasen.

»Luisa ...«, lacht er schelmisch, während sich in meinen Augen Panik zeigt. Ich setze mich hoch und ziehe die Beine an mich, davonlaufen rät mir allerdings mein Bauchgefühl, aber es lähmt mich auch zugleich und ich fühle mich wie von einem starken Magneten auf dieses Bett gefesselt.

»Die wunderhübsche Luisa. Von wem hast du wohl dieses Aussehen? Von Vera?«

»Geh aus meinem Zimmer, bitte. Du bist doch betrunken«, flehe ich kaum hörbar.

»Nein, nicht einmal deine Mutter ist so hübsch wie du.« Bekräftigend schüttelt er den Kopf. »Ich weiß zwar nicht, wen du mit diesem Aufzug beeindrucken willst, aber es nimmt dir tatsächlich nichts von der Schönheit deines makellosen Gesichtes.«

»Bitte, Vater«, quäle ich die Worte durch zusammengebissene Zähne und nehme meinen gesamten Mut zusammen, sodass es mir endlich gelingt, aus diesem magnetischen Bett aufzustehen. Ich will Stärke zeigen und verschränke die Arme vor meinem Körper, leider ist Egon um so viel größer, dass es mir verdammt schwerfällt, mich gegen ihn zu stellen.

»Ich vermute, dass es von deinem Vater kommt.« Er tritt weiter in das Zimmer, während ich mir in meinem Hirn den Fluchtplan zurechtlege und langsam seitwärts gehe, bis ich am Unterteil des Bettes angekommen bin, doch mein Vater nähert sich weiter. Panisch blicke ich mich um und hoffe, dass ich an ihm vorbeihuschen kann. Mit rasendem Herz und angespanntem Kiefer wage ich die Schritte.

Er hält mich an meinem Arm fest und ich bin mir schon in diesem Moment sicher, dass ich morgen exakt an dieser Stelle seine Finger erkennen kann.

»Genau wie er«, flüstert er nahe an meinem Ohr und packt sogleich den zweiten Oberarm. »Nur gut, dass du nicht meine Tochter bist.« Es wird mir übel, ich weiß nicht, ob es am Geruch des Alkohols liegt oder an dem, was er mir an den Kopf wirft.

»So stumm? Du kannst sonst doch nie deine Klappe halten, denkst du, dass ich nicht weiß, was in diesem Haus vor sich geht? Denkst du tatsächlich, dass ich keine Ahnung habe, wie oft du Männerbesuch hast.« Jedes Wort wird lauter, während meine im Hals stecken bleiben und den Weg nicht nach draußen finden. »Ich will, dass du bloß ein einziges Mal nach mir stöhnst«, haucht er in mein Ohr und ich muss die aufkommende Kotze runterschlucken.

»Wusstest du nicht, dass du nicht mein Fleisch und Blut bist?«, fragt er, dabei bedrängt er mich.

Nicht seine Tochter?

»Deinem Blick nach zu urteilen, hat Vera wohl nie auch nur ein Sterbenswörtchen darüber verloren. Seltsam ... wo sie früher von ihrem Liebhaber immer so geschwärmt hat.« Er schüttelt seinen Kopf und grinst mich an. »Weißt du, Luisa. Du bist in der Tat eine heiße Frau geworden.« Egons Finger sind so fest um meine Oberarme, dass es höllisch schmerzt, ein wenig stärker und ich hätte das Gefühl, als würde er mir die Knochen brechen wollen, vielleicht ist es sogar sein Ziel. Aber stattdessen beugt er sich vor und leckt über mein Ohr. Ekelschauer rieseln an mir hinab.

»Oh, du schmeckst so gut ... das ist es doch, was deine Fickfreunde zu dir sagen, nicht wahr?«

»Was willst du?«, sage ich stockend. Längst läuft die erste Träne an mir runter.

»Dich, weil ich es kann, weil du nicht mit mir verwandt bist und weil endlich niemand im Haus ist.«

Panik – das ist alles, was ich in diesem Moment spüre.

»Du kleine Hure gehörst nun mir«, zischt er und packt meinen Pferdeschwanz, an dem er meinen Kopf nach hinten zieht, um offenbar eine bessere freie Hautfläche zu haben. Seine Lippen sind nämlich sogleich an meinem Hals, am Schlüsselbein, seine Zunge leckt über die Haut. Seine andere Hand knetet unangenehm meine Brust, richtig fest, sodass ich das Gefühl habe, sogar da könnte ich später einen Bluterguss vorfinden.

Ich will weg!

»Sie hatten recht ... du schmeckst gut«, murrt er gierig und die Hand wandert tiefer, bis zu meiner Hose, wo er den Knopf und den Reißverschluss öffnet. »Glatt rasiert, wie ich es mag, doch so trocken. Das wird meinem Bedürfnis aber nicht im Wege stehen.« Egon drängt mich Schritt für Schritt nach hinten, bis ich die Bettkante fühle und er mich darauf wirft. Ich sehe es als Chance und versuche zu flüchten, jedoch ist er schneller. Er pinnt mich gleich auf die Matratze.

»Denk bloß nicht daran!«, knurrt er. Sein Ausdruck erinnert mich tatsächlich an einen wütenden Hund, der sich an mir ergötzen will. Während er mich mit einer Hand festhält, öffnet er mit der anderen seine vermutlich schweineteure Anzughose. Wäre sie noch genauso viel wert, wenn ich sie ihm ankotze? Ich müsste nämlich mal. Wobei es nicht einmal möglich wäre, da ich zu angespannt bin, alles, was ich kann, ist heulen. Die Tränen laufen nur so aus mir hinaus, als würde jemand Wasser über meine Wangen gießen.

Ich will nicht mehr, ich will weg. Ich will einfach nur abhauen.

»Vera hätte es nie wagen dürfen, mich zu betrügen und dich – einen Schmarotzer – in das Haus zu lassen.« Er zieht an meiner Hose und lässt dabei für einen Moment ein wenig lockerer.

Ich muss für ihn da sein, muss zusehen, dass ich aus dieser Situation komme, also halte ich die Luft an, spanne die Muskeln an und trete kräftig mit dem Knie gegen seine Weichteile. Er sackt auf mich und kreischt dabei wie ein kleines Mädchen. Aber es hat mir zumindest einige Sekunden Vorsprung gegeben und Adrenalin, das mich nun antreibt, da ich schlichtweg von hier verschwinden muss. Ich drücke ihn von mir weg, so kann ich mich unter ihm herauswinden, danach bin ich auf den Beinen und laufe, ohne Schuhe einfach weg von hier.

Weit weg.

KAPITEL 9

*D*as Adrenalin trägt mich, bis ich mich schließlich am Pilsensee wiederfinde. Das sind gute dreißig Laufminuten von dem Haus, wo ich nie wieder hin möchte, entfernt. Außer Atem und nach wie vor weinend setze ich mich an das Ufer und lasse das Wasser über meine nackten Füße schwappen. Aber es ist keine Ruhe hier. Ich weiß nicht, ob ich die jemals finden werde. Ich bin aufgewühlt, ich fühle mich nicht wie ich, als wäre meine Seele aus mir herausgewandert und das hier ist bloß eine Hülle meiner selbst, die diesen Körper zusammenzuhalten versucht. Es ist mir sogar egal, dass sich meine Hose mit Wasser vollsaugt.

»Ich will nicht mehr«, flüster ich und stehe auf. Automatisch gehe ich in Richtung Campingplatz, zu dem kleinen Einkaufsladen, und hole mir das Stärkste, was es dort zu kaufen gibt. Immerhin habe ich ein paar Münzen in meiner hinteren Hosentasche stecken.

»Scheiße, ist das wackelig«, rede ich mit mir, als ich nach – keine Ahnung, wie spät es ist, versuche, aufzusehen. Aber es ist dunkel geworden. Es sind nur noch die Camper am See.

Wie unwichtig man werden kann ... niemanden interessiert es, dass eine junge Frau sich hier betrinkt, wobei ich vermute, dass mich einfach keiner gesehen hat, es gibt genügend Plätze, wo man ungestört tun und lassen kann, was man will. Dabei entkommt mir ein leises Kichern.

»Pass auf, wo du hinläufst!«, werde ich wütend von der Seite angepöbelt.

»Sorry«, lache ich bloß. Der Typ muss ja nicht plötzlich aus dem Nichts vor mir auftauchen und in meine Schulter rennen.

»Besoffenes Weib«, höre ich ihn noch schimpfen. Soll er sagen, was er will. Prallt alles an mir ab.

Wusstest du nicht, dass du nicht meine Tochter bist?, hallt es in meinem Kopf, während ich wankend in Richtung Stadtmitte torkele mit der Schnapsflasche in der Hand.

Oh du schmeckst so gut ... das ist es doch, was deine Fickfreunde zu dir sagen, nicht wahr?

»Ahhhhhhhh!«, brülle ich in die leere Gasse und bekomme anschließend kaum Luft.

Ich fühle seine Zunge auf mir, die Oberarme brennen wieder, als würden mich seine starken Finger nach wie vor festhalten. Dieses üble Gefühl tritt wieder auf, dieses Mal kann ich es nicht zurückhalten – mein Mageninhalt entleert sich auf der Grünfläche neben mir. Der Magen zieht sich etliche Male zusammen, bis nichts mehr herauskommt und ich bloß trocken würge, was schlimmer ist, als den Inhalt tatsächlich zu verlieren.

Geschwächt komme ich von meiner knienden Position auf, wische mit dem Handrücken über den Mund, um eventuelle Reste zu beseitigen. Wenn noch was dran klebt, ist es mir eigentlich egal, ich will ohnedies nicht mehr. So mies, so schmutzig habe ich mich in meinem gesamten Leben nicht gefühlt.

Um den Schmerz weiter wegzuspülen, nippe ich an der Flasche, was alle Gesichtsmuskeln in mir zusammenzieht.

»Shit, schmeckt das ekelhaft.« Und dennoch nehme ich einen weiteren Schluck und gehe, bis ich meine Anlaufstelle gefunden habe. Wie eine Irre drücke ich die Türklingel, läute Sturm, aber niemand öffnet mir. Ich kann ja wohl schlecht bei seiner betagten Nachbarin klingeln, die schläft vermutlich um diese Uhrzeit.

Verzweiflung breitet sich in mir aus, da ich nicht weiß, was ich tun soll. Ich spüre die Hilflosigkeit in mir. Ich bin keineswegs eine erwachsene Frau, die ich eigentlich sein sollte. Ich will helfen, allen und jeden und dann … dann bin ich es, die wie ein Häufchen Elend neben einer alten Holztür steht – besoffen, weil sie keinen anderen Weg als den Alkohol sieht.

»Ich will sterben«, murmele ich zu mir selbst, lehne mich gegen die von der Sonne aufgeheizten Mauer und rutsche langsam hinab, bis mein Hintern die Pflastersteine berührt. Die Flasche stelle ich neben mich, der billige Fusel schmeckt ja doch nicht. Vielleicht mag Egon deswegen den teuren Mist lieber.

Egon … auf der Stelle setzt ein Würgereiz ein, den ich aber gerade noch unterdrücken kann, ein weiteres Mal halte ich es nicht aus zu kotzen, der fahle Geschmack von vorhin liegt mir nach wie vor auf der Zunge.

Seufzend und an nichts denkend, zumindest versuche ich es, verschränke ich die Arme vor meinem Körper. Es gelingt mir nicht. Ich sehe diesen Mistkerl vor mir, wie er sich an mir aufgeilt, meine Brüste anfasst – ein Schmerz zieht durch meinen Brustkorb. Ich fühle seine Finger um meine Handgelenke und reibe sie mir sogleich. Wieder verfalle ich in ein bitterliches Weinen, von dem ich das Gefühl habe, nie wieder herauszukommen.

»Lulu?« Tills liebevolle Stimme holt mich aus dem Schlaf. Ich blicke hoch, bewege den Nacken, er schmerzt. »Was ist mit dir geschehen? Du siehst, mit Verlaub, wirklich scheiße aus.«

Wenn das hier eine andere Situation wäre, würde ich ihm diesen Spruch übel nehmen. Ich weiß ja ohnehin, dass er recht hat. Mein Inneres ist bis nach außen gekehrt, ich habe gehofft, dass dies nie passieren wird.

»Komm.« Till streckt seinen Arm aus, damit ich ihn umfassen kann. Allerdings zögere ich, weil es mir gerade in diesem Moment erst bewusst wird, dass ich nur zu ihm laufe, wenn ich am Boden zerstört bin. Dann, wenn ich Hilfe benötige, er gibt sie mir, obwohl ich nicht danach frage, Till sieht es einfach. Und genau deswegen fühle ich mich schlecht, da ich ihn doch ausnutze. Also nehme ich seine Hand nicht an, sondern starre wieder auf den Asphalt.

»Gut, wenn du nicht willst … dann eben anders«, höre ich ihn sagen. Sogleich sehe ich einen Schatten, der sich über mich beugt, um mich hochzuheben. Meine Muskeln verkrampfen, meine Augen werden weit und ich habe das Gefühl, als würden sie jeden Augenblick wieder anfangen zu tränen.

»Ich bin für dich da, Lulu. Egal, was dir je passiert, ich bin da und werde dich immer auffangen. Ich will, dass du das weißt.« Womit habe ich ihn verdient, der Kloß im Hals wächst nämlich gerade im schnellen Tempo und drückt zudem noch auf die Tränendrüse, sodass es kein Zurückhalten mehr gibt.

Der erste Weg in der Wohnung ist in das Badezimmer. Till setzt mich auf den Badewannenrand. Hinter mir höre ich es plätschern.

»Was hat er dir angetan?« Er kniet sich vor mir hin und streicht mir mit dem Handrücken über die Wange, ich zucke zurück. Ich habe Angst, nicht vor ihm … vor … ich weiß es nicht. Mein Herz sagt mir einfach, dass ich Angst haben muss, und deswegen schlägt es gleich noch schneller.

»Das bin nur ich, Lulu.« Seine sanfte Stimme lässt mich zumindest aufsehen, Wörter bringe ich allerdings nicht heraus. In diesem Augenblick wird mir bewusst, dass dieses Erlebnis schlimmer für mich ist, als ich es am späten Nachmittag noch empfunden habe. Ich habe eben doch gekichert, als ich diesen Kerl angerempelt habe. Das Adrenalin hat sich wohl nun gänzlich abgebaut.

»Ich werde dir nun dein Shirt ausziehen, okay? Wäre wunderbar, wenn du mir helfen könntest, damit wir dich sauber bekommen. Der Schnapsduft und das verschmierte Gesicht stehen dir nicht so gut.« Er seufzt, als ich nicht mal mit der Wimper zucke. »Ja, vermutlich ist dir nicht nach Scherzen zumute, ein Versuch war es dennoch wert. Also gut … ich ziehe dir nur dein Top über den Kopf.« Ich nicke, das muss vorerst reichen. »Wenn du nicht willst, dass ich dich nackt sehe, dann gehe ich hinaus und du erledigst den Rest, gut?« Vehement schüttele ich den Kopf, mein Blick fleht ihn an. »Ist es okay?« Nochmals ein Nicken meinerseits.

Till reicht mir beide Hände und hilft mir hoch, er öffnet Knopf und Reißverschluss meiner Hose und zieht sie hinab. Ich erkenne nichts Erotisches an der Situation, er sieht mich nicht so an, wie er es sonst tut. Er will mir tatsächlich nur helfen, was wieder Tränen in meine Augen treibt. BH und Slip entfernt er mir, um mir anschließend in das warme Schaumbad zu helfen. Es beruhigt meine kribbelnde Haut, nur denke ich nicht, dass es mehr als das sein wird.

Till setzt sich neben mich, verlässt mich keine Sekunde, während ich in seiner Wanne sitze und meine Augen starr geradeaus gerichtet sind. Tills Blick hingegen liegt auf mir, mit diesen Fragen, die ihm auf der Zunge brennen. Er spricht jedoch nicht, somit ist bloß ab und an ein Plätschern zu hören, wenn ich ein Bein oder eine Hand bewege.

Nachdem ich über dreißig Minuten im Wasser weiche und es seit längerer Zeit kalt ist, unterbricht er dennoch die Stille. »Ich werde dich ein wenig waschen.«

Ich kann das doch selbst, schreit es in mir, kann mich allerdings nicht rühren, darum bin ich mir keineswegs mehr sicher, ob ich es tatsächlich kann.

Mit einem feuchten Lappen wischt er die schwarzen Schlieren aus dem Gesicht, ich weiß, dass da welche sind, auch wenn ich mein Spiegelbild nicht betrachtet habe. Er beugt sich ein wenig über mich, greift nach dem Duschkopf und braust meine Haare ab, schäumt sie sogar ein. Tills vertrauter Duft steigt mir in die Nase, es ist also sein Shampoo, sein Duft. Danach spült er alles ab, öffnet den Wasserabfluss, holt ein Handtuch und bittet mich, zu ihm zu kommen. Sachte legt er es um mich, als wäre ich zerbrechlich, ein Stück kostbares Glas, das zerbricht, fasst man es zu stark an. Möglicherweise ist dieser Vergleich gar nicht so unwahr.

Jedes Glied trocknet er behutsam hab, die Haare reibt er mit einem Tuch ab und kämmt sie. »Warte einen Augenblick«, haucht er und wickelt mich ein weiteres Mal eng ein. »Ich hol dir frische Klamotten.« Bibbernd stehe ich die wenigen Sekunde da, bis er zurück im Bad ist.

»Ist dir kalt?« Tills Augenbrauen sind zusammengezogen. Ich verneine ohne Worte. Es ist nicht die Kälte, die mir zu schaffen macht ... nein, vielleicht doch ... aber das hat mehr mit der Kälte in mir zu tun, die ich spüre.

In Tills Sachen gehüllt, bringt er mich zu seinem Bett und deckt mich sogar zu. Für einen Moment verschwindet er, aber nur um selbst in Schlafkleidung wieder aufzutauchen. Mein Freund legt sich vor mich und sieht mir verzweifelt in die Augen. Ich weiß, dass er über Lösungsvorschläge nachdenkt, um sie mir dann an den Kopf zu werfen, nur an diesem Tag lässt er es bleiben, weil er nicht so ist, wie so viele schon gewesen sind. Somit nimmt er nur meine Hand und streichelt mit seinen Fingern darüber. Am Handgelenk hält er inne. Mein Blick fällt auch dorthin. Kleinere blaue Flecke sind sichtbar. Till legt seine Hand um mein Gelenk, sie stimmen beinahe mit den Abdrücken überein, er muss wohl nicht fragen, woher sie stammen. Meine Atmung wird hektischer, ich beiße mir auf die Unterlippe, um ein Wimmern zu unterdrücken, die einsame Träne, die an der Wange abwärts rollt und auf dem Kissen landet, kann ich jedoch nicht aufhalten.

»Komm her«, wispert Till und zieht mich zu sich, sodass ich mein Gesicht an seiner Brust vergraben kann.

Sonnenlicht strahlt mir in die Augen, es brennt regelrecht und da ich die Augenlider nicht öffne, erscheint alles rot.

Rot wie die Liebe

Rot wie die Magie.

Rot wie die Wärme.

Rot wie die Gewalt.

Rot wie die Wut.

Rot wie der Zorn.

Mit einem Schlag sind meine Augen geöffnet. Zu viele negative Gedanken schieben sich hervor. Mein Puls ist alles andere als normal. Meine Atmung definitiv nicht korrekt und sollte ich mich nicht schnell genug einkriegen, hyperventiliere ich in den nächsten Sekunden, daher setze ich mich auf und versuche, einen Rhythmus zu finden, der mich angemessen atmen lässt.

Vermutlich hat es bloß einige Atemzüge benötigt, möglicherweise zwei Minuten gedauert, bis ich wieder richtig Luft holen konnte, dennoch hat es sich wie eine Ewigkeit angefühlt.

An diesem Tag leuchtet irgendwie nichts, auch wenn es hell ist, heißt es nicht, dass es schön sein muss. Es ist hässlich und störend. Nicht einmal der Gedanke, dass ich hier in Sicherheit bin, bei meinem besten Freund, der Helfer in der Not, der Selbstlose, dem ich so vieles zu verdanken habe und nie etwas zurückgebe.

Sex, du gibst ihm Sex.

Diesen Gedanken schiebe ich rasch beiseite, da es mich noch schlechter fühlen lässt.

»Es tut mir so leid, dass ich dir das alles antue, Till«, flüster ich zu mir selbst, denn das Bett neben mir ist leer – beinahe.

Auf dem Kopfkissen liegt ein Stück Papier, das vermutlich aus einem Heft gerissen wurde.

»Bin bald zurück. Musste nur ein wenig einkaufen, der Kühlschrank schreit nach Essen. Hab dich lieb, vergiss das nie, Lulu!« Ich zerknülle den Zettel und werfe ihn gegen die Wand.

Mit beiden Händen verstecke ich mein Gesicht und kreische so laut ich kann.

Warum bin ich im Augenblick so sentimental?

Ich weiß nicht, was mich gerade antreibt, allerdings muss sich etwas ändern, nein, sehr viel und das bedeutet in diesem Moment, dass ich jemanden enttäuschen muss – viele enttäuschen muss.

»Es tut mir wirklich leid, Till«, murmele ich wieder, bevor ich aus dem Bett steige und in Tills Wohnzimmer nach Papier und Stift krame.

 *Till,*

ich weiß nicht, wie ich dir für letzte Nacht danken soll. Ich weiß nicht, ob ich es je können werde, denn du hast mich aufgefangen im hoffentlich tiefsten Moment meines Lebens. Und dafür bin ich dir zutiefst dankbar. Aber gleichermaßen fühle ich mich beschämt, da vieles nicht so gelaufen ist, wie es sein sollte – was heißt hier vieles – so ziemlich alles.

Aber wenn mir letzte Nacht eines gezeigt hat, dann, dass Sterne nur nachts leuchten. Und ich nehme das als Anlass, um meinen Weg zu gehen, weil es in diesem Leben nicht mehr geht.

Sei mir nicht böse, bitte!

Ich weiß, was ich an dir habe, aber vermutlich ist auch dein Weg einfacher ohne mich.

Till ... ich weiß, dass du mehr von mir

*erwartest, jedoch kann ich dir genau das nicht
geben.*

*Versuche, dein Leben ohne mich zu führen,
versuche mich zu vergessen, um dich für andere zu
öffnen.*

Es tut mir so leid.

*Eine letzte Bitte habe ich an dich … und wieder
bin ich auf dich angewiesen. Wie oft werd ich dich
wohl noch ausnutzen müssen?*

*Nein, das hier ist das Letzte, was ich von dir
verlange, worum ich dich bitte, ein
Herzenswunsch und ich weiß, dass du ihn mir nie
abschlagen wirst.*

*Bitte kümmer dich ein wenig oder ein bisschen
mehr um Matthias. Ich kann ihn nicht
mitnehmen. Sag ihm, dass es mir gut geht, dass ich
… ich weiß es nicht, denk dir etwas aus. Aber
erzähle ihm nichts Böses über mich, auch wenn ich
mich in diesem Moment mehr als nur egoistisch
fühle. Ich tue das tatsächlich nur für mich, weil
ich für Vera keine Hilfe bin und ich nicht mehr
kann – es ist mir zu viel geworden.*

*Machs gut, auf bald
Lulu*

* ✳ *

KAPITEL 10

*J*ch stehe bereits seit über einer Stunde ein wenig versteckt vor meinem Elternhaus, oder dem Haus, in dem ich einige Jahre aufgewachsen bin.

Eltern ... zähle ich Vera dazu? Sie hat zumindest die ersten Jahre wirklich gut für mich gesorgt, bis Matthias gekommen ist. Ich war ihr nie böse, dass sie es so gehandhabt hat. Möglicherweise hat es ihre Energie nicht geschafft, beide Kinder gleichermaßen zu beschützen, und irgendwann ging ihre Kraft gänzlich verloren und ich wurde die Person, zu der Matthias nun wohl am meisten aufsieht.

Nach mehr als einer Stunde kann ich mir vermutlich sicher sein, dass niemand daheim ist. Wer sollte auch? Vera müsste in der Arbeit sein, Matthias daher hoffentlich bei einem Freund untergebracht und der andere ist hoffentlich auch unterwegs. Den Hausschlüssel krame ich aus dem Versteck, bin ich gestern doch ohne irgendwas abgehauen. Schuhe habe ich nach wie vor keine an.

Stille beherrscht dieses Haus, nur diese Wanduhr im Wohnzimmer, die einen verrückt werden lässt. Es ist wie das Herz von Edgar Ellen Poe. Aber ich will mich hier schließlich nicht lange aufhalten, sondern bloß meine Sachen mitnehmen, damit ich nicht ewig mit Tills Klamotten herumlaufe. So renne ich in mein Zimmer, schnappe mir eine Sporttasche und schmeiße wild Kleidung hinein, um zumindest einige Tage auszukommen, den Rest kann man kaufen.

Und dann fällt mein Blick auf das Bett. Es ist zerknüllt und als wäre ich aus meinem Körper getreten, sehe ich die Szene genau vor mir. Ich muss mich zusammenreißen, um nicht zu weinen, denn ich darf keine Zeit verlieren. Daher greife ich den Teddy, der auf meinem Schreibtisch sitzt, hole Stift und Papier und mein Handy vom Nachttisch und gehe in Matthias' Zimmer.

Mein kleiner Bruder,

pass gut auf meinen Teddy auf, ich weiß, dass du den schon längst haben wolltest. Er gehört nun dir. Und mein Smartphone darfst du dir auch krallen. Aber, und nun kommt die strenge Lulu heraus – es wird nicht zum Spielen benutzt, sondern ist für Notfälle da.

Till ist auf Kurzwahl 1 eingespeichert. Du weißt ja, wie das funktioniert.

Tut mir leid, dass ich so schnell abhauen musste, aber ich habe einen Job weit weg bekommen, zu dem ich rasch muss, sonst bekommt den jemand anderes.

Ich komme bald wieder, Kleiner.

Pass gut auf dich auf, hab dich lieb!
Deine große Schwester, Lulu

Ein letztes Mal sehe ich mich in seinem Zimmer um, lege Teddy und Brief auf sein Bett und hoffe inständig, dass es ihm gut gehen wird. Wenn ich könnte, würde ich ihn mitnehmen, aber … aber ich suche wieder eine Ausrede, warum so vieles in meinem Leben nicht so ist, wie es sein sollte.

Ich werde das Haus nicht vermissen, bloß diesen kleinen Giftzwerg, der mir vom ersten Tag ans Herz gewachsen ist.

Bevor ich allerdings verschwinde, möchte ich zumindest ein letztes Mal meiner Mutter in die Augen sehen, deswegen gehe ich zu ihr in das Büro.

»Luisa, schön dich mal wieder hier zu sehen.« Andrea, die Empfangsdame, begrüßt mich mit einem Lächeln auf den Lippen. »Du hast dich aber …« Ihre Augen wandern nun über mein Erscheinungsbild. »Sehr verändert«, drückt sie sich gewählt aus. Zum Glück muss man nicht jedermanns Geschmack teilen, meiner ist es eben, bunt zu sein.

»Danke. Ist Vera im Büro?«, frage ich und zeige mit dem Zeigefinger zur linken Seite.

»Ja, geh nur zu ihr.«

»Danke«, lächle ich sie an und eile hin.

Ohne anzuklopfen, reiße ich die Tür auf, sie springt gleich in die Höhe, während ihre Hand zu ihrem Herz schnellt. »Luisa! Hast du tatsächlich jegliche Manieren vergessen?«, knurrt sie mich an.

»Ja, ja …«, sage ich zittrig nach einem tiefen Atemzug. »Und es ist mir egal, dass ich keine habe, das ist alles unwichtig«, füge ich leise hinzu. »Warum hast nie ein Wort gesagt? Das liegt nicht an mir, ich bin nicht daran schuld, nein … Du hättest mir Bescheid geben müssen. Dann … das wäre gestern niemals passiert. Pass gut auf Matthias auf. Ich wünsche mir für ihn, dass er ein Leben als Kind führen darf, und das ist im Augenblick nicht gegeben, also beweg deinen Arsch und sieh zu, dass du wegkommst.« Kein Satz ist laut aus meinem Mund gekommen, sondern vielmehr panisch, verängstigt.

»Luisa, was ... sag mir bitte, was er dir angetan hat.« Vera steht auf und stellt sich vor mich hin, ihre Hände legt sie auf meine Schultern, während ihre Augen tief in meine blicken. Es ist der Moment, wo ich seit Langem wieder eine Mutter in ihr sehe. Doch das ist genauso falsch wie das Leben, das sie führt. Denn ich kann nicht plötzlich wieder Mutter sein, bloß weil etwas wirklich Schreckliches im Leben geschehen ist.

»Er ist nicht mein Vater«, seufze ich erleichtert, da es nichts Besseres als diese Meldung für mich gibt, da ich vielleicht gar nicht wie er bin. »Und genau das ... exakt das hat er mir nun bewiesen.« Ich schniefe, aber versuche, keine weitere Träne darüber zu verlieren. »Ich bin mehr wert!«, behaupte ich mit Stolz und wende mich meiner Mutter ab. »Sei du es auch, wirf alles über Bord.«

»Ich kann nicht«, da ist es wieder, diese drei Worte, die immer aus ihrem Mund herauskommen und sie zusammenbrechen lassen. Die Trauer, die Angst sind dabei nicht zu überhören. Das macht mir verdammte Sorgen.

»Es ... es tut mir so schrecklich leid.« Ich sehe schließlich wieder zu ihr und finde Vera in ihrer Abwehrhaltung vor – Arme vor dem Körper verschränkt. »Ich bin stark, sei es du genauso. Wenn nicht für dich, dann für das Kind, das deine Fürsorge noch benötigt.« Ich bekomme keine Antwort, sondern bloß ein Kopfschütteln, was mich so dermaßen verbittert. Doch ich weiß, dass man nur den Menschen helfen kann, die sich helfen lassen wollen.

»Wartet nicht auf mich, ich bin länger weg. Denk auch darüber nach.«

»Luisa, bitte ... du kannst mich nicht alleine lassen. Ich brauche dich!«, fleht sie und der Schmerz in ihrer Stimme lässt mich aufsehen. »Matthias braucht dich«, flüstert sie. Es ist ihre wirksamste Waffe gegen meine Entscheidungen. Und so sehr mich mein Gewissen nun plagt, so sehr würde ich es bereuen, wieder einen Fuß in dieses Haus zu setzen.

»Pass gut auf ihn auf, Mutter. Ich kann wirklich keinen Tag mehr unter diesem Dach wohnen«, sage ich emotionslos und gehe schließlich.

* ✳ *

KAPITEL 11

*I*ch bin müde, die Augen fallen mir beinahe im Gehen zu und das soll mal einer schaffen, während man seine Beine bewegt, zu schlafen. Narkolepsie … so muss es sich anfühlen. Aber ich bin hier, in Österreich. Nachdem ich stundenlang am Bahnhof gesessen habe, da ich nicht wusste, wohin ich soll. Und eigentlich wollte ich nie wirklich weit weg, da ich gern ein Auge auf Matthias gehabt hätte – unbemerkt. Wenn ich nicht nach den Kopfhörern in der Tasche gekramt hätte, wäre ich nie auf die Idee gekommen, bloß befand sich da eine Visitenkarte von dem mysteriösen Kollegen meines … nein des Arschlochs. Sein Immobilienbüro liegt in der Steiermark, ich habe mir den Ort nicht gemerkt, da müsste ich ein weiteres Mal nachlesen. Aber es hat mich daran erinnert, dass ich eine Kindheit hatte, und diese habe ich alleine mit meiner Mutter an einem See verbracht – es fühlte sich immer wie der Himmel auf Erden an, als würden die Sterne sogar am Tag leuchten. Und vielleicht strahlen sie ja doch irgendwann auch wieder für mich – ich kann sie nicht sehen. Dennoch spüre ich das kleine bisschen Freiheit, das sich leider mit Wehmut mischt.

· · ·

Eine Nacht sitzend zu verbringen und bei jedem Knacken Angst zu bekommen, hat mir vermutlich mehr Augenringe und Falten beschert, als ich als vierundzwanzigjährige Frau haben sollte. Ich wollte nicht mitten in der Nacht in ein Hotel gehen, um dann feststellen zu müssen, dass keiner mehr an der Rezeption vorzufinden und ein Zimmer ohnehin keines frei ist.

»Bitte, was kann ich für Sie tun?«, fragt mich die etwas ältere Dame hinter der Anmeldung, ihre Brille schiebt sie sich ein Stück von der Nase, offenbar nur eine Lesebrille.

»Ich wollte bloß fragen, ob Sie hier noch jemanden suchen, also ich meine jemanden einstellen?« Etwas Selbstbewusstsein täte mir womöglich ganz gut.

»Nein, tut mir leid.« Sie sieht mich verwirrt an und wie so oft wandern Blicke an mir hinab. »Tut mir leid, sollte ich nun unverschämt klingen, aber so werden Sie wohl nirgendwo was finden. Denken Sie tatsächlich, dass die Gäste von einer Frau bedient werden wollen, deren Arme mit Tattoos übersät sind.« Sie rollt mit den Augen. »Die Haare gehen genauso wenig. Sogar als Zimmermädchen wären Sie fehl am Platz.« Ich öffne den Mund, aber es kommt kein Ton heraus.

Schlagfertigkeit komm raus.

»Also ... kann ich noch etwas für Sie tun?«, fragt sie schließlich ungeduldig.

»Ja, arbeiten Sie an Ihren Manieren«, spucke ich trocken aus. Das habe ich mir nun nicht nehmen lassen.

Um den See sind etliche Hotels und Gasthäuser. Nicht einmal auf dem Campingplatz hatten sie Arbeit für mich. Ich putze sogar die Toiletten, das ist mir doch richtig scheißegal. Der Chef des Campingplatzes meinte, dass ich wohl einige Wochen zu spät sei, selbst alle Praktikumsplätze seien vermutlich längst vergeben.

»Shit!«, fluche ich vor mir hin, als ich eine Runde um den See gehe. Nicht mal das kann mich erheitern, wie auch, wenn man eine Sporttasche mit sich schleppt, einem die Beine schmerzen und die Augen nach wie vor gern geschlossen werden wollen.

An einem weniger frequentierten Platz lasse ich mich nieder und lehne mich zurück. Der Badelärm vom anderen Ufer ist hier kaum zu hören, dafür singen die Vögel, die Blätter der Bäume rauschen und die sanften Wellen schwappen melodisch gegen das Seeufer. Meine Atmung verlangsamt sich, mein Körper fühlt sich schwerer an.

»Schöner Tag heute, nicht wahr?« Ich hätte am liebsten geschrien, weil mal ehrlich, wer spricht einen von der Seite an, wenn man sich offensichtlich zu entspannen versucht, oder es sogar so aussieht, als würde man schlafen. Ganz offenbar dieser Kerl, dem ich nun entgeistert in das Gesicht schaue. Nachdem ich ihn gefühlte Stunden angestarrt habe, schüttele ich den Kopf und schließe meine Augenlider wieder.

»Nicht? Es hat zweiunddreißig Grad im Schatten, geringer Wind, was will man denn noch mehr?«, fragt er unbeirrt weiter. Scheinbar ist es ihm egal, dass ich meine Ruhe haben möchte.

»Nein«, antworte ich ihm barsch. »Es ist alles andere als ein schöner Tag.« Schließlich setze ich mich auf und sehe ihn an.

»Darf ich zu einem Drink einladen?« Die Augen dieses Mannes funkeln mich an, da schaue ich ihn mir erst genauer an. Meine Wut hat die ganze Schönheit ausgeblendet. Er sieht gut aus, ohne Zweifel, das machen diese zerzausten schwarzen Haare und die beinahe schwarze Regenbogenhaut. Vielleicht auch das Gesicht, das beinahe zu symmetrisch wirkt.

»Gehst du bei jeder so dreist vor?« Die Schönheit hält mich jedoch ab, eine scharfzüngigere Bemerkung zu geben.

»Nein«, lacht er. »Ich habe dich gestern schon hier gesehen.« Bei diesen Worten werde ich hellhörig, da ich das Gefühl hatte, niemanden zu sehen, außer die Finsternis der Nacht. »Du bist ein wenig im Ort herumgeirrt. Du fällst nun mal auf.«

Seufzend blicke ich für einen Moment auf meine Finger,

die nervös mit der Wiese unter mir spielen. »Und darf man nicht mehr herumgehen? Weißt du, dass es äußerst seltsam ist, wenn man von jemand einfach so angesprochen wird, während man vermeintlich schläft, dann noch so plump.« Ich bin gerade dabei, aufzustehen, als er meinen Unterarm festhält. Kalter Schweiß bildet sich sogleich auf meinen Handflächen, die Zähne beiße ich aufeinander, ich werde stocksteif. Danach lässt er los.

»Sorry, war nicht meine Absicht, dich hier wild anzubaggern, wenn du mir auch gefällst. Mein Bekannter, der Campingplatzchef, hat mir von dir erzählt und ich hab dich tatsächlich gestern gesehen. Wie gesagt, du fällst auf.« Seine Augen wandern meinen Körper entlang und verfangen sich schließlich in meinem Gesicht. Er steht ebenso auf und reicht mir die Hand. »Ich bin Stephan … Steven. Du warst wohl überall, bloß nicht bei mir.«

»Hey Steven. Luisa … Lulu. Und ich habe keine Ahnung, wovon du sprichst.«

»Du suchst einen Job.« Meine Augen weiten sich, nebenbei denke ich mir, wie klein diese Stadt doch sein muss, dass ich am nächsten Tag das Gesprächsthema bin.

»Nicht nur«, sage ich zaghaft, danach sehe ich zu meiner Hand, die nach wie vor in Stevens liegt. Es hat sich seltsamerweise richtig angefühlt, dennoch lasse ich auf der Stelle los. »Plus Bleibe.« Nervös wippe ich auf den Füßen hin und her.

»Komm mit, ich bringe dich zu Arbeit und einem Bett.« Steven greift nach meiner Sporttasche und geht voraus, während ich nach wie vor angewurzelt auf der Wiese stehe, bis es mein Hirn schließlich realisiert, dass der Typ gerade mit meinem Leben davongeht, damit meine ich die Tasche, wo alles drinnen ist, was ich irgendwie benötige.

»Das war eine Einladung zu einem Job, Lulu. Also würde ich mitkommen«, ruft er. Das lasse ich mir natürlich kein zweites Mal sagen und sprinte hinterher, greife nach der

Tasche, dabei berühren meine Finger seine. Sogleich sieht er mich an und lächelt.

»Ich halte sie«, flüstert er und seine Stimme bekommt dieses Raue und Verruchte, was mich hart schlucken lässt.

»Danke«, hauche ich erleichtert und hoffe, dass mich hier niemand verarschen will, aber in Momenten der Verzweiflung wird man vielleicht ein kleines bisschen leichtgläubig.

Wir gehen schweigend den See weiter entlang, bis wir auf der Seestraße ankommen und dort vor einem wirklich schicken Hotel anhalten. »Hier warst du nicht.«

»Nein, ich dachte, dass ich hier wohl noch weniger reinpasse als bei den anderen«, lächle ich und deute auf mich. »Nicht jeder mag bunt.«

»Komm einfach mit.« Ich bleibe allerdings stehen, während Stephan schon etliche Schritte in Richtung Eingang gegangen ist. Er merkt es sogleich und kommt lächelnd auf mich zu. »Mein Hotel, komm mit hinein, lass uns im Büro weitersprechen.« Ich verschlucke mich an meiner eigenen Spucke und huste vor mich hin, bis ich mich nach einer guten Minute wieder gefangen habe.

»D…dein Hotel?«, stotter ich. »Du bist aber erst …« Ich sollte nun kein falsches Alter sagen, das wäre vermutlich beleidigend, wobei er definitiv nicht älter als zweiunddreißig ist.

»Neunundzwanzig. Wenn ich nun also bitten darf.« Mit einer Hand deutet er mir, dass ich weitergehen soll.

»Aber … aber du siehst alles andere als ein Hoteleigentümer aus.« Er tritt mit diesem unglaublich süßen Lächeln auf mich zu, was mich zurücklächeln lässt.

Hab ich gerade tatsächlich daran gedacht, dass er süß ist, oder auch nur sein Lächeln? Lulu, du bist irre, gestern ging die Welt noch den Bach herunter.

»Wie sieht ein Hotelmanager deiner Meinung nach aus?«

Er kommt so nahe, dass ich seine Hitze fühle, als wäre es mir in der Sonne nicht schon heiß genug.

»Anzug, Haare gestylter und nicht in Sportklamotten?«, sage ich fragend. Steven schüttelt seinen Kopf und tritt gefährlich nah an mich ran, er hebt eine Hand, lässt diese allerdings fallen, bevor er mich berührt.

»Ich war auf meiner Morgenlaufrunde unterwegs, als ich dich dort gesehen habe.«

»Und du wusstest, wer ich bin …« Erstaunt hebe ich die Augenbrauen.

»Weil mich Hannes, der vom Campingplatz, gestern angerufen hat. Also … reinspaziert in die gute Stube, ansonsten überlege ich mir mein Angebot wieder.« Stephan geht wieder vor, bis meine Beine reagieren und rasch aufschließen.

»Oh nein … ich bin längst neben dir.« Er begrüßt die Frau an der Rezeption, die mir nur ein seltsames Lächeln schenkt, anschließend gehen wir dahinter und in ein Büro, dessen Tür der Boss gleich schließt.

»Nimm Platz.« Stephan setzt sich hinter den Tisch und sogleich fühle ich mich, als wäre dies tatsächlich ein Vorstellungsgespräch, bloß dass der Chef nicht danach aussieht und ich ziemlich sicher nicht wie eine geeignete Kandidatin. Für ein Gespräch dieser Art richtet man sich doch gewöhnlich ein wenig her. Wobei … nein … ich habe mich immer schon so präsentiert, wie ich bin, was brächte es, wenn ich am Tag der Vorstellung mit Hosenanzug käme, so etwas besitze ich nicht einmal, und anfangen kann und schließlich im Hipster-Outfit auftauche.

»Warum benötigst du so dringend einen Schlafplatz und Arbeit?« Stephan lehnt sich an seinem Schreibtisch vor, um mir tief in die Augen zu blicken, als wollte er meine Gedanken erfassen, bevor sie noch aus mir herauskommen. Ich allerdings überlege, was ich ihm erzähle, und lege mir eine neue Wahrheit im Kopf zurecht.

»Ich bin jung, wollte hinaus und das geht schwer ohne

Geld«, sage ich hastig, dabei verschränke ich die Arme vor dem Körper – mehr Abwehrhaltung geht ja kaum.

»Verstanden … steht mir nicht zu, nachzufragen. Geht mich wohl auch nichts an.« Stephan sieht für einen Augenblick auf sein Handy, das neben ihm liegt und unentwegt aufleuchtet, ignoriert es dann jedoch und sieht mich erwartungsvoll an.

»Ich mache übrigens alles. Ich arbeite als Stubenmädchen, putze die Toiletten, das ist mir alles egal.«

Sein Lächeln breitet sich über das ganze Gesicht aus. »Fegen kannst du woanders«, sagt er bloß leise. »Wie sieht es mit Service aus?« Steven streicht sich durch seine Haare.

»Ja … ja natürlich, das ist gut.« Tränen sammeln sich in den Augenwinkeln, da mich der Moment überwältigt. Hier spielen die letzten beide Tage mit, die schreckliche Nacht, die ich im Sitzen verbracht habe, und die Güte eines Menschen, der mich mir nichts dir nichts einstellt und das nicht mal für das Toilettenputzen, sondern für Arbeit mit Personen um mich. »Das ist wunderbar«, hauche ich, denn mehr kommt einfach nicht aus mir heraus.

»Eine Kellnerin zusätzlich kann nie schaden, im Sommer kann es nämlich gern einmal länger werden. Somit … Ist das wohl im beiderseitigen Interesse.« Ich nicke ihm dankend zu. »Zimmer …«, sagt er und klatscht dabei in die Hände, was mich aus meinen Träumen holt. »Wir haben nicht wirklich Schlafräume für Angestellte, allerdings … da lässt sich etwas machen.« Er steht auf, stellt sich neben mich und reicht mir die Hand, um mir aufzuhelfen. Nur zaghaft hebe ich meine. »Ich beiße nicht … noch nicht«, zwinkert er mir zu. Also nehme ich sie und lasse mir aufhelfen und pralle an ihn, nachdem er mich fest hochgezogen hat. Eine Handfläche liegt auf seiner Brust, ich kann den Puls und die Muskeln spüren, wie sie sich unter meinen Fingern anspannen. Meine andere liegt nach wie vor in seiner. Ich blicke ihn lippenkauend und immer röter werdend an, da mir diese Situation richtig unangenehm ist.

»Sorry«, murmele ich und versuche, mich aus dieser Situation zu lösen, und gehe einen Schritt zurück, bloß um sogleich an den Stuhl hinter mir zu rempeln. Ein Räuspern untermalt mein Unwohlsein.

»Darf ich das *Du* überhaupt noch verwenden?« Meine Frage lässt ihn lächeln.

»Natürlich, hier gibt es kein *Sie*. Zumindest nicht unter Chef und Mitarbeiter. Gäste werden größtenteils per Sie angesprochen, du wirst es bestimmt erkennen, wie man wen anreden sollte. So schätze ich dich ein. Aber nun zeige ich dir, wo du schlafen kannst. Am besten du legst dich gleich hin, du siehst müde aus. Morgen gibt es übrigens die Einarbeitung, davor solltest du dir jedoch noch Klamotten besorgen.« Seine dunklen Augen wandern wieder über meinen Körper. »Wenn ich das auch mag, was ich hier sehe, aber … ja … den weiblichen Begleitpersonen unserer Gäste wird es wohl nicht gefallen.« Ich weiß nun nicht, ob ich auf die offensichtliche Anmache wieder etwas kontern müsste oder es lieber belassen sollte. Dann wären da die gesamten anderen Informationen, die meinen Mund starr geöffnet haben.

»Mund zu.« Stevens Zeigefinger drückt mein Kinn ein wenig in die Höhe. »Eins nach dem anderen.« Danach reicht er mir die Hand und führt mich aus dem Büro, bevor ich allerdings aus der Tür trete, lasse ich sie los. Ich will auf keinen Fall, dass mich diese Rezeptionistin mit dem Boss Hand in Hand ertappt, ich will es selbst nicht, da ich den Kerl im Grunde nicht kenne.

Stephan führt mich einen kurzen Gang entlang bis zum Hintereingang. »Du bekommst dann einen NFC-Schlüssel, mit dem du hier hineinkannst. Wird ganz hilfreich für Frühschichten sein.« Ich nicke bloß und trotte hinter ihm her, zudem fühle ich die stechenden Blicke der rothaarigen Mitarbeiterin an der Rezeption, obwohl sie mich wohl längst nicht mehr sieht.

Steven geleitet mich zu seinem Auto, irgendetwas Teures, ich habe nichts anderes erwartet. Wie ein Gentleman öffnet er mir die Tür und hilft mir hinein. Bereits nach kurzer Fahrt halten wir.

»Und da wären wir schon.« Breit grinsend sieht er mich an. Wir stehen vor einem Familienhaus. »Es gibt einen separaten Eingang für dich. Unsere Wege müssen sich nicht kreuzen.« Ich freue mich, wenn auch nur halb, da mir mein Bauchgefühl sagt, dass es nie gut sein kann, wenn man mit dem Chef im gleichen Haus wohnt.

»Ist hier noch jemand?«, frage ich zaghaft und will mich nicht rühren, nicht mal abgeschnallt habe ich mich.

»Nein, meine Eltern sind nebenan. Also das Haus daneben, sie sind jedoch genauso oft hier wie ich – also kaum –, da sie natürlich nach wie vor im Hotel arbeiten, bei Weitem nicht so viel wie früher, aber mehr als genug.«

Er hat von Mami und Papi geerbt, das hätte ich mir ja denken können.

»Gut«, sage ich schließlich, bevor ich doch aus dem Wagen steige, da ich ihm zutiefst dankbar bin.

Stephan stellt sich neben mich und trennt einen Schlüssel von seinem Bund und drückt mir diesen in die Hand.

Ich liege nun in einem großen Bett mit absolut traumhafter Matratze. Eine kleine Wohnung mit Kochnische, Bad und alles, was ich benötige. Und dann diese Tür, die ich seit über einer Stunde anstarre, weil ich weiß, dass sie das Einzige ist, das mich von meinem Chef separiert.

In den nächsten Tagen und Wochen werde ich garantiert noch öfter Danke sagen.

KAPITEL 12

*W*ie ein Stein – genauso habe ich geschlafen. Dennoch fühle ich mich hundemüde, allerdings kann das auch an der Uhrzeit liegen, wollte der Boss, dass ich zum Frühstück im Hotel bin. Also was heißt hier Frühstück, Arbeitsbeginn ist um 5 Uhr morgens.

Und wenn ich Glück habe, leuchten dann sogar noch die Sterne.

Es ist verdammt früh, aber das Büfett muss aufgebaut werden, und so kann ich wohl am schnellsten eingearbeitet werden. Besser als im Abendgeschäft.

Im Hotel angekommen, werde ich gleich hektisch von Stephans Mutter empfangen.

»So Mädl, Hemdärmel hochkrempeln und es geht scho los.« Ich sehe meine weiße Bluse an, die ich mir gestern besorgen musste, und danach fragend die Chefin.

»Aber geh, das war nur ein Scherz, oder Spaß, so wie die Deutschen sagen. Außerdem hab i mir dacht, du kommst doch aus Bayern und verstehst ch alles.«

»Ja … bloß keinen Dialekt, oder kaum«, schaue ich sie ein wenig verzweifelt an. »Meine Mutter ist aus dem Norden und ich bin dort bis zu meinem fünfzehnten Lebensjahr aufgewachsen.« Genau in dem Jahr, in dem die Schande begonnen hat.

»Na, das is ja kein Problem, da wirst schon reinwachsen. In Bayern habens ja teilweise einen viel extremeren Akzent, als wir da. Net wahr?«

»Ja, da kann ich Ihnen nur Recht geben«, lächele ich sie an und sie mich zurück.

»*Du* ... ich bin die Gerli.«

Meine Füße brennen, ich habe Muskelkater in den Oberarmen und ich das Gefühl, nach Rührei zu riechen ... Eierspeise, daran muss ich mich wohl gewöhnen. Dennoch fühle ich mich irgendwie zufrieden, von glücklich weit entfernt, allerdings merke ich, dass der Abstand hilft, über vieles wegzusehen ... nein, das ist der falsche Ausdruck. Ich denke einfach nicht darüber nach, da ich nicht ständig damit konfrontiert bin.

Aber Matthias geistert in meinem Kopf umher. Ich hoffe, dass es ihm wirklich gut geht. Wenn ich erfahre, dass Egon ihn auch nur ein einziges Mal angefasst hat, ihn gedemütigt hat, dann ... was dann, ich könnte nie etwas ändern.

»Lulu, warte einen Moment.« Stephan ist mit einem Mal vor mir. Erschrocken blicke ich hoch.

Verdammte Scheiße, der Anzug steht ihm.

»Wo... Woher kommst du so plötzlich.« Meine Hand schnellt zu meinem Herzen.

»Das steht dir im Übrigen auch und sogar hier blitzen die Tattoos durch.« Ist wohl bei einer dünnen Bluse schwer zu verstecken. Aber ich habe es versucht, deswegen die langen Ärmel. »Es ist gut so, es kann doch jeder seinen Körper schmücken, wie er will«, zwinkert er mir zu.

»So denkst du vielleicht, nur das tut kaum jemand«, schüttele ich den Kopf.

»Nicht nur ich, Luisa.« Wie er meinen Namen ausspricht, als wäre er ein Gedicht, das ihm auf der Zunge zergeht.

»Wenn es den Gästen nicht recht ist, dann wissen sie, wo sich die Tür befindet. Doch nun …« Er hebt meine Hand, dreht die Handfläche nach oben und öffnet meine verkrampften Finger. »Den wirst du benötigen und wohl auch genießen.« Lächelnd zwinkert er mir zu und ich sehe zu meiner Hand, in der ein Schlüssel mit diesem typischen goldenen Hotelanhänger liegt.

»Soll ich mir den einführen, oder was?«, frage ich lachend scherzhaft. Er hätte ja das Wort *genießen* im Zusammenhang mit einem Schlüsselanhänger, der ein klein wenig wie ein Taschenvibrator aussieht, nicht verwenden müssen, dann käme nicht dieser Mist aus meinem Mund.

Stephan grinst, dabei leuchten seine Augen und zeigen mir etwas, das ich nicht verstehe. Liegt vermutlich daran, dass ich ihn absolut nicht einschätzen kann, was wohl schwer ist, wenn man eine Person gerade mal gute vierundzwanzig Stunden kennt.

»Wenn es dir danach ist, bitte … tu dir keinen Zwang an«, sagt er ungeniert. »Aber eigentlich gibt es dafür Besseres.«

»Ja, davon habe ich mal gehört«, sage ich rasch, bevor dieses Gespräch zu sehr in was Sexuelles übergeht. »Also, wozu der Schlüssel? Andere Schlafmöglichkeit?«

»Für den Spa-Bereich, dachte, das wäre was für dich.« Meine Augen erstrahlen, während meine Ohren hellhörig werden.

»Darf ich dich mal was fragen?« Mit dem Schlüsselbund spielend sehe ich zu ihm.

»Herr Weißenbach, dürfte ich Sie wohl kurz stören?« Ich sehe hoch und über die Schulter und blicke zu roten Haaren. Hätte ich mir denken können, dass ihre Stimme passend zu ihrem Ausdruck ist – feurig und spitz.

»Monika …«, seufzt er. »Ich komm gleich, einen Moment, bitte.« Mit einem regelrecht abwertenden Blick sieht sie mich an und macht kehrt, dabei schwingt sie ihre Hüften wohl mehr, als sie es sonst tut. Steven scheint dies aber absolut nicht zu beeindrucken, sondern widmet seine Aufmerksamkeit wieder mir. Eine Hand legt er auf meine Schulter.

»Tut mir leid, scheint wichtig zu sein. Also behalte den Schlüssel einfach.« Ich nicke ihm zu, während er mich ein weiteres Mal anlächelt und danach in Richtung Rezeption geht, allerdings nach wenigen Schritten stehen bleibt. »Dienstplan hast du?«

»Ja, hat mir Gerli vorhin gegeben. Hab einen tollen Tag«, wünsche ich ihm und wunder mich, weswegen er mit Monika nicht per Du ist.

KAPITEL 13

Till,

es geht mir gut. Mach dir nicht zu viele Sorgen und sende keinen Suchtrupp los, okay?

Ich benötige bloß Abstand, weil so vieles nicht hätte passieren dürfen.

Und es tut mir leid, wenn ich dir das nun sagen muss, aber ich vermute, das zwischen uns ebenso wenig. Ich habe dich ausgenutzt, um meine Bedürfnisse zu stillen. Wohingegen du mehr wolltest. Du weißt, wie ich bin und ich … es ist nicht jede Woche jemand anderes, aber … ja viel zu oft.

Ich wollte nun diese Situation nicht noch schlechter machen, als sie ist. Eigentlich wollte ich vor Freude strahlen und dir erzählen, dass es mir wirklich gut geht. Ich kann hier wohnen und auch arbeiten.

Nun fragst du dich, wo hier ist. Habe ich recht?

Tja … aber das werde ich nicht erzählen.

Richte Matthias die allerliebsten Grüße aus.

Auf bald
Lulu

So viel zum Thema Abstand. Sobald ich allein in dieser kleinen Wohnung war, hat mich mein Hirn in den Wahnsinn getrieben, es hat mir den süßen, kleinen Matthias gezeigt, wie er mich anlächelt und mich ärgert, weil ich wieder mal nicht so spiele, wie er sich das vorstellt. Dann Vera, die ins Nichts starrend auf dem Sofa sitzt und die geöffnete Weinflasche vor ihr. Der Gedanke, was sie ohne mich tun. Ich will mich nicht unentbehrlich fühlen, doch das tue ich, weil ich zu viel getan habe und womöglich wirklich an der Familiensituation schuld bin. Nicht weil ich nicht jemandes Tochter bin, sondern weil ich mich gegen vieles gestellt habe, mich einmal zu viel in Streitigkeiten eingemischt habe.

Weil ich nicht schon früher meinen Kram gepackt habe.

»Ich hoffe inständig, dass sie alles auf die Reihe bekommen«, murmele ich zu mir selbst und schmecke die erste Träne auf meinen Lippen. Und sie werden leider immer mehr.

»Ist alles in Ordnung?« Shit! Ich habe die Verbindungstür gestern nicht abgeschlossen. Wie wild wische ich also mit meinen nackten Unterarmen und Händen an meinen Wangen, allerdings vermute ich, dass jegliches Säubern sinnlos ist, da allein die roten Augen verraten würden, dass ich geheult habe, und dann die Mascara, die nun bestimmt nicht nur auf meinen Wimpern vorzufinden ist, sondern auch auf meinem Gesicht.

»Wie sieht es aus?«, schniefe ich daher bockig.

»Ich habe geklopft, es hat niemand reagiert und nachdem die Tür offen stand …« Er hebt die Augenbrauen und deutet mit dem Kopf, ob er näher treten darf, aber er wartet keine

Antwort ab, stattdessen kommt er zu mir, um sich neben mich auf das Zweiersofa zu setzen. Meine Beine ziehe ich gleich an mich ran, die Arme noch enger darum.

»Ich weiß, dass es mich vermutlich nichts angeht, aber ich kann zuhören«, sagt er bedacht. Einen Moment scheint er zu überlegen, wie weit er gehen darf, doch schließlich legt er einen Arm um meine Schulter und lässt mich anlehnen. Es ist still in diesem Raum, nicht mal eine nervtötende Wanduhr ist zu hören, bloß das Atmen von zwei Körpern und hin und wieder mein Schniefen.

Stille kann beängstigend sein.

Stille kann aber auch erlösend sein.

Ich seufze laut und sehe hoch, dabei lächelt mich Stephan für einen Moment an, bis sein Blick auf den Couchtisch fällt, wo noch der Brief liegt. Hastig winde ich mich aus der Umarmung und falte das Stück Papier zusammen.

»Keine Sorge, ich habe nur Till gelesen, nicht mehr.« Seine bedachte Stimme und die ruhige Art sollen mich wohl besänftigen.

»Es geht hier nicht um Liebeskummer«, sage ich harsch, mag sein, dass es sogar zu aggressiv gewesen ist. »So sollte ich nicht mir dir sprechen«, entschuldige ich mich sogleich. »Dazu habe ich nicht das Recht, wo ich dir ein Bett und Arbeit zu verdanken habe. Es geht um die Familie.« Bedrückt schaue ich ihn an ... wie erbärmlich ich aussehen muss.

»Die bringt meist nur Ärger«, grummelt er, versteift sich aber nicht weiter auf das Thema. »Was hältst du davon, wenn wir gemeinsam zum See gehen?«

»Ähm ... was ich gerade fragen wollte ...«

»Bevor Moni uns gestört hat?«, unterbricht er mich. »Sie weiß einfach nicht, wann es Zeit ist zu warten und wann der richtige Zeitpunkt ist. Aber gut, sie leistet ansonsten wirklich gute Arbeit, demnach ...«

»Ja ...«, bin ich es nun, die nachhakt. »Du bist wohl nicht

zu jeder Angestellten so ... wie soll ich es sagen ... über-freundlich?«

»Du hast genau das gleiche Recht wie alle anderen. Hast deinen Schlüssel für den Personaleingang, hast deinen Schlüssel für den Spa-Bereich«, sagt er sachlich.

»Okay«, flüster ich. Ich habe das Gefühl, dass dieses Gespräch somit beendet ist. »Und See ... klingt gut. Ich muss nur mal meine Klamotten durchwühlen, weil ich, um ehrlich zu sein, nicht weiß, ob ich den Bikini eingepackt habe.«

»Was man nicht hat, kann man einfach weglassen«, lacht Steven laut auf und steht auf. »Ich geh mal meinen Rucksack packen, vielleicht vergesse ich ja auch die Badehose«, zwinkert er mir zu.

»Du bist unmöglich«, lache ich schließlich und es tut so verdammt gut, sich selbst lachen zu hören.

Stephan geht mit mir genau an den Platz, wo er mich aufgega-belt hat, und legt zwei Handtücher hin.

»Bikini gefunden?«, grinst er.

»Schon drunter an.« Zufrieden lächle ich ihn an.

»Dann ist ja alles gut.« Sein schiefes Lächeln verheißt nichts Gutes, also lasse ich lieber meine Tasche zu Boden sinken und ich bin bereit, gleich davonzulaufen. Doch so weit kommt es erst gar nicht, denn er packt mich sogleich um die Hüfte und wirft mich über seine Schulter. So läuft er mit mir in den See. Ich berühre noch längst nicht die Wasseroberflä-che, aber ich ahne, dass es richtig kühl wird. Das sind zumin-dest die Tropfen, die auf mich spritzen.

»Komm ... lass mich runter«, kicher und rufe ich irgendwie gleichzeitig. Und keine Sekunde später lande ich samt den Klamotten im wirklich kalten Wasser.

»Ach du Scheiße!«, jammer ich laut. »Das ist alles andere als Thermalwasser.« Mit aufgerissenen Augen schaue ich Steven an, der nach wie vor nur bis zur Mitte im Wasser steht, während ich von Kopf bis Fuß nass bin. Das Zucken in seiner linken Wange zeigt mir, wie sehr er sich das Lachen verkneift.

»Oh, das wirst du büßen, Herr Weißenbach!« Gut, dass Monika vorhin seinen Nachnamen ausgesprochen hat, sonst könnte ich ihm nun nicht so gut drohen, denn wie klingt eine Drohung, wenn man die Person mit dem Vornamen anspricht – bei Weitem nicht so angsteinflößend.

»Na, das will ich sehen. Siehst doch gar nicht so aus, als hättest du genügend Kraft, um mich zu überwältigen.« Dieser Schelm. Also quäle ich mich mit den nassen Klamotten ein wenig aus dem Wasser, währenddessen Stephan im Rückwärtsgang immer näher an das Ufer tritt. Kurz vor der Wiese hält er an.

»Das lasse ich so nicht auf mir sitzen«, schüttele ich enthusiastisch den Kopf und spritze ihn mit Wasser voll. Meine Shorts trieft an mir hinab, als ich ganz aus dem See gegangen bin, das weiße Top lässt auch alles deutlich durchblitzen, sogar die erhabenen Brustwarzen, aber was soll ich tun, wenn es mir verdammt kalt ist. Entschlossen laufe ich ihm hinterher, bis ich sein Handgelenk zu fassen bekomme, was mir aber wieder nur einen Nachteil beschert, denn ich bin es, die wieder im kühlen Nass landet. Der Vorteil, wenn man schon mal drin gewesen ist, es ist beim zweiten Mal beinahe angenehm.

»Du bist fies«, jammer ich lachend und tue zumindest mein Bestes, indem ich ihn mit den Händen nass spritze. Vor lauter Enthusiasmus habe ich nicht bemerkt, dass er näher gekommen ist und längst direkt vor mir steht. Er zieht mich an der Hand, sodass ich mit ihm unter Wasser tauche.

Nach Luft schnappend, komme ich hoch, dabei sehe ich in schwarze Augen. Mein Lächeln vergeht mir, während ich immer tiefer eingesogen werde – ein schwarzes Loch, aus dem man nicht wieder hinausfindet. Stevens Hände sind an meinen Hüften und ziehen mich bloß ein kleines Stück an ihn ran. Das Rauschen um uns beginnt, eine Melodie zu werden, mein Herzschlag der Takt.

»Wer als Erster bei der Boje ist«, sage hastig, bevor ich mich aus diesem zu engen Raum entferne, und schwimme sogleich los.

»Das ist nicht fair, so ganz ohne Startsignal!«, ruft er, bevor ich das Strampeln seiner Arme und Beine höre. Aber da kann er noch so schnell kraulen, ich bin vor ihm an der Markierung.

»Gut, das Spiel hast wohl du gewonnen«, keucht er leicht außer Atem. »So schnell schwimmt kein normaler Mensch.«

»Als normal hab ich mich auch niemals bezeichnet. Somit … danke für dein Kompliment.« Lächelnd sieht mich Steven an, es verbessert meine Laune doch.

»Hast du schon einmal die Sterne gezählt?« Stephan platzt mit dieser Meldung überraschend heraus. Wir hatten gerade seit mehr als einer Stunde kein Wort miteinander gesprochen, aber das ist in Ordnung so, denn ich habe den nächtlichen Sternenhimmel über mir, der sich, wenn man genau hinsieht, minütlich ändert. Alles verändert sich schnell und mein Leben rast im Moment im Eiltempo. Der gesamte Tag verlief viel zu schnell. Wir haben gequatscht, sind um den See gelaufen, haben nichts getan, sind im Wasser gewesen und haben auch ein kleines bisschen getrunken. Ich hatte ja keine Ahnung, dass er Wein dabei hat, und es ist nun mal meine Schwäche. Schließlich habe ich gefragt, ob Stephan denn keine Arbeit habe, da er keine einzige Sekunde auf sein Telefon guckt, noch hat er nervös gewirkt, da er ins Hotel zurück müsste. Er sagte mir schließlich, dass er sich diesen Tag freigenommen habe – der Boss müsse nicht immer da sein. Ich bin ihm sogar dankbar dafür, weil er eine Person ist, der es gelingt, mich abzulenken.

»Wie soll man die zählen können, wenn ich an dieser Ecke beginne …« Dabei deute ich auf einen Stern, der besonders hell am Abendhimmel steht.

»Die Erde ist rund«, lacht er und lehnt sich auf seine

Unterarme, sodass er ein wenig höher ist, um auf mich hinabzusehen.

»Hab ich schon einmal gehört. Aber rund oder nicht rund …«

»Das ist hier die Frage.« Steven hebt währenddessen seinen Zeigefinger.

»Ist noch was in der Flasche drin?« Ich setze mich selbst auf, um nachzusehen, dazu beuge ich mich über ihn und fühle die Härte seines Oberkörpers. Alarmglocken in mir schrillen auf, weil es sich zu gut anfühlt und der Typ unter mir eigentlich mein Boss ist. Rasch greifen meine Finger daher nach dem Wein und ich bin zurück auf meinem Platz, um sogleich einen großen Schluck daraus zu trinken. Weingläser sind im Übrigen überflüssig.

»Nein … ich habe noch nie darüber nachgedacht, sie zu zählen. Da wäre ich bis zum Sonnenaufgang niemals fertig und zudem dreht sich die Erde, also nein … Sisyphusarbeit.« Ich nippe wieder an der Weinflasche, bevor ich sie Stephan gebe. Seine Finger erfassen anstelle des Flaschenhalses allerdings meine. Er wendet seinen Blick in meine Richtung und fixiert mich. Ich spüre Wärme in mir, Freude, es ist beinahe Zufriedenheit und dann diese Emotion, die ich abzustellen versuche, weil ich weiß, dass es einzig und allein die Reaktion meines Körpers auf einen heißen Typen ist. Ich schaue daher zurück in den Himmel.

»Schade … schade eigentlich, dass man die Sterne bloß nachts sehen kann.« Meine Stimme zittert ein klein wenig, als ich diesen Satz spreche.

»Nein … das ist in Ordnung, denn wenn es dunkel wird, sind sie am stärksten.«

»Darüber habe ich noch nie nachgedacht«, hauche ich und wende meinen Blick schließlich doch zu Stephan, der ein Lächeln auf den Lippen hat.

Wenn es dunkel wird, sind sie am stärksten, hallt es in meinem Kopf nach.

KAPITEL 14

* ✳ *

Knappe zwei Wochen und es ist wie eine neue Welt. Leute um mich, die freundlich sind. Arbeit, die zeitweise verdammt anstrengend ist, aber sie lohnt sich. Das Leben hier ist es wert, gelebt zu werden.

Ich habe Freunde gefunden und fühle mich dennoch zeitgleich mies, da ich die daheim alleine, sozusagen im Regen stehen gelassen habe. Sie wissen nichts, ich bin über nichts erreichbar. Es ist mir noch nicht einmal möglich gewesen, den Brief an Till abzusenden, da ich zu feige bin. Aus den Augen aus dem Sinn, diese Methode funktioniert wohl nur, wenn es um Chaos geht, das man im Haus, im Zimmer, in Schränken verursacht hat. Allerdings nicht im wahren Leben.

Till ... mein Herz blutet, wenn ich an ihn denke, deswegen versuche ich, ihn auszublenden.

Er ist einer der wenigen Menschen, die ich tatsächlich vermisse, weil er mir immer Wärme gespendet hat. Freundschaft von dem Tag an, an dem ich in Seefeld angekommen bin und verloren in der Schule gestanden habe. Till hat mich unterm Arm gepackt, das wortwörtlich, und zeigte mir die Schule, erklärte mir, wie das hier so abläuft. Wer, wann, wo zu finden ist, dass ich in der Ecke aufpassen musste, weil da die nicht so netten Typen in der Pause ihre Zigaretten rauchen, obwohl es auf dem Schulhof verboten ist.

Till ... er ist einfach immer für mich da gewesen.

»Ich muss raus«, zwinge ich aus mir heraus und springe von dem Sofa. Ein Blick in den Spiegel zeigt mir, dass ich nach wie vor in Arbeitsklamotten bin und das seit den frühen Morgenstunden, nachdem ich heute Frühdienst hatte. Rasch ziehe ich sie aus und schlüpfe in Kleidung, die meinem Stil entspricht und mein wildes Ich mit all den Tattoos zeigt – so wie ich mich mag.

Hastig gehe ich meinen üblichen Weg in Richtung Hotel und somit zu dem See, wo es am Wochenende regelmäßig laut zugeht und ich auch schon ein Teil davon gewesen bin, lediglich mit einer anderen Eingangsstimmung. Mies gelaunt auszugehen, ist wohl nicht der beste Einstieg.

»Hey Mädl, was darf es sein?«, fragt mich der nicht übel anzusehende Barkeeper in der Strandbar. Die Bar heißt so, denn einen wirklichen Strand findet man rund um den See nicht, bloß hier ist etwas Sand vor dem Lokal aufgeschüttet.

»Gin Tonic, aber bitte den guten Gin.« Ich hasse es, wenn man überlaut zurücksprechen muss, da ist meine Stimme weg, bevor ich noch etwas getrunken habe. Und dennoch erfüllt es seinen Zweck und ich bekomme das, was ich mir wünsche.

»Hi Lulu!«, begrüßt mich lautstark eine Frauenstimme von der Seite und drückt mir ein Küsschen auf die Wange. Kathi, eine Kollegin von mir.

»Na du«, lächle ich sie an, obwohl ich gehofft hatte, an diesem Abend mal niemanden anzutreffen, jedoch ist das in einer mehr oder minder kleinen Stadt, kaum zu vermeiden, wo es nicht viel Ausweichmöglichkeiten für junge Leute am Abend gibt. An der Hotelbar sitzt man ja doch selten und kippt sich einen hinter die Binde. »Komm, ich lade dich auf einen Drink ein.« Ich will mal nicht so sein, ein wenig Sozialleben kann nicht schaden. Kathi grinst mich an, denn sie hat mitbekommen, dass ich schneller als sie an Getränke komme. Ich drücke ihr meinen Gin Tonic in die Hand und gehe zurück zur Bar, um gleich wieder neben ihr zu stehen mit einem weiteren Gin.

»Und nun musst du mir erklären, wie du das bewerkstelligst.« Ungläubig und mit leicht geöffnetem Mund sieht sie mich an.

»Was denn?«, lache ich, hebe mein Glas prostend in die Höhe und trinke sogleich.

»Du weißt, was ich meine«, schüttelt sie ihren Kopf und hebt anschließend auch ihr Glas.

Nach mehreren alkoholischen Getränken finde ich die Musik beinahe gut. Die Haare auf meinen Armen beginnen, mit der Musik zu wippen, während sich meine Beine unermüdlich im Rhythmus bewegen. Kathi sitzt längst vor mir und hat aufgegeben.

»Setz dich doch auch«, bittet sie mich, aber ich bin im Rausch und tanze in dem bisschen Sand und vergrabe nebenbei meine Zehen darin. Es fühlt sich ein wenig wie im Süden an. Die Haut klebt von der Hitze des Tages. Der Gin trägt zu dem salzigen, bitteren Geschmack bei.

»Darf ich?«, brummt eine männliche Stimme in mein Ohr und legt eine Hand von hinten um meine Mitte, damit er mit mir schwingen kann. Kathi flüstert mir ein »Heiß« zu, daher lasse ich mich vollends gehen und lehne meinen Kopf gegen ihn. Seine zweite Hand greift um meinen Bauch, seine Handflächen sind heiß, es fühlt sich so an, als verbrennt meine Haut an dieser Stelle.

Die Gedanken sind in diesem Augenblick verlorene Gedanken und schweben in einem leeren Raum, wo sie keinen Halt finden können und daher sind sie nicht verletzend.

Es zählt das Hier und Jetzt, das Tanzen, das Feiern mit wildfremden Personen.

Der Kerl dreht mich in der Umarmung um, seine Finger

schreicheln an meiner Seite abwärts, bis er meine Hand zu fassen bekommt und diese hinter seinen Nacken legt. Das Gleiche macht er mit der anderen Seite. Obwohl diese Musik alles andere als langsam oder erotisch ist, hat der regelmäßige Rhythmus des Basses etwas Tranceartiges und lässt uns sachte hin- und herwippen. In mir tobt es, es ist nämlich so verdammt heiß, wie er mich mit sich bewegt, ohne dabei auch nur ein Wort zu sagen.

»Komm«, flüstert er in mein Ohr, als das Lied ein Ende findet. Ein Gefühl des Unwohlseins macht sich breit, doch als er mich anlächelt und mit seiner freien Hand durch das blonde Haar fährt, ist die letzte Scheu verloren.

Das ist reine Gewohnheit, Lulu. Hau ab. Das willst du nicht, das bist nicht mehr du.

Wankend zieht er mich hinter sich her, bis wir an einem dunklen Teil des Seebades sind, dort, wo noch der Bass widerhallt. Der Kerl lehnt mich an einen Baum, er beugt sich über mich, eine Hand über meinem Kopf, die andere an meiner Seite, es fühlt sich an, als gäbe es hier keinen Ausweg. Mein Herz zeigt mir das, indem es unregelmäßig pocht. So ist das nicht abgemacht gewesen. Sein Gesicht kommt auf mich zu, doch nachdem ich den Kopf wegdrehe, landen seine Lippen nur auf meinem Hals.

Warum kann ich das nicht mehr? Ich habe es immer so getan, wollte es immer so. Das ist abschalten.

Panik!

Das will mir mein Körper sagen. Aber ist es nicht so, dass dann das Adrenalin einschießt und ich mich wieder bewegen können sollte. Allerdings geschieht nichts außer diese verdammte Starre. Der Kerl lehnt sich näher an mich ran, während ich die Augen schließe und diese Situation alles andere als genieße. Seine Lippen setzen zärtliche Küsse auf mein Schlüsselbein, das müsste mich anturnen. Jedoch will ich es nicht, nur reagiert mein Hirn nicht auf meine Angst und leitet diese nicht an meine Extremitäten, mein Hirn oder meinen Mund weiter.

»Lass sie los!«, brummt eine mir nur zu bekannte Stimme. »Du siehst doch, dass sie gar nicht will.« Der Typ lässt von mir ab. Zumindest ein wenig, seine Hand liegt nach wie vor auf meiner Hüfte und brennt diesen dünnen Stoff durch.

»Woher willst du wissen, was sie will oder nicht? Schließlich ist sie mit mir freiwillig mitgegangen, oder?« Der Typ ist angepisst und lässt dies tontechnisch aus seinem Mund.

»Komm, lass sie in Ruhe.« Stephan schaut mich an und spricht bedacht. In diesem Moment, in dem ich ihn ansehe, werde ich wach und winde mich aus den Armen des Unbekannten, um schließlich weggehen zu können.

»Leckt mich doch! Such ich mir eine andere«, murrt er und haut ab. Ich atme tief durch und fühle, wie weich meine Knie geworden sind und schlussendlich nachgeben und ich unsanft auf meinem Hintern lande.

»Was tust du hier?«, fragt er ruhig nach und setzt sich zu mir auf die Wiese. Er ist so nahe, dass ich seine Hitze spüren kann, das ohne jegliche Berührung. »Du warst nicht daheim, also bin ich hierhin, weil hier einfach jeder hingeht.« Er wartet und beobachtet mich, sein Daumen streicht über meine Wange – nicht, weil ich weine, nein, das tue ich nicht … dafür bin ich zu betrunken oder geschockt oder ich weiß es nicht, im Grunde ist nichts geschehen – er tut es einfach so.

Es fühlt sich gut an.

»Ich habe gesucht, dann dich gesehen, wie du mit Kathi getanzt hast, wie du zu viel getrunken hast und dann dieser Typ.« Das letzte Wort sagt er bitter. »Man hat es dir doch angesehen, dass du nicht mitgehen wolltest.« Ich zucke bloß mit den Schultern und richte den Blick zu Boden, da es mir nun richtig unangenehm wird, dass mich mein Boss so sieht. Aber vermutlich hat er längst zu viel gesehen, dass er als Chef nicht hätte sehen dürfen. Da sind einige Grenzen bei der ersten Begegnung überschritten worden.

»Na los, bringen wir dich nach Hause.« Stephan küsst meine Stirn, dabei schließe ich die Lider, weil es eine Art der Berührung ist, die ebenso wenig sein dürfte, die sich aber zeitgleich viel zu gut anfühlt. Schließlich verlassen mich seine Lippen und nur die Wärme bleibt einen Moment über, danach steht er auf und hält mir die Hand hin, bis ich meine in seine Handfläche lege.

»Und ab nach Hause«, flüstert er, legt einen Arm um meine Hüfte und zieht mich so eng an sich, damit ich mein Gewicht mehr auf ihn verlagern kann. Er hat wohl bemerkt, dass ich alles andere als gerade gehe. Der letzte Gin ist mir ein bisschen zu Kopf gestiegen und hat sich dann in allen Gliedmaßen ausgebreitet und sie wackelig gemacht.

»Danke«, flüster ich schon ein wenig nüchterner, als wir vor dem separaten Eingang zu meiner Wohnung stehen. »Wir sehen uns vermutlich morgen wieder, aber erst gegen Abend, wenn ich Dienst habe.« Unbekannte Emotionen zeigen sich in mir, es ist eine Mischung aus Scham, Zuneigung, Abneigung, Fehlverhalten – so irgendwie würde ich es beschreiben.

»Keine Ursache«, lächelt er freundlich, allerdings nicht mit diesem gewissen Leuchten in den Augen, das er mir sonst gegenüber zeigt – oder sogar allen.

Nachdem ich die Tür aufgeschlossen habe, drehe ich mich wieder zu ihm. »Was wolltest du? Du sagtest, dass du mich gesucht hast.«

An der Schläfe reibend, überlegt er, um mich dann mit zusammengezogenen Augenbrauen anzusehen. »Keine Ahnung, muss wohl nicht so wichtig gewesen sein.« Er schüttelt den Kopf ein wenig. »Komm gut heim«, zwinkert er. »Und schlaf gut, Luisa.« Ohne dass ich ihm antworten kann, dreht er sich um und geht um das Haus zu seinem Eingang.

Wenn es nicht wichtig gewesen ist, warum hat er mich dann

gesucht?, kommt mir in den Sinn, als ich mich längst für das Bett fertig gemacht habe, um darin zu versinken.

»Lass mich in Ruhe, geh runter von mir. Lass das!«
»Ach komm schon, es ist nichts Illegales daran, schließlich bin ich nicht dein leiblicher Vater. Wusstest du das nicht?« Er erdrückt mich, er tut mir weh, er will etwas von mir, das ich niemals von ihm wollen würde. Ich will ihn nicht!
Nicht mein Vater!
»Ich will dich meinen Namen schreien hören, ich will dich lecken und wissen, ob du tatsächlich so gut schmeckst.«
»Neiiiiin!«, kreische ich laut, während mein Herz aus mir herauszuspringen droht, es hat keinen richtigen Rhythmus mehr.

»Luisa.« Und immer wieder höre ich meinen Namen. »Luisa, komm … wach auf.« Und eine Berührung, die so gar nicht zu dieser Situation passt – sie ist sanft und beruhigend.

»Du träumst bloß. Wach auf, Luisa.«
Wach auf, hallt es nach.

»Luisa?«, fragt mich die Stimme zaghaft und endlich gelingt es mir, meine Augenlider zu öffnen. Ich blinzle etliche Male, bis ich erkenne, dass Stephan neben mir sitzt.

»Stephan?«, hauche ich, um mir anschließend die Augen zu reiben. Mein Herzklopfen sagt mir, dass hier etwas nicht in Ordnung ist. Ich blicke an mir hinab und bedecke mich, weil ich am liebsten mit BH und Slip schlafe und die Decke nur bist zu meinem Nabel geht. Schamesröte steigt mir in die Wangen, ich setze mich auf und ziehe die Bettdecke noch enger an mich.

»Ich habe dich panisch schreien gehört, da bin ich reingekommen. Ich wollte dich hier nicht bloßstellen«, behauptet er und sieht an mir hinab, wenngleich man nichts mehr von meiner Nacktheit sieht. »Ich habe mir Sorgen gemacht.« Sein

Gesicht verrät mir, dass er es genauso meint, wie es aus seinem Mund kommt. Dennoch ist es mir unangenehm.

»Ich habe nicht hingestarrt«, lächelt er mich an und streift sich durch seine Haare. Steven sieht mich fragend an und setzt sich schließlich neben mich. »Wirklich nicht«, verteidigt er sich ein weiteres Mal. »Wenn ich auch gern gewollt hätte«, murmelt er, um danach in ein Schweigen zu verfallen.

»Ich bin wegen meiner Familie hier«, beginne ich zu sprechen, nachdem ich eine halbe Ewigkeit in das Nichts gestarrt habe und Stephan auch nichts zu sagen hatte oder wollte. Er wusste einfach, dass er mir das bisschen Freiraum geben musste und dass ich damit zufrieden bin, dass er mir diesen gewährt und bloß neben mir sitzt und abwartet, ob da mehr kommt. Ein wenig erinnert er mich an Till.

Till ... es tut mir weh, wenn ich an ihn denke. Deswegen versuche ich, ihn auszublenden. Ich versuche, alles abzustellen, das irgendwie mit daheim zu tun hat, doch ganz offensichtlich holt es mich auch im Schlaf ein.

»Es lief nicht alles so, wie es in einer Familie hätte sein sollen, und ich weiß, dass ich alt genug bin, um auszuziehen. Wer wohnt denn noch in meinem Alter zu Hause?« Ich seufze laut. »Aber ich konnte nicht weg. Matthias und Vera ... wie hätte ich sie je allein lassen können und dennoch habe ich es getan.« Eine einsame Träne rollt an meiner Wange hinab. Stephan wischt sie mir mit dem Daumen weg und nimmt mich anschließend in seine Arme. Nur zu gern lege ich meinen Kopf gegen seine Brust.

»Du bist nun hier, keiner kann dir etwas antun«, sagt er beruhigend. »Niemand ist hier«, haucht er und sieht mich dabei eindringlich an, nebenbei legt er eine pinke Haarsträhne hinter mein Ohr. Stephans Augen zeigen dieses Leuchten, das mich gefangen nimmt wie ein Schwarzes Loch im Weltall, es will mich nicht mehr loslassen. Meine Hand streicht gedankenlos seine Wange, wohl mehr den Bart, der auf den Fingerspitzen kribbelt. Meine Augen können nicht von ihm lassen, sie beobachten ihn, wie er seine Augenlider schließt, während meine Finger sachte weiter über seinen Bart streichen.

»Luisa«, seufzt er so dezent, dass ich es beinahe nicht wahrnehme.

Herz, sag mir, was richtig und was vollkommen falsch ist.

Mehr muss er nicht sagen, denn nur mein Name aus seinem Mund klingt, als würde er die Welt verzaubern wollen, dabei hasse ich Luisa doch so sehr. Lulu – das ist für meine Ohren wohltuend und dennoch finde ich es bezaubernd, wenn Steven meinen Geburtsnamen in den Mund nimmt.

Ich nehme wahr, wie er scharf ausatmet, schließe meine Lider, jedoch lasse ich meine Handfläche an seinem Gesicht – weil ich es so will, weil ich es genieße, weil es mein Gefühl so will.

Im nächsten Augenblick spüre ich warme, weiche Lippen auf meinen. Sie rühren sich nicht, sondern liegen schlicht darauf. Unsere Atmung vermischt sich, mein Herz klopft sekündlich lauter, bis ich das Empfinden habe, dass es in dieser kleinen Wohnung widerhallt. Was genauso unmöglich ist, wie die Sterne während des Tages mit den bloßen Augen zu sehen.

Im nächsten Augenblick hält mich eine Hand am Hinterkopf – nicht fest, nicht unangenehm, vielmehr liebevoll, als wollte sie mich einfach verführen. Genau das gelingt dieser Hand und diesem Mann, der neben mir sitzt.

Stephans Lippen bewegen sich zaghaft und warten einen Moment, bis ich einsteige.

Seine Zunge streift an meiner Unterlippe, sie verlangt nach mehr, sie will mich und ich gebe es ihr, ich gebe es ihm, da ich mich seit dem ersten Augenblick zu Stephan hingezogen fühle, wenn ich es bislang nicht wahrhaben wollte oder bloß keinen Gedanken daran verschwendet habe, weil es so viel wichtigere Dinge gibt, die mich beunruhigen. Da hat es mir noch gefehlt, dass ich mit meinem Boss ein Techtelmechtel anfange.

Doch nun … ich kann ihm nicht ausweichen, da mein Körper, mein Geist nach ihm verlangen – nach jemandem fordert, der mich versteht, wenn er auch nicht weiß, was tatsächlich in mir vorgeht.

Stephans Finger verknoten sich in meinen Haaren, sie ziehen nicht daran, sondern vergraben sich darin, weil sie alles an mir erkunden wollen. Ich lege eine Hand hinter seinen Nacken, während die andere unter sein graues T-Shirt kriecht. Die Finger streicheln langsam in die Höhe. Die Fingerspitzen kribbeln, als ich diese warme Haut berühre und ich bemerke, wie sich die Bauchmuskeln darunter anspannen. Stephan rutscht mit mir ein Stück tiefer, bis wir uns seitlich gegenüberliegen, die Lippen verlieren jedoch nie den Kontakt und seine Hand will auch mehr. Sie findet den Weg auf meinen nackten Bauch und streichelt sachte an der Seite auf und wieder ab. Gänsehaut breitet sich sogleich auf dem gesamten Körper aus, obwohl es alles andere als kalt ist. Der Sommer erwärmt auch ein gut gedämmtes Haus. Aber mag sein, dass es auch die Hitze ist, die dieses Spiel gerade so antreibt.

Immer hektischer wird der Kuss und meine Finger wollen viel mehr als nur seinen Oberkörper. Steven öffnet meinen BH und berührt mich, bis sein Daumen die Kurve meiner nackten Brust erreicht. Ich erstarre einen Augenblick und vergesse das Atmen, weil es sich gut anfühlt, ohne Zwang und einfach gewollt. Wie eine Feder spüre ich den Daumen über die Haut streichen und meine Brustwarzen erhärten. Das Becken schiebt sich automatisch an ihn ran, bis ich gegen seine Mitte stoße und die Erektion durch seine lockere Boxershorts fühle. Wieder setzt die Atmung aus, allerdings schlage ich die Augen auf, sodass ich in Stephans Gesicht blicke. Im selben Moment öffnet er seine Augen und der Kuss verharrt.

Ein Lächeln ziert seine Lippen – ein wundervolles, geheimnisvolles. Sachte hebt er eine Hand und legt Haarsträhnen aus meinem Gesicht hinter mein Ohr.

»Ich will dein hübsches Gesicht sehen, Luisa«, wispert er. Es lässt mein Herz noch um eine Nuance höherschlagen, außerdem entkommt mir ein schüchternes Lächeln. »Ich mag es.« Fragend schaue ich ihn an. »Dein Lächeln. Ich habe es entdeckt, als ich dich am See angesprochen habe, deine Lippen zeigten es, als du deine Augen geschlossen hattest.«

»Danke«, hauche ich und muss meinen Blick abwenden.

»Und ich mag diese Augen.« Mit Daumen und Zeigefinger hebt er mein Kinn und bringt meine Lippen zurück auf seine. Elektrische Impulse durchfahren mich und aus Zaghaftigkeit wird Lust, das Verlangen nach Stephan.

Ungeduldig zerre ich an seinem Shirt, da ich seine Haut spüren will. Ich will wissen, wie es ist, wenn sein Oberkörper an meinem reibt. Steven merkt wohl meinen Drang, lässt für einen Moment von mir ab und zeigt zudem dieses neckische Grinsen, bevor er sich sein Shirt über den Kopf zieht. Natürlich weiß ich, wie er aussieht, schließlich waren wir gemeinsam am See, aber nun ist er direkt vor mir, seine Hitze ist fühlbar und wenn einer von uns stärker atmet, berühren wir uns. Als ich Stephans Blicke auf mir fühle, atme ich gleich schwerer. Hier spielt ein wenig Scham mit, anders kann ich mir das nicht erklären, so bin ich doch niemals gewesen.

Sex war schlichtweg nur ein Mittel zum Zweck – der, um mich zu befriedigen.

»Du siehst wundervoll aus«, haucht er und rückt näher an mich ran, bis ich endlich das Gefühl von Haut an Haut habe. Es ist überwältigend, als würden wir miteinander verschmelzen, als wären wir eins, obwohl wir uns nicht mal richtig anfassen, sondern bloß die Oberkörper interagieren.

»Es ist wunderbar«, flüster ich, ich wollte mir das eigentlich nur denken, aber er soll es wissen, da es genau das ist. Nach diesem Satz fühle ich seine Lippen an meinem Schlüsselbein, es ist pure Leidenschaft, reine Emotionen, die mir bis in meine Mitte schießen. Steven küsst tiefer, dabei legt er mich auf meinen Rücken. Seine Zunge kreist um die erhabenen Brustwarzen, was mich erregt, sodass es mein Becken in die Höhe drückt, bis ich seine Erektion fühle. Feuer lodert in meinem Magen. Steven küsst unbeirrt weiter, bis er an meinem Bauchnabel angekommen ist und keck lächelnd zu mir sieht. Doch nur so lange, bis er seine Finger über mein bereits feuchtes Höschen streichen lässt und dieses schließlich hinabzieht. Meine Augen halte ich geschlossen, da mir die Intensität dieses Spieles zu viel ist und ich keine Sekunde länger die Lider geöffnet lassen kann, denn alle Muskeln in mir spannen sich an, vor allem dann, als ich seine Zunge über meine empfindliche Stelle lecken spüre. Sternensprüher toben in mir.

»Fuck!«, zische ich durch meine Zähne.

»Nichts lieber als das«, murmelt er, kniet sich hin und zieht die Boxershorts hinab. Neckisch beiße ich mir auf die Unterlippe und setze mich auf.

»Ich will dich spüren«, flüster ich, was er sich kein zweites Mal sagen lässt und mich zurückdrückt, damit er sich auf mich legen kann. Sogleich fühle ich die Erektion. Er hält sie mit einer Hand und streicht etliche Male über meine Knospe. Ich wusste nicht, dass noch mehr Blut dahin gepumpt werden kann, aber mein Verlangen wird gerade größer und wenn er weiterhin über diese Stelle reibt, komme ich, ohne dass er sein Vergnügen dabei hatte. Beherzt fasse ich ihn an und führe ihn zu meinem Eingang. Langsam dringt er wenige Millimeter in mich ein, um ihn danach gleich wieder herauszuholen. Keine Sekunde später dringt er einige Millimeter mehr ein und wieder hinaus. Dieses Spiel macht mich heiß, macht mich verrückt und treibt mich in den Wahnsinn. Er spielt es so lange, bis er gänzlich in mich eingedrungen ist, so kann ich meine Beine um ihn schlingen, um ihn wirklich tief in mir zu spüren.

Stephan atmet schwer, seine Arme sind neben meinem Kopf abgestützt, während er auf mich hinabsieht. Unsere Blicke verfangen sich in diesem Augenblick, doch als ich wieder in meine Lippen beiße, ist es um ihn geschehen. Seine prallen hart auf meine, seine Zunge dringt forsch in mich ein – sie tanzt einen Tango. Eine Hand fasst an meinen Hinterkopf. Und sein Becken bewegt sich rhythmisch mit meinem im gleichen Takt. Meine Nägel kratzen an seinem Rücken, sie sind verkrampft, sie kratzen so sehr, dass sich Steven einige Tage nicht ohne Shirt zeigen sollte. Aber ich bin wie in Trance und kann mich im Moment der Lust nicht beherrschen, sondern lasse mich von ihr leiten.

Stöhnen dringt aus ihm heraus. Es gibt nichts Erotischeres, als einen Mann vor Verlangen stöhnen zu hören. Kaum einer tut es, das weiß ich. Warum weiß ich allerdings nicht. Ich kann ja auch nicht anders und muss meinen Gefühlen Stimme verleihen und das geht in einem Moment wie diesem nicht anders, als laut zu sein.

Genau das tue ich nun – ich wimmer.

Mein Becken presse ich heftiger gegen ihn, sodass sogar meine Beckenknochen schmerzen. Manchmal wünsche ich mir, mehr auf der Hüfte zu haben, dann würde es in Situationen wie diesen nicht so schmerzen, aber irgendwie hat dieses Leiden auch seinen Reiz – es treibt mich an.

»Scheiße, Luisa«, raunt Steven und legt nun zusätzlich Hand an mich an. »Keine Sekunde länger«, wimmert er, während zwei Finger auf meiner Knospe kreisen, um mir den Push zu geben, den ich noch benötigt habe, um das Feuer vollkommen zu entfachen.

»Verdammt!«, rufe ich laut und stöhne lauter, bis mein Kopf schwer in das Kissen fällt und die Beine von ihm gleiten.

Stephan geht von mir hinunter, legt sich neben mich, sein Zeigefinger streicht von meiner Schulter abwärts, zwischen den Brüsten durch, um den Bauchnabel und wieder hoch. Das wiederholt er, bis sich meine Atmung beruhigt hat und ich die Augenlider wieder öffnen kann.

Lächelnd drehe ich mich zu ihm und sehe in vertrauensvolle Augen, zu einem liebevollen Gesicht.

»Luisa, was hast du mit mir getan?«, fragt er ruhig. Ich schüttele meinen Kopf und beiße verlegen auf die Unterlippe. »Du ruinierst sie noch.« Stephan befreit mit seinem Daumen meine Lippe von den Zähnen und streicht anschließend leicht darüber.

»Weißt du, was du geträumt hast?«, fragt Stephan, nachdem wir beide schon lange an die Decke gestarrt haben. Wir sind zugedeckt, darunter jedoch nackt und dennoch berühren sich nur unsere kleinen Finger in der Mitte des Bettes. Ich nicke bloß und sehe schließlich seufzend zu ihm.

»Es weiß allerdings keiner«, spreche ich so leise, dass ich es kaum verstehen kann.

»Was meinst du?« Seine Frage kommt so vorsichtig, als wollte er mir damit nicht wehtun.

»Manchmal träume ich davon, was mir geschehen ist. Ich habe es niemandem gesagt, und dieses Mal ... dieses Mal ist es so verdammt real gewesen.« Ich schäme mich dafür, weil ich kein Klotz für jemand anderen sein will, nicht mehr. Denn genau das werde ich, wenn ich mein Leben noch einmal so öffne wie bei ...

Till ...

Stephan soll nicht das werden, was Till für mich ist.

Doch was ist er eigentlich für mich?

Freund? Aber in welcher Hinsicht?

»Es tut mir leid, dass ich dich damit erschreckt habe.« Ich schüttele meinen Kopf und sehe weg. Diese Gefühle, die gerade aufkommen, sind zu viel, sie bringen das Herz in diesen unnatürlichen Rhythmus, so wie er damals gewesen ist, und das will ich nicht.

»Ich höre dir zu, wenn du willst.« Liebevoll streicht er mir über die Wange und legt seine Lippen auf meine Stirn, dort verweilen sie eine Zeit und hinterlassen wohlige Wärme.

»Danke, aber ... aber es ist okay, wenn nur ich es weiß.« Mit einem aufgesetzten Lächeln drehe ich den Kopf zu ihm. »Okay?«

»Okay.«

KAPITEL 15

* * *

*W*ie sieht man seinen Boss an, wenn man weiß, dass da mehr ist. Jedes Mal, wenn er an mir vorbeigeht, flattert es ein wenig. Jedes Mal, wenn er an mir vorbeigeht, lächelt er.

Wenn das nicht auffällig ist, dann weiß ich auch nicht. Monika hatte ohnedies immer ein Auge auf mich und am heutigen Abend scheint es mir besonders auffällig zu sein. Was macht sie überhaupt im Restaurantbereich? Sollte sie nicht hinter ihrer Rezeption sitzen.

»Na, Moni? Darf ich dir was bringen?«, frage ich stattdessen freundlich, wenn ich sie auch gern ankeifen würde.

»Ich verstehe nicht, wie du bunter Vogel bei uns einen Platz gefunden hast.« Sie schüttelt ungläubig ihren Kopf. »Das kann nicht sein.« Mein Mund bleibt geöffnet, da ich nicht verstehe, was sie gegen mich hat – das vom ersten Tag an. Ich habe ihr doch nie etwas getan, außer, dass ich sie sogleich mit Du angeredet habe. Kathi, die gerade hinter mir die Gläser aus dem Spüler geräumt hat, schaut mich verwundert an, schnappt sich danach allerdings das volle Tablett mit Getränken und geht vorbei.

»Bitte? Ich habe mich wohl verhört?«, frage ich mit zusammengezogenen Augenbrauen.

»Nein, du hast richtig gehört.« Mit gespitzten Lippen sieht sie mich eindringlich an. Nichts in ihrem Gesicht zuckt, sie blinzelt noch nicht einmal.

»Okay … darauf reagiere ich jetzt nicht«, meine ich ruhig. »Du kannst dich auch selbst bedienen. Ich muss hinaus, mich um die Gäste kümmern. Schließlich wollen die nicht auf dem Trockenen sitzen gelassen werden.« Monika starrt mich weiterhin an und ihr Blick verfolgt mich.

Bunter Vogel, dröhnt es in meinem Kopf nach, genau das hat immer …

»Lulu, kann ich dich kurz sprechen?« Stephans Stimme überrascht mich, dass ich beinahe die Gläser zu Boden fallen lasse.

»Äh … ja natürlich.« Ich deute Kathi fünf Finger, damit sie weiß, dass ich gleich wieder zurück bin. Sie lächelt und nickt. Wenigstens eine Kollegin, die normal ist.

Steven führt mich in sein Büro und schließt sogar die Tür hinter sich ab.

»Was sollte das?« Nervös geht er auf und ab. »Denkst du, nur weil ich dich von der Straße geholt habe, kannst du dir alles erlauben, hast du Narrenfreiheit?« Stephan fährt sich durch sein gestyltes Haar, das danach nicht mehr am richtigen Platz liegt und ein wenig wild in alle Richtungen steht.

»Ich … es tut mir leid, aber ich kann dir gerade nicht folgen.« Verzweifelt sehe ich ihn an, vielmehr verfolge ich ihn, da er nach wie vor wie ein Irrer herumläuft.

»Das mit Monika, weshalb hast du sie sauer gemacht?«

Kopfschüttelnd schaue ich ihn an und stotter: »Ich habe was? Moni … sie hat vorhin an der Bar gesessen.«

»Ja, das habe ich gesehen.« Gut, wenn er es gesehen hat, dann wird er auch wissen, wer hier wen beleidigt hat. »Ich bin dann allerdings zurück in das Büro.« Mist, also hat er nicht alles mitbekommen. »Du hast sie bloßgestellt, dass sie so kühl wäre.«

»Bitte, ich habe was?« Ich reiße die Augen auf. »Stephan, das ist so nicht wahr. Sie hat an der Bar gesessen und ich fragte nur, ob ich ihr was bringen könne. Danach kam sie mit dem Spruch, was ich bunter Vogel hier eigentlich zu suchen habe. Ich ... ich ...« Meine Stimme zittert voller Verzweiflung, er muss mir glauben. Ich würde niemals so etwas tun, da ich diesen Job dringender benötige, als Stephan vermutlich weiß. »Es ...«, stotter ich weiter und die erste Träne rollt hinab. »Frag doch Kathi, die war neben mir. Sie hat es gehört.«

Stephan prustet Luft durch seine Lippen. »Schick sie zu mir«, sagt er ein wenig sanfter. »Bitte«, fügt er schließlich hinzu. Als ich an ihm vorbeigehe, hält er mich noch am Oberarm fest, ich habe kräftig zu schlucken und schließe die Augen. Hinter uns raschelt es, dann spüre ich ein Taschentuch an meiner Wange. Er sagt nichts weiter, sondern lässt mich gehen.

Wunderbar! So aufgewühlt soll ich nun meine Gäste nett bedienen. Wirklich perfekt!

Keine zwanzig Minuten später werde ich wieder von Stephan von der Arbeit abgehalten. Er hat seine Hand auf meiner Schulter, mein Blick geht allerdings zu Kathi, zuversichtlich lächelt sie mich an. Hat sie eine Ahnung, dass zwischen uns mehr als nur Angestellte und Boss ist? Oder ist sie zuversichtlich, weil sie das mit ihm im Büro regeln konnte. Ich hab sie leider nicht dazu befragen können. Heute sind nämlich verdammt viele Leute hier, aber nun ist wenigstens Roman gekommen, der an solchen Abenden eine große Unterstützung ist.

»Bitte noch einmal auf ein Wort«, flüstert er.

»Roman, sieh kurz auf Luisas Tische«, bittet er den Kellner, als wir an ihm vorbeigehen, eilig und zum Glück ohne jegliche Berührung.

Wieder verschließt er die Tür hinter sich, sagt dieses Mal

jedoch nichts, sondern wirkt verwirrter als zuvor. Und wieder geht er aufgebracht im Raum umher, während ich mich keinen Millimeter von meinem Platz neben der Tür rühre – ein Ort, von dem ich schnell flüchten kann, wenn es denn notwendig ist.

»Es tut mir leid.« Mit einem Mal ist er bei mir. Seine Arme sind neben meinem Kopf und er sieht mich verzweifelt an. »Ich hätte nicht an dir zweifeln dürfen.« Ich glaube ihm seine Entschuldigung, es ist zu hören, zu sehen. Stephan legt seine Handfläche auf meine Wange. »Es macht mich wohl verrückt, dass ich dich nicht berühren kann, wann und wo ich will.« Nach einem Seufzen spricht er leise: »Ich wollte dich längst anfassen, aber ich wusste nicht, ob ich darf, dann das gestern ... seither kann ich nicht klar denken. Es tut mir leid«, entschuldigt er sich ein weiteres Mal.

»Ist in Ordnung. Monika arbeitet schließlich länger hier. Ich verstehe das.« Mehr oder weniger, allerdings ist das nun mal die Phrase, um Dinge geradezubiegen. Nicht wahr?

»Nein ... nein, das ist es nicht. Sie wird dich kein weiteres Mal belästigen.« Ich starre ihn an, er wird sie doch nicht ... »Nein, ich feuer sie deswegen nicht, sie tut ihren Job und das gut. Ich habe sie zurechtgewiesen, dass es meine Sache ist, wen ich einstelle, und wenn mir noch einmal etwas Derartiges zu Ohren kommt, werde ich wohl wirklich Konsequenzen ziehen müssen.« Ich nicke erleichtert. »Aber das entschuldigt dennoch nicht, dass ich dich eben zu Unrecht beschuldigt habe.« Ich zucke mit den Schultern, da es mir wahrlich egal ist, nun wo die Wahrheit ans Licht gekommen ist.

Im nächsten Moment sind seine Lippen auf meinen, ein zärtlicher Kuss beginnt sich zu formen. Meine Knie sind weich und ich muss mich an ihm festhalten, daher kralle ich mich in sein Hemd. Stephan presst mich stärker an die Wand, bis ich seinen gesamten Körper spüre. Das Pochen meines Herzens ist bis in meine Ohren zu hören, das Rumoren in meinem Magen muss im gesamten Raum widerhallen, so habe ich zumindest das Gefühl.

Atemlos brechen wir ab. Meine Finger streichen unbewusst an meinen Lippen, die etwas geschwollen von dem stürmischen Kuss sind. Ich kann seine noch fühlen.

»Wir werden uns ein wenig mehr beherrschen müssen«, flüster ich. »Ich weiß nicht, wie gut ...«

»Scht«, stoppt mich Steven, indem er den Zeigefinger auf meinen Mund legt. »Das ist unsere Sache, ja ... aber lass es uns genießen. Wer sagt, dass der Geschäftsführer nichts mit seiner Angestellten haben darf?«

»Es geht darum, dass mir vermutlich Privilegien zugesagt werden. Und die ich im Grunde bekomme, du lässt mich schließlich bei dir schlafen, ohne dass ich einen Cent bezahle.«

»Die hattest du doch schon, bevor wir miteinander geschlafen haben.«

Wir haben miteinander geschlafen ... das haben wir wohl, es war kein Sex, dafür ist es zu gefühlvoll gewesen.

»Es wird klappen«, beruhigt er mich zuversichtlich und lächelt, ich kann ihm da nur zunicken und nichts weiter dazu sagen. Ich habe ohnedies keine Ahnung, was es da noch zu sagen gibt, da ich nicht mal weiß, was sich hier zwischen uns anbahnt.

»Nun zurück an die Arbeit, sonst werden wir schneller erwischt, als es uns lieb ist.« Ich lächle, obwohl ich nicht weiß, ob mir danach zumute ist.

Was weiß ich schon? Mein Kopf ist ein Chaos und ich bin verwirrt.

Und dennoch genieße ich es, als Stephan seine Lippen auf meine Stirn legt, mir einen Kuss darauf gibt. Einen Kuss auf die Nasenspitze und schließlich einen federleichten auf den Mund. So kann ich das Lächeln nicht unterdrücken.

»Wir sehen uns in der Nacht. Ich habe da an was gedacht, weil ich weiß, dass du morgen frei hast.« Er zwinkert mir zu.

»Okay«, hauche ich. »Bis später, Stephan.«

KAPITEL 16

* ✳ *

*I*ch mag Briefe, sie sind einfach eine andere Art der Kommunikation. Altmodisch und doch irgendwie modern. Wer schreibt heutzutage noch etwas per Hand?

Es ist im Übrigen wunderbar, kein Smartphone zu haben, kein Internet. Man hat schließlich ständig das Gefühl und das Bedürfnis dabei sein zu müssen. Es fehlt mir daher nicht wirklich. Kaum … es macht mich ein wenig traurig, dass mich die Personen nicht erreichen können, die nicht wissen, wo ich bin.

Also lege ich den Brief von Stephan zur Seite, ehe ich ihn lese und schreibe selbst wieder mal einen. Vielleicht gelingt es mir dieses Mal, ihn abzusenden.

 *Till,*

> *mein zweiter Brief und möglicherweise landet er dieses Mal in einem Postkasten. Es fällt mir einfach verdammt schwer, dir zu schreiben und es auch tatsächlich abzusenden, denn ich will keine Wunde aufreißen. Weder bei dir noch bei mir.*
> *Du fehlst mir …*

Aber das hilft dir nun auch nicht weiter, aber ich dachte, das solltest du wissen.

Es tut mir so leid, was geschehen ist. Es ist unverzeihlich, aber ich konnte nicht mehr.

Ich hoffe, Matthias und Vera geht es so weit ganz gut und Egon lässt den Frust nicht an ihnen aus. Es hat doch gelangt, dass er es bei mir getan hat.

Tut mir leid.
Bis irgendwann,
Lulu

Das Schreiben des Briefes hat mich aufgewühlt, ich laufe wie irre in dieser kleinen Wohnung auf und ab und überlege, was ich zerschmettern könnte, da diese unbändige Wut in mir aufkommt, die ich nicht kontrollieren kann. Scheiße ist nur, dass hier nichts mir gehört, bis auf eine Tasche und den Klamotten im Schrank. Ich verharre also in dieser Wut und schließe die Augen, die Arme hängen steif an den Seiten hinab, während die Finger sich immer mehr verkrampfen und dennoch versuche ich, in mich zu gehen und weiterzuatmen.

Ich hasse es, wenn mich diese Wut beherrscht.

Ein- und wieder ausatmen. Das machen auch die Yoga-Typen, da muss das auch bei mir funktionieren. Aber Entspannung kommt wohl nicht, wenn man krampfhaft versucht, nicht an sie zu denken.

Der Brief fällt mir schließlich ein und ich löse mich aus der Starre, um mich anderweitig abzulenken.

 *Hey Luisa,*
du bist äußerst schwer zu erreichen. Aber so

komme ich doch wieder dazu, das schöne Papier
aus der Schublade zu kramen.

Ich wollte mich wegen heute entschuldigen,
wie wäre es denn noch mit einem kleinen Date am
See? Du weißt schon wo, ich warte.

Bis bald,
Stephan

Ja, das zaubert doch ein kleines Lächeln auf meine Lippen,
vielleicht ist es die Aussicht auf das, was auf mich zukommt.

»Let's do this.« Für einen Moment überlege ich, ob ich
mich noch irgendwie herrichten sollte. Ich tue das doch nie,
warum sollte ich es dann für einen wie Stephan machen? Und
dennoch ziehe ich mich um, das liegt bloß daran, dass ich
nicht in Arbeitsklamotten zu einem Date gehen will. Rede ich
mir zumindest ein.

Verdammte Scheiße, er hat tatsächlich Date geschrieben.
Mein Herzschlag erhöht sich in diesem Moment.

Luisa, beherrsch dich, das ist dein Boss.

Bereits von Weitem kann ich ihn sehen, wenn er auch gut
versteckt ist. Aber ich weiß, wo ich hinsehen muss – an den
Ort, wo er mich aufgegabelt hat.

»Willkommen im Reich der Sterne«, begrüßt er mich und
steht auf. Seine Arme legt er sogleich um meine Taille und holt
mich näher ran, was mich wiederum dazu zwingt, meine Arme
hinter seinen Nacken zu legen. Okay, es stört mich nicht im
Geringsten. Ich finde es berauschend, sobald sich unsere Oberkörper berühren, da man des anderen Herzschlag hören kann.
Ich lächle ihn an, da Worte nicht immer notwendig sind.

»Es tut mir leid, wenn ich heute etwas unfair zu dir

gewesen bin«, entschuldigt er sich wieder.

»Lass es gut sein, Stephan.« Ich winde mich aus der Umarmung und setze mich auf die Decke, die er ausgebreitet hat. »Behandle mich einfach wie jede andere Arbeitskraft. Genau das hast du heute getan. Natürlich war ich berührt, weil ich wusste, dass ich nichts Falsches gemacht habe, doch bitte …« Ich stocke und seufze, während ich Steven ansehe, wie er sich neben mich setzt. Sogleich nehme ich seine Hand und spiele mit seinen Fingern. »Ich bin im Hotel so wie die anderen. Bloß eine verdammte Angestellte«, presse ich aus mir heraus.

»Nicht unbedingt«, widerspricht er. »Aber …«

»Kein Aber, ich will darüber nicht diskutieren müssen, du wolltest mit mir einen schönen Abend verbringen, und der beginnt auf keinen Fall mit einer Diskussion. Hast du mich verstanden, Herr Weißenbach?« Um meiner Stimme mehr Ausdruck zu verleihen, pikse ich ihm mit dem Zeigefinger gegen die Brust. Ich weiß, wie sehr das schmerzen kann.

»Alles klar«, lacht er. »Aber nur, wenn du mit diesem Finger aufhörst.« Stephan schüttelt den Kopf. »Dass ihr Kellnerinnen immer so viel Muskeln in den Fingern haben müsst«, flüstert er, während er die gepikte Stelle reibt. Ich ignoriere diesen Spruch, da er vermutlich nichts bedeutet.

»Möchtest du Wein?«, fragt er rasch, er will den Satz offenbar auch vergessen. Ich nicke und er holt anschließend eine Flasche Rosé aus einem Korb, dieses Mal gibt es sogar Gläser.

»Auf einen wunderbaren Abend.«

»Wohl eher Nacht, nachdem es bereits Mitternacht ist«, flüster ich, bevor die Weingläser im Dunkeln klingen.

Sterne über uns, Wein neben mir und in mir, wenn man so will. Ein Mann neben mir, neben dem ich mich wohlfühle. Ich lege mich auf die Seite, um ihn besser ansehen zu können, so gut das eben bei Dunkelheit möglich ist.

»Hab ich etwas?«, fragt er skeptisch.

»Fragen das für gewöhnlich nicht die Frauen«, kicher ich und daran ist nur der Rosé schuld, ich vertrage dieses pinke Zeug nicht.

»Tja … es muss nicht immer nur die Frau die Tussi sein.« Stephan dreht sich auch auf die Seite und streicht mit den Fingern über meine Wange. Es lässt mich für einen Wimpernschlag die Lider schließen.

»Ich sehe dich bloß gern an«, wisper ich und rücke unwillkürlich näher und daran ist ausnahmsweise nicht der Alkohol schuld. »Ich war zickig, als du mich von der Seite angemacht hast, weil ich einfach schlechte Laune hatte. Aber als ich dich angesehen habe, tat es mir schon so verdammt leid.« Rasch verhülle ich mein Gesicht hinter den Handflächen, auch wenn er die aufsteigende Röte vermutlich keineswegs sehen kann.

»Versteck dich nicht vor mir, ich mag dieses crazy Mädchen.« Ein Lächeln entkommt mir. »Du bist so anders, etwas Besonderes.« Mit diesen Worten spüre ich seine Lippen auf meinen und es ist um mich geschehen. Auf der Stelle wirbeln die Hormone in mir und machen mich verrückt. Erst recht, als unsere Zungen diesen Tanz zelebrieren.

Stevens Hand berührt meine nackte Taille und rückt immer höher, bis ich mich aufsetzen muss, damit ich mir das Top über den Kopf ziehen kann. Ich knie mich vor ihm hin. »Das ist nicht fair, also weg mit dem Hemd.« Er ist offensichtlich gleich nach der Arbeit gekommen, weil sein Sakko neben uns liegt.

»Besser«, hauche ich, als es sich endlich zu dem Sakko gesellt. Ich krieche ein wenig vor, bis ich meine Hände an seinen Oberkörper legen kann. Der schnelle Puls ist deutlich fühlbar. So kann ich ihm zudem zurück in die liegende Position zwingen und auf ihn hinabsehen. Meine Blicke wandern kurz nach links und rechts. Es ist irgendwie seltsam, nackt in der Öffentlichkeit zu sein, wo einem jeder zusehen könnte. Es hat aber auch seinen Reiz.

»Um diese Uhrzeit wirst du hier an einem Wochentag wohl niemanden finden«, flüstert Stephan. Seine Hände sind an meiner Taille und ziehen mich so zu ihm, bis sich unsere Lippen berühren. Unsere Oberkörper berühren sich und meine Finger gleiten in seine Haare. Steven findet den Knopf meiner Jeansshorts und öffnet sie, wie auch immer er es anstellt, er pellt mich daraus und zieht sogleich den Slip hinab. Der Reißverschluss seiner Hose reibt an meiner empfindlichen Stelle und lässt meine Atmung für einen Augenblick aussetzen und die Augenlider schließen.

Nachdem ich sie wieder geöffnet habe, erhebe ich mich ein klein wenig, um seine Anzughose zu öffnen, und sie gerade so ein kleines Stück hinabzuschieben, dass ich seine Erektion spüre. Danach setze ich mich auf ihn.

»Du bildhübsche Frau«, haucht er, setzt sich auf, legt seine Handflächen auf meine Wangen und bringt seinen Mund auf meinen. Ein hungriger Kuss entsteht, während die Hände den Körper des anderen reiben und wir uns so beinahe in Ekstase bringen, ohne dass wir uns an den sensibelsten Zonen berühren. Aber wer sagt, dass diese genau in der Mitte liegen, der Hals hat auch erogene Punkte. Dennoch will ich ihn fühlen, erhebe mich wieder ein wenig, umfasse sein Glied und führe es in mich ein. Dabei erklingt ein tiefes Brummen. Seine Hände finden den Weg zu meiner Taille, allerdings nicht, ohne dass er auf dem Weg hinab sachte über die Brüste streichelt. Seine Finger halten mich fest, sie regulieren das Tempo. Je intensiver es wird, umso schneller wird es, umso stärker spüre ich die Spannung in meinem Unterleib.

»Ich kann nicht mehr«, wimmer ich, denn mein Körper sendet Millionen Glückshormone aus, die mich zum Höhepunkt treiben. Eine beinahe unerträgliche Hitze durchfährt mich und am liebsten würde ich auf Stephans Schulter sacken, aber er hat noch ein kleines Spielchen mit mir vor, denn offenbar ist er nicht dort, wo ich bin. Wir drehen uns gemeinsam, ohne je den Kontakt zu verlieren, sodass ich auf der Decke liege. Steven stößt kräftig zu.

»Shit!«, jammer ich, denn obwohl ich gerade erschlaffen wollte, durchfahren mich wieder diese Blitze und erst recht, als er mit seinen Fingern an mir Hand anlegt und er an meinem Hals zu küssen beginnt. Stöhnen dringt aus mir heraus, das, was ich zuvor vermeiden wollte, geht nun einfach nicht, da die Intensität viel zu heftig ist.

»Pst«, lacht er und legt zugleich einen Finger auf meine Lippen. Ich beiße mir auf die Unterlippe und versuche, meinen Aufschrei zu unterdrücken. Schließlich merke ich auch, wie Steven damit kämpft, seiner Lust leiser Ausdruck zu verleihen, dafür steigert er ein letztes Mal das Tempo und reißt mich wieder mit und er folgt mir dieses Mal.

Kurz verweilt sein Kopf auf meiner Schulter, ehe er sich von mir abrollt.

»Ich … oh mein …«, lache ich auf und halte mir den Mund mit beiden Händen zu. »Ich bin …« Noch nicht einmal einen geraden Satz bringe ich mehr heraus.

»Ich genauso«, meint er und zieht seine Hose hoch. Ich ziehe mir auch meine Shorts wieder über, so ganz nackt ist es irgendwie seltsam, draußen zu liegen, danach lege ich mich zu ihm, kuschle mich an ihn ran und er legt seinen Arm unter meinen Nacken, meine Handfläche liegt über seinem Herzen.

In diesem Augenblick habe ich das Gefühl, als wäre ich mit der Welt im Reinen, als wären all meine Sorgen für diesen Zeitpunkt in den Hintergrund gerückt.

Für einen Moment …

»Kannst du mir einen Gefallen tun?« Nun, wo der erste Satz heraus ist, ist es wohl schwer, einen Rückzieher zu machen, hat man erst mal so begonnen, oder?

»Gern«, flüstert er und zieht mich enger an sich ran. Die kühle Nachtluft auf nackter Haut bereitet mir Gänsehaut.

»Würdest du einen Brief für mich absenden? Allerdings nicht von hier. Irgendwo anders. Sodass es nicht gleich nachvollziehbar ist, wo ich bin. Bitte«, spreche ich mich in einen Rausch.

»Wer ist Till eigentlich?« Seine Stimme ist bedächtig, vielleicht ein wenig gekränkt.

»Ein guter Freund, mein bester … und ich bin einfach weg, ohne dass er etwas davon wusste und habe ihm auch noch unmögliche Aufgaben zugeteilt, für die er doch gar nicht zuständig wäre. Aber ich habe es getan, weil ich weiß, dass er es macht.« Ich schieße die Augen und würde mich am liebsten von dieser Umarmung lösen, doch Stephan lässt nicht locker. »Ich bin so was von egoistisch«, zische ich.

»Das denke ich nicht, Luisa. Du hast nur auf dich gesehen und ich vermute, wenn ich das Wort *endlich* einfüge, trifft es das haargenau.« Er streicht über meine Haare. »Manchmal muss man Dinge tun, die nicht jedem gefallen. Vielleicht bist du deiner Nacht begegnet und konntest endlich erstrahlen.«

Sterne leuchten nur in der Nacht, höre ich die Worte immer und immer wieder in meinem Kopf widerhallen. Warum muss ich ausgerechnet jetzt daran denken?

»Mag sein«, flüster ich und sag nichts weiter dazu.

»Ich tue es für dich«, haucht Stephan und küsst meine Stirn, dabei lässt er die Lippen länger auf der Haut liegen, als es für diese Situation notwendig wäre. Als er sich ein wenig von mir entfernt, zitter ich so richtig. »Ich denke, es ist Zeit.« Wieder nicke ich bloß. Er spürt, dass etwas … nein vieles in meinem Leben nicht in Ordnung ist und doch bedrängt er mich nicht und lässt mir den Freiraum, so viel zu erzählen, wie ich für gut halte. Vielleicht habe ich endlich den Mann gefunden, der nicht nur meine freundschaftliche Seite des Herzens berührt, sondern viel mehr.

Stephan und ich packen den Picknickkorb ein, unterdessen fragt er mich: »Zu dir oder zu mir?« Anschließend lacht er laut auf, er versucht eindeutig, die Stimmung anzuheben.

»Komm … gehen wir einfach«, steige ich in das Lachen mit ein.

KAPITEL 17

* * *

*W*oran man merkt, dass einige Tage besser als die anderen sind?

Ganz simpel: Die schlechten zeichnen sich so richtig aus. Das ist einer der beschissenen, wo man bereits morgens verpennt und nun im Eiltempo die Klamotten zusammensucht, nur um festzustellen, dass die Bluse noch ein wenig feucht ist und das Bügelbrett sowieso nicht gesehen hat.

»Scheiße!«, rufe ich in die Wohnung und ziehe zudem an den immer nicht gebürsteten Haaren. Daher sause ich rasch in das kleine Bad und binde mir irgendwie einen Knoten, das muss für den heutigen Tag reichen.

»Daran bist nur du schuld«, schimpfe ich Stephan, auch wenn er nicht hier ist. Er hat mich lange wach gehalten. Mit den Gedanken an ihn, weil er nicht hier ist und ich es nicht gewohnt bin, ihn nicht jeden Tag zu sehen und mir deswegen Gedanken gemacht habe, was auf dem Weg nach Wien zu diesem Hoteliertreffen hätte passieren können. Ja, er wollte mir ein Handy andrehen, aber ich habe abgelehnt. Aus gutem Grund, denn sonst wäre die Versuchung viel zu groß, mehr damit zu tun. Ich werde es wohl einige Tage ohne ihn aushalten. Ich weiß ohnedies nicht, weshalb ich so reagiere.

Kann sich ein Herz so schnell an eine Person binden?

»Autsch! Scheiße! Scheiße! Scheiße!« In all dem Unglück laufe ich mit der großen Zehe gegen den Türrahmen. Egal, der Schmerz kann mich ein anderes Mal ablenken, ich ziehe mir also die leicht nasse Bluse an und hoffe, dass meine Körperwärme sie gleich glatt bügelt.

»Luisa!«, ermahnt mich Gerli, als ich nur ein paar Minuten zu spät zum Frühdienst komme. Ich hatte gehofft, mich reinzuschleichen, sodass es niemand merken würde.

»Es tut mir leid, ich habe verschlafen, dann bin ich mit der Zehe noch gegen die Tür gelaufen, die Haare wollten nicht so, wie ich wollte, die Bluse war ein wenig feucht.« Immerhin ist sie auf dem Weg hierher getrocknet.

»Das nächste Mal meld dich bitte.«

»Ja, selbstverständlich. Nur hab ich kein Telefon.« Sie sieht mich verwirrt an, zieht dabei die Augenbrauen zusammen.

»Du willst mich verarschen? Kein Mädl in deinem Alter rennt ohne Handy rum.« Sie schüttelt ihren Kopf ungläubig.

»Doch, ich«, sage ich leise und lächele seltsam und zucke mit den Schultern.

»Was ich mich scho immer g'fragt hab«, beginnt sie ruhig zu sprechen, der Frust, dass ich zu spät aufgetaucht bin – es waren bloß zehn Minuten –, ist längst vergessen. »Was macht ein deutsches Mädl hier, keine Freunde, ohne Telefon?« Fürsorglich schaut sie mich an, dabei legt sie eine Hand auf meinen Oberarm. Sogleich bildet sich ein fetter Kloß in meinem Hals. An einem Tag wie diesen sollte man mich besser nicht darauf ansprechen, doch nun ist es zu spät.

»Es … ich …« In meinem Hirn lege ich mir eine Wahrheit zurecht, die mein Herz nicht so sehr schmerzen lässt.

»Franz, mach das bitte rasch fertig, ich muss mit Luisa schnell etwas erledigen«, ruft die Seniorchefin meinem Kollegen zu. Sie führt mich in das Bügelzimmer.

»Schätzchen«, flüstert sie beruhigend und reicht mir ein Taschentuch. »Heut is' net dein Tag, oder?« Ich schüttele den Kopf und putze mir die Nase.

»Irgendwie erinnert mich heute alles an daheim und das ist nicht gut. Ich wollte einen neuen Anfang machen, aber wie kann ich das, wenn mir mein … mein kleiner Bruder Sorgen bereitet. Ich weiß nicht, wie es ihm geht. Er weiß nicht einmal, wo ich bin.« Wie eine liebevolle Mutter nimmt sie mich in die Arme, streichelt meine Oberarme auf und ab.

»Was ist g'schehen?«, bedacht fragt sie nach und lässt wieder locker, um mir in die Augen zu sehen.

»Das … das kann ich nicht sagen«, schniefe ich.

»Gut. Weißt was … ich denk, Franz und ich schaffen das auch allein. Der Seniorchef ist schließlich mit dabei. Ruh dich aus und komm morgen am Abend fit zur Arbeit. In Ordnung?«

»Danke«, falle ich ihr um den Hals und küsse ihre Wange.

»Ah schau, da lachst jetzt wieder«, lächelt sie mich zuckersüß an.

»Ich weiß nicht, womit ich euch als Familie verdient habe. Ihr seid alle so nett.«

»Eine kleine Familie eben und ich weiß, wie wichtig es ist, dass man z'ammenhält. Und glaub mir, wenn ich dir sag, dass bei uns nicht alles rundläuft.« Gerli sagt das mit einem überaus traurigen Unterton, der mich beinahe zum Weinen bringt. »Irgendwann wendet sich bestimmt alles zum Guten.« Ihre Augen deuten mir, dass es hierbei nicht nur um mich geht, sondern um etwas, das sie bedrückt.

»Ruh dich aus«, sagt sie schließlich und richtet sich ein wenig gerade, streicht über ihre Bluse, als wollte sie die Sorgen von sich streifen. »Und Luisa …« Sie legt wieder eine Hand auf meine Schulter. »Sei vorsichtig, was Stephan angeht.« Meinen Magen zieht es zusammen, es krampft und hätte ich Zeit für Frühstück gehabt, würde dieses nun den Rückwärtsgang einlegen.

»Meine Augen sehen vermutlich mehr als die deiner Kollegen. Und auch wenn er mein Sohn ist und ich ihn als diesen schätze, weiß ich, dass er teils mit unfairen Mitteln spielt.« Darauf kann ich nichts sagen, es lässt mich viel mehr darüber grübeln, was zwischen uns in den letzten eineinhalb Wochen läuft.

Es lässt mich über andere Personen nachdenken, die ich zutiefst verletzt habe.

»Gerli?«, rufe ich rasch hinterher. Sie dreht sich um. »Darf ich kurz das Telefon im Büro benutzen? Und ist es möglich, die Nummer zu unterdrücken?«

»Natürlich.« Schnell erklärt sie mir die Tastenkombination und hinterfragt nicht, weswegen ich es so haben will. »Bis morgen, Luisa.« Dankend lächele ich ihr zu, bevor ich in das Büro gehe. Immerhin ist an diesem Tag nicht Moni hinter der Rezeption, die würde mir noch fehlen.

»Hallo?«, piepst eine junge Stimme in das Mikrofon und sogleich schießen mir Tränen in die Augen und im nächsten Moment fällt mir ein, dass es doch erst kurz vor sechs Uhr ist.

»Hey, kleiner Bruder. Es tut mir so, so leid, dass ich dich geweckt habe.« Ich setze meine süßeste Stimme ein, damit er nicht gleich erschreckt, wenn er mich weinen hört.

»Lulu?«, fragt er erstaunt. Ich kann es ja selbst nicht fassen, dass mein kleiner Bruder am Apparat ist, nach verdammt langen vier Wochen.

»Ja, ich bin es. Ich wollte mal hören, wie es dir geht. Geht es dir gut, Kleiner? Außer vermutlich der Tatsache, dass ich dich geweckt habe und du bestimmt wirklich müde bist.«

»Alles gut, Lu. Aber … aber du fehlst mir. Wann kommst du wieder zu mir?« Zu mir … nicht nach Hause, er will einfach nur, dass ich bei ihm bin.

»Ein bisschen noch, bleib stark. Okay?« Ich habe mich so zu beherrschen, damit ich nicht in Tränen ausbreche, denn ansonsten könnte ich kein Wort herausbekommen. »Ich arbeite hier und …«

»Wer ist das?«, nehme ich im Hintergrund wahr, es stoppt mein nettes Lächeln. »Gib mir mal das Telefon, Kleiner.« Es raschelt am Ohr, wobei mein rasendes Herz beinahe alles übertönt.

»Luisa?«, höre ich Till besorgt. Mein Mund öffnet sich, doch es kommt kein Ton dabei heraus, zu sehr sind meine Gedanken nämlich damit beschäftigt, diesen Kerl lächelnd vor meine inneren Augen zu projizieren, mir seinen Duft in die Nase zu senden und mich daran zu erinnern, dass es jemanden gibt, der mich gern hat ... mehr als nur gern hat. Und ich stoße ihn weg.

»Luisa?«, fragt er ein weiteres Mal zögerlich. Er muss mich atmen hören, also ist das Schweigen im Augenblick nicht gerade die beste Lösung.

»Ja«, fiepe ich.

»Ach verdammt, tut das gut, dich zu hören.« Pure Erleichterung ist in seiner Stimme wahrzunehmen. »Sag mir, wo du bist, sag mir, dass es dir gut geht.«

»Es geht mir gut ... Till ... es ... was machst du bei Matthias?« Die hässlichsten Gedanken schießt es mir in den Kopf und ich bin drauf und dran abzuhauen und mein neu gewonnenes Leben wegzuwerfen. Aber ich bin im Grunde noch nicht dazu bereit, denn wenn ich an daheim denke, denke ich an Pein und einen Kerl, der mich zu Sex zwingen wollte, einem Haus voller Lügen, denen ich nicht entkommen kann. Hier fühle ich mich stark, als hätte ich endlich alles unter Kontrolle.

»Ich will es nicht hören«, falle ich ihm in sein erstes Wort. »Ich will es gar nicht hören. Ich weiß, dass es ihm gut geht, er ist bei dir«, rede ich mich in einen Fluss und nehme immer wieder wahr, dass er versucht, etwas zu sagen.

»Es ... ich muss Schluss machen. Du ... es ... ich vermisse dich«, sage ich schließlich hastig, ehe ich den Hörer auf das Telefon klatsche.

Während ich aus dem Büro laufe, remple ich gegen den

Seniorchef und murmele noch ein »Sorry«, ehe ich zur Wohnung eile.

Den gesamten Tag hab ich nichts getan, außer im Bett zu liegen. Ich habe an die Wand gestarrt, an die Decke, aus dem Fenster und versucht, an rein gar nichts zu denken. Es ist mir wenige Minuten gelungen, einige wiederum nicht. Und doch hab ich es geschafft, mich auszuruhen und den Tag beiseitezuschieben. Bevor ich allerdings bloß hier rumlümmele, gehe ich eine Runde um den See. Die Sonne zeigt sich noch ein wenig und diese letzten paar Strahlen des Tages will ich genießen.

Die abendlichen Sonnenstrahlen kitzeln an meiner Nase, als ich meine Zehen über den Steg in das kühle Nass baumeln lasse.

»Na du?« Kathi stupst mich leicht an der Schulter und gesellt sich zu mir.

»Na? Kann ich auch sagen«, lache ich.

»Was war denn heute los?«, fragt sie unbeirrt und ich bin gezwungen, die Augenlider zu öffnen.

»Mein Zuspätkommen spricht sich rum?« Seufzend und mit hochgezogenen Augenbrauen schaue ich sie an.

»Ne, nicht wirklich. Ich bin nur das Auge«, kichert sie. »Und sehe alles und weiß alles«, zwinkert sie mir zu. Dieses Mal reiße ich die Augen auf, weil das auch bedeuten würde, dass … »Ach Quatsch … ich hatte doch nur mittags Dienst und für gewöhnlich wärst du ja dann dort gewesen, warst du aber nicht. Also hab ich Franz gefragt, was mit dir los ist, und er meinte nur, dass es dir nicht gut geht. Soweit er es eben weiß.«

»Heute war einfach ein grauenvoller Morgen. Nichts lief, wie es sein sollte. Ich habe verschlafen, bin mit dem Fuß gegen die Tür gerempelt.« Ich hebe den rechten Fuß aus dem Wasser und deute auf die große Zehe. »So richtig blau geworden.«

»Autsch«, sagt sie gequält, als würde sie es selbst fühlen.

»Ja, so richtig autsch. Gerli hat wohl mitbekommen, dass es nicht mein Tag ist, und mich nach Haus geschickt. Sonst wäre womöglich noch mehr Drama gewesen, dann aber mit Gästen und mir.«

»Sie hat Schadensbegrenzung gemacht«, lacht Kathi und schubst mich wieder, sodass ich beinahe in das Wasser falle.

»Ach …«, wischt sie sich die Lachtränen unter den Augen weg. »Diese Tage kenne ich. Sei froh, dass nur die Seniorchefin da gewesen ist. Stephan hätte dich bloß mit seinen Blicken getötet und dir befohlen, dass du sofort an den Arbeitsplatz zurückkehren sollst.«

»Der kann das?« Äußerst verwirrt frage ich meine geschätzte Kollegin.

»Aber hallo und ob. Wobei in letzter Zeit ist er ja recht zahm, muss ich gestehen. Ich vermute, er hat jemanden gefunden, mit der er mal so richtig Stress abbauen kann, du verstehst schon, was ich meine.«

»Okay, gut … anderes Thema, so viel will ich gar nicht wissen.«

»Luisa, ich wusste ja gar nicht, dass du so rot werden kannst«, kichert sie, während ich meine Schamesröte hinter den Handflächen verstecke. »Ich hab mir dich in der Beziehung doch offener vorgestellt.«

»Weißt du was, wie wäre es mit ein wenig Abkühlung«, lache ich und sehe sie teuflisch an.

»Oh nein … tu das nicht. Ich … ich hab den Bikini drunter, dann können wir gern eine Runde schwimmen.« Kathi springt auf und läuft vor mir davon.

»Schon gut«, lache ich. »Einfach eine Runde schwimmen.« Nur gut, dass ich auch den Bikini anhabe.

»Warum sagst du mir nicht, dass es schon so spät ist?« Leicht panisch schnappt sich Kathi ihr Zeugs.

»Das sieht man doch, die Sonne ist weg«, lache ich. »Was ist denn los?«

Während sie ihr Handtuch zusammenrollt, spricht sie: »Er kommt heute, also mein … ich weiß nicht, was er ist, aber wir verstehen uns recht gut und ja …« Sie lächelt mich zuckersüß an.

»Wer ist er?« Ich weiß, ich bin fast nicht neugierig.

»Das darf ich dir nicht sagen. Noch nicht, irgendwann vielleicht.« Kathis Stimme zittert ein wenig.

»Alles klar, wir sehen uns also morgen Abend, oder?«

»Ja, in alter Frische und verpenn nicht schon wieder.« Sie zwinkert mir zu.

»Haha … ich werde es hoffentlich schaffen, bis um 17 Uhr auf der Arbeit zu sein. Aber nun mach nur, dass du zu deinem … was auch immer kommst. Ich werde noch ein bisschen an die Bar gehen.« Mit einem Küsschen verabschieden wir uns, danach geht sie in die eine Richtung, ich schnappe mir meine Tasche und gehe in die andere.

»Hey Bernd«, lächle ich den Kellner an, der, so wie ich seinen Blick mittlerweile kenne, meinen Wunsch längst erraten hat.

»Gin Tonic?«, zwinkert er mir zu und dreht sich um, um ein Glas zu holen.

»Da musst du noch fragen?«, sage ich kichernd.

»Hätte ich mir eigentlich sparen können.« Bernd stellt mir mein Glas hin und während ich nippe, erwischt mich seine Stimme eiskalt.

»Ich sagte doch, dass Sterne nur nachts leuchten.« Sie ist ein Hauch in meinen Ohren. »Weil sie dann am stärksten sind, wenn es dunkel ist.« Ich kralle mich an das Glas fest und stelle es vorsichtshalber auf den Tresen, da ich sonst alles verschütte. Die Augenlider schließe ich, da es mich zu sehr an daheim erinnert und weil mir diese Stimme bereits wegen einer Nacht Kopfzerbrechen gebracht hat.

»Bist du im Urlaub hier? Allein?« Ich fühle, wie Niklas

138

näher rückt und sich seine linke Seite gegen meinen Rücken drückt.

»Nein«, sage ich hastig. »Arbeit.« Endlich gelingt es mir, mich wieder zu bewegen, und ich sehe ihn an, erblicke zwei große Augen. Schaue in die Augen eines Mannes, der verdammt gut aussieht. Seit dem letzten Mal ist sein Bart um ein Stück länger geworden und in dem Licht wirkt es so, als hätte er darin einen leichten rötlichen Schimmer. Er lächelt.

Einen kurzen Augenblick muss ich an Stephan denken, vielleicht ist er nur ein Flirt und nachdem mich Gerli gewarnt hat, weiß ich nicht mehr, was ich denken soll. Außerdem, wenn ich nichts tue, als mit Niklas zu reden, ist die Welt für mich in Ordnung.

»Du siehst wunderschön aus«, sage ich, doch sofort halte ich mir eine Hand vor den Mund, denn das wollte ich mir wahrlich nur denken. Nur dieses braune Augenpaar hat mich dazu verführt, meinen Mund einfach so zu öffnen, ohne darüber nachzudenken, was dabei herauskommen könnte. Sie haben mich an Steven erinnert.

»Das Kompliment kann ich nur zurückgeben.« Sogleich erglühen meine Wangen, zudem sehe ich an mir hinab. Nun ja, wunderschön. Eine abgeschnittene Jeans, die nun als Shorts ihren Dienst verrichten darf, und eine meiner weißen Arbeitsblusen, die vielleicht um ein Stück zu viel aufgeknöpft ist, sodass man den Bikini durchblitzen sieht.

Niklas rückt den freien Stuhl neben mir zurecht, setzt sich und deutet Bernd, dass er auch gern so etwas zu trinken hätte.

»Erzähl mal, seit wann bist du hier?« Niklas sitzt so nahe bei mir, dass mich sein Bein berührt. Der Jeansstoff reibt ein wenig an meinem Oberschenkel und lässt Gänsehaut über den Körper rieseln.

»Lass uns nach draußen gehen, damit dieser neugierige Barkeeper nicht alles hört«, sage ich bewusst laut, denn Bernd putzt seit gefühlten fünf Minuten an einem Glas.

»Als ob ich das nicht wüsste«, behauptet er fest.

»Nope, tust du nicht. Du weißt bloß, dass ich gern einmal die Woche zu dir auf einen Drink komme«, keck lächle ich ihn an.

»Oder mehr.«

»Alles klar, Bernd, du übertreibst es. Wir sind dann mal draußen.«

»Wieso hast du dich nie gemeldet?«, fragt Niklas nach, als wir bei den Strandstühlen Platz nehmen. Seine Frage klingt so, als wollte er mir Schuldgefühle einreden.

»Ich … um ehrlich zu sein, weiß ich nicht mal, wo ich deine Karte hingelegt habe und zum anderen …« Ich sehe kurz in die Ferne. »Ich weiß es nicht, weil ich Abstand wollte, von allem, das ich mit daheim verbinde.«

»Du bist also weg?« Niklas rückt samt Stuhl ein Stück näher und legt eine Hand auf den nackten Oberschenkel, seine Hitze brennt durch die Haut und erwärmt mein Blut, das sogleich im gesamten Körper verteilt wird. Es fühlt sich falsch an und doch bin ich zu feige zu sagen, dass ich das nicht will.

»Ja«, betrübt schaue ich zu Boden.

»Nicht das beste Thema, um diesen Abend zu starten.« Ich rümpfe die Nase, aber gebe darauf keine Antwort, indes nimmt er meine Hand und verschränkt seine Finger mit meinen. Schließlich sehe ich hoch und blicke wieder in dieses vertrauensvolle Gesicht. »Wenn wir vor wenigen Wochen nicht gestört worden wären …« Das Herz beginnt schneller zu schlagen, meine Atmung ist schnell … viel zu schnell …

Ist das Panik?

»Dann was?«, hauche ich stockend.

»Wer weiß«, sagt er bloß und lehnt sich genüsslich zurück, ehe er von seinem Gin trinkt, seine Hand lässt meine jedoch nicht los. Es fühlt sich ganz okay an, wenn auch falsch, denn ich muss an den Morgen denken, an dem diese Sehnsucht an Till aufgekommen ist, und an meinen Boss, wobei mir noch nicht wirklich klar ist, was zwischen uns passiert. Anziehung definitiv, denn er entspricht einfach meinem Typ und mein

Herz tanzt, wenn ich ihn sehe, als würden alle Sterne nur für mich strahlen, denn er sieht mich so an, als wäre ich das Schönste für ihn. Unweigerlich lächle ich.

»Was machst du hier?«, frage ich schließlich. »Du siehst im Moment sehr nach Arbeit aus.«

»Ja, bin geschäftlich hier, unter anderem. Ich bin eigentlich von hier. Mein Büro ist im Nachbarort«, zwinkert er mir zu. So genau habe ich wohl nie darauf gesehen, außerdem hat er keinen ausgeprägten österreichischen Akzent. »Familienbesuch«, lächelt er ein wenig verzweifelt. »Und auch Arbeit. Warum sollte ich meine Wurzeln hier nicht nutzen, um auch etwas aufzubauen«, zwinkert er mir zu. Wenn es um Thema Arbeit geht, fröhlich, und wenn es um Familie geht, genau das Gegenteil. Ich will jedoch nicht in Wunden bohren, weiß ich selbst, wie schmerzhaft es ist.

»Auf einen netten Abend«, lenke ich schließlich ein, denn ich habe am heutigen Tag bei Weitem schon zu viel nachgedacht, deswegen darf nun getrunken werden.

»Auf einen netten Abend mit einer wunderbaren Frau«, lächelt Niklas, während er das Glas erhebt. Mein Lächeln geht auch an ihn. Ich fixiere seine Augen, doch für einen kurzen Moment machen sie einen Schwenk in die falsche Richtung und im Magen wird es flau.

Nicht unweit von uns entfernt ist ein anderer, dem ich in letzter Zeit wohl viel Vertrauen geschenkt habe, von dem ich gedacht habe, dass er ein loyaler Typ ist.

Dem ist allerdings nicht so, da seine Lippen an einer Brünetten hängen, die zudem noch viel zu viel von ihren Titten preisgibt. Seine Hände sind überall, an all den Stellen, an denen er mich so zärtlich berührt hat.

Wut staut sich in mir auf und ich bin versucht, zu ihm zu laufen, um ihm direkt eine in das Gesicht zu klatschen. Jedoch will ich ihm nicht meine Blöße zeigen, ich habe mein Herz nicht an ihn verloren, sondern habe das mit ihm aus Zeitvertreib getan. Als Abwechslung. Es ist auch nicht die Eifersucht, die sich in diesem Moment zu Wort meldet, stattdessen dieses seltsame Gefühl, dass ich nicht gut genug für diesen Kerl bin. Weil ich nie gut genug für irgendjemanden bin, deswegen gelingt es mir doch nicht, eine Beziehung aufrechtzuerhalten, geschweige denn eine überhaupt zu haben.

Panik.

»Luisa?« Ich erwache aus meiner Starre und schaue in fragende Augen.

»Sorry, ich hab gerade an was gedacht«, versuche ich ein verführerisches Lächeln aufzusetzen, dabei streifen meine Fingerspitzen Niklas' Oberschenkel. »Hast du mich etwas gefragt?«

»Nicht mehr wichtig.« Auf seinen Lippen ist auch dieses Grinsen, das nur zu einem führen kann. Kurz blicke ich über seine Schulter und entdecke bloß noch die Schatten zweier Personen, wie sie zum Ausgang huschen. Mit einem Schluck leere ich den Gin.

»Ich hol uns schnell was.« Ich bin längst auf meinen Beinen, dabei spüre ich, wie sich der Alkohol auf den Weg zu meiner Blutbahn macht. Ein wenig Essen hätte mir wohl nicht geschadet, aber so ist der Rausch wenigstens billiger.

»Lass mal«, hält er meine Hand fest. »Ich gehe.« Eigentlich wollte ich nur kurz weg, aber gut …

»Dann will ich dem Gentleman mal seine Chance geben, sich zu beweisen.«

»Was darf es sein?«

»Ich bin da nicht so wählerisch.«

Kurz nachdem Niklas zur Bar gegangen ist, hüpfe ich auf, weil ein Lied spielt, nein *das* Lied, eines, zu dem man einfach nur tanzen muss. Das geht sogar ohne großen Alkoholeinfluss.

»So ist das also?« Ich drehe mich um, um den zwei Bier haltenden Niklas zu erwarten. Eines nehme ich ihm ab und mache den ersten Schluck, ohne auf das Anstoßen zu warten.

»Mach mit, sei nicht so steif!« Ich gehe tänzelnd näher zu ihm und flüster ihm zu: »Das darf nur eine Stelle am Körper sein.« Ein schiefes Lächeln zeigt sich in seinem Gesicht und nachdem er selbst einen kräftigen Schluck von der Flasche gemacht hat, steigt er mit ein und tanzt sich mit mir in einen Rausch.

Ein Lied nach dem anderen folgt, ein Bier nach dem anderen leert sich, bis ich ihm um den Hals hänge, da die Songs nur noch das zulassen.

»Lass mich für einen Tag die Sonne sein«, hauche ich in sein Ohr. Anschließend nimmt er mich noch enger an sich, seine Hände sind tief, sodass seine Finger meinen Hintern berühren. »Sie leuchtet am schönsten«, sage ich, bevor ich meine Lippen auf seine lege. Wir tasten uns an den anderen ran, weil alles Neue ungewohnt ist, und so beginnt dieser Kuss nur zaghaft. Mund auf Mund, bis ich schließlich seine Zunge fühle, die über die Unterlippe streift. Aufregung breitet sich aus, denn ich will mehr.

Ein hungriger Kuss entsteht, der so vielleicht nicht von allen gesehen werden dürfte. Niklas' Finger kriechen abwärts und packen meinen Hintern kräftig an. Mit einer Hand halte ich mich an seinem Nacken fest, unterdessen die andere an seiner Seite hinabwandert.

»Eventuell sollten wir woanders hin«, murmelt er gegen meine Lippen, dabei streifen unsere Nasen aneinander.

»Ja«, ist alles, was ich sage, bevor er sich von mir löst und meine Hand in seine legt. Wie ein verliebtes und betrunkenes Paar laufen wir etliche Minuten, kichern, stolpern beinahe, bis wir an einem alten Haus anhalten. Mein Herz rast und ich kann in diesem Moment nicht mehr sagen, ob es von dem Alkohol ist, die Angst, die mir Niklas eigentlich macht, dem schnellen Lauf oder doch die Aufregung, vor allem, was nun passieren wird.

»Es wird gerade renoviert, aber ein Bett ist vorhanden.« Mit jedem Wort kommt er näher, bis ich seine heiße Atemluft auf meinem Gesicht fühle. Automatisch lehne ich mich an, doch er dreht sich weg. Irgendwer muss ja aufschließen. Für einen Moment überlege ich, abzuhauen, bis ich Stephan vor dem inneren Auge sehe.

Die Tür knallt hinter uns zu und von dem Augenblick an gibt es kein Halten mehr. Niklas presst mich gegen die Holztür, seine Zunge dringt forsch in mich ein. Es ist sogar mir zu viel und für einen Moment taucht wieder Stephan auf, der so verdammt gut küssen kann. Dieses Bild lege ich schnell ad acta und konzentriere mich auf den Typen vor mir, der auch seine schöne Seite hat. Seine Finger streichen an meinen Armen entlang, bis er meine Handgelenke umfasst und die Hände in die Höhe pinnt. Ein Wimpernschlag später sind seine Lippen auf meinem Schlüsselbein, die Arme lässt er los, da seine Finger die Knöpfe meiner Bluse öffnen wollen. Niklas liebkost meine Brüste, knetet sie sachte und streift mein Hemd ab und schlussendlich öffnet er noch das Bikinioberteil, das keine Sekunde später zu Boden fällt.

Seine Augen fixieren mich einen Moment, ehe er küssend weiter abwärts einen Weg findet. Mein Puls ist bis in den Magen spürbar. Meine Hose gleitet hinab, mein Slip auch und ich fühle Niklas' Finger über meiner Hitze. Ein leises, wohliges Murren dringt aus mir heraus und als er meine Beine ein wenig spreizt, muss ich mich in seine Haare krallen. Mir fehlt der Halt, die Knie drohen nachzugeben, aber Niklas hält mich an der Hüfte, während er nach wie vor mit zwei Fingern über die Feuchte streicht und schließlich eindringt.

»Oh Scheiße!«, sage ich laut.

»Das gefällt dir«, flüstert er, ehe ich seine Zunge wahrnehme, die mich beinahe nach der ersten Sekunde in den Wahnsinn treibt.

»Komm her«, bringe ich allerdings irgendwie aus mir heraus und ziehe leicht an seinen Haaren, damit er gezwungen ist, aufzustehen. »Das muss alles weg.« Dabei deute ich auf seine Klamotten und helfe ihm, sie loszuwerden. Wir stehen uns nackt gegenüber, sehen uns an und ich denke mir, warum ich das wieder tue, aber ich kann nicht anders. Ich habe nie etwas anderes getan, wenn ich mich nicht wohlgefühlt habe. So spüre ich zumindest für kurze Zeit die geballte Ladung an Emotionen.

Frech lächelnd nimmt er meine Hand und zieht mich weiter, wir gehen an mit weißen Laken bedeckten Mobiliar vorbei, bis wir zu einem Zimmer kommen, das schon fertig renoviert ist und wo ein gemütliches Bett auf uns wartet. Ich löse mich von Niklas' Fingern und lege mich auf die Matratze. Doch er steht nur da und beäugt mich.

»Ich wollte dich bereits vor zwei Jahren auf diesem Fest, dann vor wenigen Wochen im Sommer ... wären wir nicht gestört worden ... dann ...«

»Dann?«, hebe ich eine Braue. »Du könntest mir zeigen, was du *dann* getan hättest.« Ohne ein Wort kommt er auf mich zu. Mein Blick liegt, wie sollte es auch anders sein, auf seinem erigierten Penis, aber er wandert aufwärts zu diesem flachen Bauch, an dem man dezente Konturen der Muskeln erkennen kann. Im nächsten Moment ist Niklas auf mir, sein Glied liegt über meinem Eingang, doch er dringt nicht ein, sondern küsst mich. Küsst mich gierig, als wollte er damit Gefühle übermitteln, allerdings geht es hier um verdammten Sex und ich hoffe auf richtig guten. Dafür werde wohl ich die Macht übernehmen müssen. Meine Hand packt seine Erektion und ich drücke ihn zur Seite, sodass er auf seinem Rücken liegt.

Mit leicht zusammengezogenen Augenbrauen sieht er mich an, schnell entspannt sich sein Gesicht, nachdem ich meine Hand bewege. Sein gesamter Körper entspannt sich, die Augenlider schließt er. Gut so, denn er soll genießen.

»Fuck!«, ruft er, als ich seinen Penis in den Mund nehme, meine Zunge über die Spitze gleitet und ich daran sauge. Niklas sucht nach mir, doch findet nur Halt in der Bettdecke unter uns.

»Komm hoch«, stöhnt er, als ich länger mein Spielchen mit ihm getrieben habe. Verrucht sehe ich ihn an, knie mich über ihn und lasse die Eichel über meinen Eingang streichen, kurz dringe ich ein, um dieses tiefe Brummen aus Niklas zu locken. Anschließend packe ich ihn wieder und streichele weiter über meinen erogenen Punkt. Danach führe ich ihn zum Eingang und setze mich. Niklas' Finger krallen sich in meine Seiten, bis ich mich schließlich rühre.

Seine Hände sind überall, an meinem Hintern, an meinen Brüsten und schließlich an der Knospe, denn ich habe das Gefühl, dass er keine Minute mehr aushält, bis er kommt. So spornt er mich mit dem Zeigefinger an, sogleich steigt unerträgliche Hitze in mir auf.

»St… Mach weiter.« Ich war kurz davor, Stephans Namen aus meinen Mund kommen zu lassen. Aber Niklas ist so mit sich beschäftigt, dass er es wohl nicht mitbekommen hätte. Er erhöht das Tempo seiner kreisenden Bewegungen und stößt kräftig zu, bis er aufstöhnt und sogleich aus mir gleitet. Er hatte seinen Spaß und lässt mich unbefriedigt mehr oder weniger links liegen. Ich fasse es nicht und mein Kopf beginnt sogleich, mächtig zu dröhnen. Die Schuld schiebe ich einfach auf den Alkohol, nicht auf die auftauchenden Gedanken, die sich mehr und mehr in meine Hirnwindungen brennen.

Was habe ich getan?

»Komm zu mir«, flüstert Niklas und zieht mich zu sich. Ein wenig steif liege ich neben ihm und frage mich, ob das nun richtig gewesen ist.

KAPITEL 18

*I*ch hasse es, wenn ich in einem fremden Bett aufwache, mein Schädel brummt und ich muss mich erst sortieren, weswegen ich hier bin – woanders bin.

Niklas ... Scheiße ... Scheiße ... Scheiße ...

Niklas, der nicht mehr neben mir liegt, sondern bloß ein Zettel. Noch mehr Scheiße.

Ich fühle mich in eine Situation vor wenigen Wochen katapultiert. Nackt bin ich zudem auch noch, was mich im Augenblick doch sehr stört, also ziehe ich die Decke bis zum Kinn. Ich fühle mich mies, schmutzig, wertlos, falsch. Da ist alles falsch.

Guten Morgen Luisa!

Keine Sorge, ich laufe schon nicht davon, aber ich muss arbeiten. Wenn du am Abend noch hier wärst, würde ich mich freuen.

Ansonsten ... du hast meine Nummer. Vielleicht hinterlässt du mir ja auch deine.

Panik ist das Einzige, an das ich in diesem Moment denke. Da mir nicht nur mein Bauchgefühl, sondern auch mein Kopf sagt, dass diese Situation gar nicht gut ist. Absolut schlecht.

»Ich muss hier raus.« Nervös steige ich aus dem Bett, suche meine Klamotten in dem Haus zusammen, wobei suchen ist hier falsch – Niklas hat sie fein säuberlich auf einen Stuhl gehängt.

Auf dem Weg zur Wohnung klopft mein Herz jeden Schritt lauter. Denn was geschieht, wenn ich Stephan begegne?

Soll ich ihn auf seine brünette Errungenschaft ansprechen? Sollte ich ihm davon erzählen, dass ich es ihm nachgemacht habe, bloß weil ich Unzufriedenheit abbauen wollte.

Vielleicht sollte ich einfach nur schweigen und so tun, als wäre nichts geschehen?

Mum ... sie hat lange geschwiegen, was ist dabei herausgekommen? Eine Ehe voller Lügen, Frust, Handgreiflichkeiten.

Und ich werde dennoch nichts sagen, weil ich nicht weiß, wie ich es ansprechen soll, weil ich verdammten Schiss habe.

Ich hab kurz darüber nachgedacht, ob ich mich krank melde. Das wäre wirklich feige. Stephan müsste nämlich von seinem Seminar zurück sein. Laut seiner Aussage erst heute Mittag und nicht gestern am Abend.

Verdammt! Wenn ich nur daran denke, kommt enorme Wut in mir auf.

Aber ich bin auch nicht besser.

»Er ist nur ein Kerl, mit dem ich im Bett gewesen bin, ein paar Mal. Aber er berührt mein Herz nicht. Nein, das tut er nicht. Meine Lust ... ja ... er sieht ja richtig heiß aus«, murmele ich vor mir her, als ich zur Arbeit gehe.

»Wie wars gestern noch?«, schubst mich Kathi im Vorbeigehen an. Ich habe sie nicht einmal kommen hören, so sehr übertönen meine Gedanken alles.

»Frag nicht«, murmele ich und würde mir am liebsten die Hände vor das Gesicht halten.

»Und genau aus diesem Grund will ich es wissen.« Lächelnd geht sie vor mir rückwärts.

»Ach … eigentlich war es ganz interessant. Ich habe einen Typen getroffen, den ich von daheim kenne. Wir …«

»Oh, ist er hübsch? Und lief etwas?« Ihre Augen leuchten. Ich glaube, Kathi liebt es, Geschichten von anderen zu hören, viel lieber, als sie selbst zu erleben.

»Ja zum guten Aussehen und Nein zu Letzterem.« Sie zieht ein enttäuschtes Gesicht. Aber bloß für einen Moment. »Vielleicht könntest du mir den ja mal vorstellen?«

»Liebend gern, aber gibt es da nicht jemanden bei dir?« Sie kann ihn gern haben, weil Niklas ein Mann zu viel ist und wenn sie gern zwei hat – bitte. Ich habe genügend … Till, Stephan …

»Hm … vielleicht … aber einer in petto …« Sie verzieht ihr Gesicht seltsam.

»Wie auch immer … Aber nun an die Arbeit, ich glaube, wenn ich heute wieder so wie gestern bin, dann … ja … kann ich die Arbeit vergessen.« Kathi rollt ihre Augen und öffnet die Tür zum Mitarbeiterzimmer.

»Na dann, ab ins Getümmel.« Sie lächelt mich an, ehe wir wieder gemeinsam mit Brieftasche um der Hüfte bewaffnet aus dem Zimmer gehen.

»Was darf ich …« Weiter komme ich nicht, der Arm, der die Speisekarte ablegen wollte, bleibt auf halbem Weg hängen, denn vor mir sitzt niemand geringerer als Niklas. Er lächelt mich an, ich ab ihn nicht, da ich nicht weiß, wie ich ihm begegnen soll.

»Luisa, was für eine Überraschung.« Es wird sogar noch größer. »Ich habe dich nicht mehr vorgefunden.«

»Ich ... ich.« Für dieses Stottern könnte ich mir an die Stirn klatschen. »Ich musste mich für die Arbeit fertig machen«, lächle ich gefälscht.

»Du kennst also meine Familie?« Mein gespieltes Lächeln fällt zusammen und ich starre ihn an, so ziemlich sicher mit leicht geöffnetem Mund, aber ich fühle mich nicht mehr. Mein gesamter Körper scheint taub zu sein.

»Deine was?«, bringe ich irgendwie raus. Ich lege endlich die Karte ab, da sich meine Finger darauf zu sehr verkrampfen.

»Mutter und Vater«, sagt er ernst, während es in meinem Hirn rattert, denn dann *muss* ja Stephan sein Bruder sein. Mein Blick weicht nicht von ihm ab, ich kann nicht von ihm ablassen, da ich die Ähnlichkeiten zu Stephan suche und wenn ich nicht so derartig in Trance wäre, dann würde ich es vermutlich auch erkennen.

»Da... das wusste ich nicht.« Jegliche Gesichtsfarbe ist gewichen, zugleich zittern meine Knie.

»Belästigt dich dieser Gast?« Stephans tiefe Stimme ist viel zu nahe an meinem Ohr. Ich kann seinen heißen Atem an dem Nacken fühlen. Und es wäre schön, wenn ich nun sagen könnte, dass mir Gänsehaut über den gesamten Körper läuft, weil ich es angenehm finde, aber nein, es ist dieser unangenehme Schauer, der zudem noch ein schreckliches Magenziehen hervorruft.

»Wenn hier jemand belästigt, dann bist das meist du, nicht wahr, Stephan?« Besitzergreifend legt Steven eine Hand um meine Hüfte, allerdings will ich es nicht. Er soll zu seiner anderen Tussi gehen. Oder zur nächsten, ich bin mir nämlich sicher, dass ich nicht die einzige in den letzten Wochen gewesen bin. Oh nein ... und bestimmt auch nicht die einzige Angestellte. Warum hätte mich Gerli sonst gewarnt?

»Lass Luisa los«, zischt Niklas und erhebt sich. Ich stehe zwischen zwei erwachsenen Männern, die sich anstarren, als wollten sie sich umbringen. Niklas' Halsschlagader bebt und die Vermutung liegt nahe, dass Stephans genauso stark hervorgetreten ist. Steven gibt ihm darauf keine Antwort, sondern bedrängt mich noch weiter.

»Luisa und ich kennen uns schon etwas länger als du sie. Letztes Jahr im Sommer …« Niklas tritt auch näher an mich ran und streicht mir zärtlich über die Wange, wobei ich zurückzucke. »Ich hätte es dir gleich sagen sollen, dass da mehr als nur bescheuertes Gequatsche war.« Meine Augen werden groß, die Ohren scheinen sich wohl verhört zu haben, aber ich werde gleich eines Besseren belehrt. »Eine heiße Nacht mit dir«, haucht er. »Wenn dein verfluchter Vater auf diesem Fest nicht so aufdringlich gewesen wäre, dann …« Die Zähne beiße ich aufeinander. Die Hände ballen sich. Mein Herz, es rast. Mein Magen rebelliert.

»Wir … nein, Niklas … was«, stotter ich.

»Denkst du etwa, dass ich dich gestern sonst so schnell rumbekommen hätte? Da ist diese erotische Kraft zwischen uns und du kannst sie nicht leugnen.« Stephan tritt zurück und darüber bin ich froh, es langt vollkommen, dass mich dieser eine von vorne bedrängt und mir unterstellt, dass ich mit ihm letzten Sommer was hatte.

Mein Hirn versucht, sich krampfhaft an irgendwas zu erinnern, aber ich war so betrunken, dass ich richtige Löcher habe. Ich muss ihm also entweder Glauben schenken, oder eben nicht.

»Du warst mit Lulu in der Kiste«, zischt Stephan. Nun bin es nicht mehr ich, die er fokussiert, sondern seinen Bruder.

Ganz wunderbar, Lulu. Du hattest etwas mit Brüdern. Besser kann es ja nicht laufen.

»Haut ab ihr zwei. Ihr seht euch g'rad mal fünf Minuten und scho gibt's Streit.« Gerli gibt beiden Männern eine leichte Ohrfeige, sodass sie für einen Moment zu ihr hinsehen. Sie sind wohl etwas perplex.

»Ihr sitzt hier zwar im Extrastüberl, aber das heißt noch

lange nicht, dass ihr euch wie Idioten aufführen müsst. Raus aus dem Hotel und machts euch das woanders aus. Nicht hier«, sagt sie streng. Die beiden sehen ihre Mutter entschuldigend an. Stephan anschließend mich, allerdings schaue ich sogleich weg, denn ich kann ihm nicht in die Augen sehen. Ich weiß, dass ich um nichts besser als er bin und doch bin ich mächtig sauer auf ihn.

Irgendwann ist mir einfach alles zu viel.

Mein Herz denkt an Till, wie er mich liebevoll in die Arme nimmt und mir sanft über das Haar streicht. Wenn mein Herz sich auch nicht zu hundert Prozent nach ihm sehnt, weiß ich, dass er derjenige ist, der mich immer aufgefangen hat und auffangen wird.

Ich denke, ich bin hier am falschen Ort.

»Raus hier!«, zischt Gerli ihre Jungs an. »Wie zwa kleine Bubn, die noch immer net wissen, wie sie miteinander umgehen müssen. Schert euch für heut raus.« Die beiden Geschwister geben sich nach wie vor einen Starrwettbewerb, gehen dann allerdings nach gefühlten Minuten getrennte Wege, aber nicht, ohne dass mich beide irgendwie seltsam ansehen, als hätte *ich* das alles zu verantworten. Schon fühle ich mich mies, als hätte ich alles versaut, als wäre ich tatsächlich schuld, so wie es daheim doch auch immer der Fall ist. Ich bin wohl nicht fähig, ein anständiges Leben zu führen, und reiße alle mit mir.

Ich bin für nichts und niemanden gut.

»Die beiden haben einen Schaden, wenn ich dir das sag'. Da war mal eine Frau, ein Mädl war das noch, da warens beide erst neunzehn …«

»Beide neunzehn?«, verwundert sehe ich Gerli an.

»Meine Zwillinge, sieht man ihnen nicht an, aber ja … ich sags dir, dieses Mädl hat die so zerstritten. Ich weiß bis heut nicht, was die mit ihnen ang'stellt hat.« Gerli schüttelt theatralisch ihren Kopf. »Und du musstest da jetzt mittendrin sein.«

»Ja, ich denke … ich vermute, dass ich da wohl nicht ganz

unschuldig bin«, gebe ich schüchtern von mir. Ich sage es nicht gern, aber ich will nicht, dass Gerli es irgendwann herausfindet. Sie klatscht ihre Hände vor ihrem Gesicht zusammen und schüttelt wieder ihren Kopf.

»Ja … blöder Zufall, Niklas kenne ich von daheim, Kollege meines …« Ich bin versucht, Vater zu sagen, er ist es ja angeblich nicht. »Vom Mann meiner Mutter«, piepse ich und fühle mich zurückkatapultiert, sehe diesen mächtigen Mann vor mir, bis ich meinen Kopf schüttele, um zumindest wieder fokussieren zu können.

Ich wollte eigentlich fliehen und dann holt mich mein Zuhause ein.

»Gerli, es ist wirklich alles ein seltsamer Zufall. Sie haben sich wegen … ich weiß nicht, vielleicht auch wegen mir gestritten, bestimmt nicht nur. Es … es tut mir leid.« Wann werde ich dieses Stottern in unangenehmen Situationen ablegen? Ich vermute nie.

»Schon gut, ich versteh die beiden ja, dass dich ang'schaut haben, ein bissl mehr. Bist ja doch ein fesches Mädl«, lächelt sie mich an, als wollte sie sich dafür entschuldigen, dass sie mich so finster angesehen hat.

»Gerli?« Ich zupfe am Ärmel der Bluse, bevor es mir gelingt, diese Worte über die Lippen zu bekommen. »Es tut mir leid, wenn ich das jetzt sagen muss, aber … ich werde den heutigen Abend zu Ende bringen und bin ab morgen weg – kündige.« Ich wollte stark bleiben, doch die erste Träne schummelt sich aus meinem Auge. »Es hat nichts mit den Jungs zu tun, mehr oder weniger, sie haben mir nämlich gerade die Augen geöffnet, dass ich wohl woanders besser aufgehoben bin. Ich habe irgendwie versucht, vor meinem Leben zu fliehen.«

»Das ist okay, Mädl«, sagt sie sanft. »Manchmal muss man das tun, was das Herz von einem verlangt.« Ich nicke ihr zu und umarme sie, sogleich legt sie ihre auch um mich und drückt kräftig zu. »Du wirst noch deinen Weg finden und wennst wieder mal flüchten willst, oder da in der Nähe bist, dann komm vorbei. Meine Tür ist für dich offen.«

»Danke, Gerli.« Ich drücke ihr einen Kuss auf die Wange und löse mich aus der Umarmung. »Ich geh zurück zu Kathi, die Flut hat sie vermutlich längst weggezogen«, versuche ich, mit einem Lächeln zu sagen, aber so recht ist es mir nicht danach.

»Ich klär das schon mit ihr, warum du mit mir da hinten warst«, zwinkert sie mir zu und klopft mir zuversichtlich auf die Schulter.

»Danke«, flüster ich ein weiteres Mal und husche davon.

KAPITEL 19

Schweren Herzens ging ich nach der Arbeit in Richtung Wohnung – in Stephans Wohnung. Und dort stehe ich seit zehn Minuten vor der Tür und kann nicht aufschließen, da meine Hände so zittern, weil ich Angst habe, was mich darin erwarten wird. Aber wenn ich noch länger hier verweile, wird es so ziemlich sicher auch nicht besser, also öffne ich nach einem tiefen Atemzug und zitternden Händen die Tür.

»Luisa!«, begrüßt mich Stephan stürmisch und umarmt mich, aber in mir ist es kalt. Er merkt es wohl und lässt los. »Es tut mir leid, was da heute mit meinem Bruder geschehen ist. Das hättest du nicht sehen dürfen.« Warum ist er nicht böse? Er müsste mich hassen, schließlich hat sein verhasster Bruder nicht gerade leise herausposaunt, dass ich mit ihm in der Kiste gewesen bin. Ich hasse mich ja selbst dafür und Stephan für sein Verhalten, das gestern und das in diesem Moment.

Genervt sehe ich ihn an und entdecke eine kleine Schramme auf seiner linken Wange, die beiden haben sich doch tatsächlich geprügelt.

»Ihr seid so kleine Kinder«, spotte ich und gehe an ihm

vorbei, jedoch nicht, ohne dass ich an seine Schulter rempele und den Kopf schüttle.

»Jetzt warte«, läuft er mir nach, dabei will ich bloß meinen Kram packen – abhauen.

»Nein!«, keife ich ihn an und habe es schließlich bis zum Kleiderschrank geschafft. Aber es hat ja keinen Sinn, in einer Wohnung davonzulaufen, die ungefähr so groß ist wie das Wohnzimmer des Hauses, in dem ich bislang gewohnt habe, zudem ist es deswegen unnötig, weil ich Steven schlecht verbieten kann, dass er sich hier frei bewegt, ist ja schließlich sein Reich.

»Wohin willst du?«, fragt er vorsichtig nach, er steht jedoch sehr nahe bei mir, ich kann seine Anwesenheit fühlen. Es könnte uns vermutlich eine Mauer trennen, ich würde sie fühlen.

»Weg! Weit weg!«, ich bin allerdings alles andere als ruhig. Ich wollte es sein, doch irgendwie gelingt es mir keineswegs. Niklas geistert in meinen Gehirnwindungen umher, ich weiß nicht, ob sich das gestern gut angefühlt hat. Nun ja … der Sex ist es wohl eher nicht wert gewesen.

Habe ich es nur getan, um mit jemandem Sex zu haben?

Wollte ich jemandem eins auswischen?

Wollte ich bloß Emotionen spüren?

Ich habe sie ja doch nicht gespürt.

Ich weiß, wo meine Gefühle sind, und die sind nicht hier, glaube ich. Nein … um zu wissen, was ich fühle, muss ich zurück.

»Bist du so, weil ich mit meinem idiotischen Bruder gestritten habe?« Steven berührt mich nur für einen Augenblick an meiner Schulter, aber das lässt mich schon zusammenfahren, die Zähne aufeinanderbeißen.

»Fass mich nicht an!« Ich drehe mich um, verschränke die Arme vor meinem Körper und starre ihn an. Mein Kiefer ist angespannt und der Kloß im Hals wächst, was wiederum auf meine Tränendrüse drückt, aber ich versuche, mich zu beherrschen, ein einziges Mal stark sein.

»Es interessiert mich nicht, dass du mit Niklas gezankt hast. Deine Mutter erzählte mir, dass ihr, seitdem ihr neunzehn seid, so seid wie ihr seid – bescheuert. Kommt darüber hinweg, dass ihr ein und dieselbe Frau geliebt habt, sie ist vermutlich längst verheiratet und hat Kinder und es ist ihr egal, was die zwei Brüder machen. Nein, es ist nicht deswegen. Ich wusste ja nicht mal, dass es dein Bruder ist. Ich kenne ihn als Kollege meines … er ist Kollege vom Mann meiner Mutter.« Mein Herz platzt beinahe vor Wut und ich weiß noch nicht einmal, weswegen ich so derartig wütend bin.

»Du kapierst die Geschichte dahinter nicht«, sagt er gehässig. Oh … nun ist er wohl nicht mehr so freundlich und zeigt mir endlich sein wahres Gesicht. Wird auch Zeit.

»Ich verstehe sie ganz gut, denn sie hat sich wiederholt und von mir aus könnt ihr euch umbringen, aber ich bin aus dieser Story raus. Ich will mich nicht mit dir, mit Niklas quälen – hier ist keine Zukunft. Das …« Dabei deute ich mit einer Hand zwischen mir und ihm. »Vielleicht habe ich es nicht bereut, doch Zukunft … nein … dafür fehlt dir hier vermutlich genauso viel wie mir«, dabei deute ich auf mein Herz. »Wir haben keine Zukunft, Stephan«, hauche ich.

»Warum Niklas, warum konntest du nicht irgendeinen x-Beliebigen vögeln? Musste es gerade er sein?« Er tritt auf mich zu, seine Fäuste sind geballt. Es jagt mir im ersten Moment Angst ein, auch wenn ich weiß, dass er mir garantiert nichts antun würde, sondern seine Wut vielmehr in Richtung Niklas gerichtet ist.

»Weil er da gewesen ist, während du angeblich in Wien bist, stattdessen musste ich dich mit einer Brünetten am See erwischen. Nein, ich war gestern nicht arbeiten. Da hättest du wohl einmal besser auf den Dienstplan sehen müssen«, spotte ich. Man kann nicht immer stark sein, das habe ich irgendwie mein gesamtes Leben versucht, nur kommen dann diese Tage, wo man sich nur ins Bett verkriechen will, die Decke über den Kopf zieht und heult – danach wäre es mir genau jetzt. Die ersten Tränen rollen schon längst an meinen Wangen hinab.

»Ich habe dich gesehen, dabei wollte ich nur einen netten Abend an der Bar verbringen. Mit mir alleine. Dein Bruder kam zufällig vorbei und ich wäre nie auf darauf eingegangen, hätte ich dich nicht entdeckt. Ich habe vielleicht nicht die Seele eines Engels, aber ich weiß, wenn mein Herz einen Seelenmenschen gefunden hat, jemanden, den ich doch tatsächlich Einlass zu meinem Herz gewährt habe … dann bleibe ich auch dabei.« Mein Brustkorb bebt, während meine Augen kaum noch klar sehen, dennoch bemerke ich, dass Stephan mich ansieht, einfach ansieht und sich nicht rührt, als wäre er versteinert.

»Und ich bin mir sicher, dass sie nicht die Einzige gewesen ist«, füge ich gekränkt hinzu. »Nicht wahr? Und dann schläfst du beinahe jede Nacht neben mir. Ich bin hier nicht die Böse in der Geschichte. Und ja … nun kann ich es dir erzählen, es ist ohnedies vollkommen egal. Ich hatte Sex mit Niklas und er war richtig gut.« Das kommt voller Hass aus mir heraus. Er darf spüren, wie es sich anfühlt. Wenn das Geplänkel mit Niklas auch vielmehr mau gewesen ist.

»Luisa …« Seine Stimme klingt gebrochen, als wäre er der Verletzte in dieser Situation und nicht ich. »Es … es tut mir leid.« Und auch wenn es aufrichtig klingt, kann eine Entschuldigung diese Lage nicht retten, denn diese Entschuldigung zeigt mir, dass es sich wohl wirklich so zugetragen haben muss. Stephan und die Frauen …

»Denkst du, dass ich dir nun um den Hals falle, dir sage, dass alles in Ordnung ist, dass wir es ja nochmals versuchen können?« Ich schüttele den Kopf. »Nein, Stephan … so funktioniert das nicht. Nein, man muss von Beginn an aufrichtig sein, ich weiß, wo das sonst endet, und das habe ich daheim, das hatte ich mein gesamtes Leben. Es besteht aus Frust, Schweigen und Gewalt. Dort will ich niemals hin.« Ich schließe meine Tasche und hebe sie hoch. »Da hättest du wohl eher nachdenken müssen. Ich hasse es, dass jeder denkt, mit Luisa kann man es ja machen, die ist ja so eine gute Seele. Vergiss es – ich bin stark und ich leuchte!« Wutentbrannt stapfe ich an ihm vorbei, aber nicht, ohne ein weiteres Mal an seine Schulter zu rempeln.

»Du bist nicht der, für den ich dich gehalten habe. Das hätte mir klar sein müssen, als du das zwischen uns geheim halten wolltest.« Als ich an ihm vorbeigehe, atme ich ein letztes Mal seinen Duft ein. »Schon damals als du mich von der Seite bescheuert angemacht hast«, sage ich gekränkt.

»Luisa, du bist meine Angestellte. Was hätten die anderen dazu gesagt?« Soll das die ganze Verteidigung sein?

»Nicht mehr«, drehe ich mich zu ihm, als ich vor der Tür zum Stehen komme. »Nicht mehr, und die anderen … die Meinung der anderen müsste dir egal sein, du bist doch der Boss und er darf sich … auch er darf ein Leben führen mit der Person, die er will.« Ich schüttele den Kopf, ehe ich die Tür öffne.

»Danke für alles, das du dennoch für mich getan hast. Ich habe es nicht bereut …«, flüster ich und bin weg, schnell, denn ich höre Stephan hinter mir, aber ich will ihn nicht beachten, ich will ihn nicht mehr sehen.

KAPITEL 20

*E*s hat sich wie eine Weltreise angefühlt, jede Sekunde wie eine Stunde, jede Stunde wie ein Jahr. Aber ich bin da. Fix und fertig mit mir, mit der Welt. Mein Magen rebelliert, weil ich seit einer Ewigkeit nichts gegessen habe, ich konnte nicht, aber nun knurrt er doch sehr laut.

Dann ist da diese Angst. Die Angst vor dem, was nun passieren wird. Ich bin den gesamten Sommer weg gewesen, habe alles ignoriert, was mit daheim zu tun hat. Und nun stehe ich vielleicht gebrochener da als am Anfang meiner Reise.

Drück die verdammte Klingel, Luisa.

»Ja?«, erklingt es rauschend durch den Lautsprecher.

»Till …«, sage ich nur und schon höre ich den Summer. Mein Herz droht zu explodieren, als ich die Tür öffne. Nur langsam steige ich die Treppen hoch, ich muss allerdings nicht weit gehen, denn hastige Schritte kommen in meine Richtung. Er kommt vor mir zum Stehen, der Mann, dem ich so viel in meinem Leben zu verdanken habe.

Warum bin ich bloß weg?

Warum bin ich nicht einfach hiergeblieben, wo ich weiß, dass es sicher ist?

»Lulu …«, haucht er und schließt mich schließlich in seine Arme. Meine Tasche fällt laut zu Boden, der Hall verteilt sich überall. Mehr muss er nicht sagen und dennoch lässt er nach gefühlten Minuten locker, seine Hände legt er auf meine Schultern. »Hey … nicht weinen.« Doch was soll man tun, wenn man von Glück übermannt wird, wenn man das Gefühl hat, dass einem nur mit einer Umarmung zumindest die halbe Last von der Schulter genommen wird.

»Es tut mir so leid«, hauche ich und falle ihm wieder in die Arme, den Kopf lege ich fest gegen seine Brust und lausche seinem aufgeregten Herzen.

»Entschuldige dich nicht dafür, dass du Luft benötigt hast. Niemals. Ich habe dir oft gesagt, dass du von dort weg musst.«

»Ja, aber ich war weit weg und …« Ein Schluchzer entkommt mir.

»Sch… Es ist alles in Ordnung. Aber lass uns mal hochgehen. Die Nachbarn beginnen schon zu spionieren.« Till nimmt meine Tasche und meine Hand. »Man kann das Licht durch das Guckloch sehen, Frau Hauser.«

»Wie habe ich das vermisst«, gebe ich leise von mir.

»Wo ist Matthias?«, frage ich vorsichtig nach, als ich mich auf das Sofa gesetzt habe. Till kramt noch in der Küche und macht Kaffee, er weiß einfach, dass mir dieses Heißgetränk in jeder Lebenslage hilft.

»Bei Vera.« Seine Worte kommen behutsam aus ihm heraus. »Aber es geht ihm wirklich gut.«

»Wenn du das mit einem Aber beginnst, kann das nicht gut sein. Nicht wahr?« Meine Augenbrauen ziehen sich zusammen. Till setzt sich neben mich und stellt die Tassen auf dem kleinen Tisch vor uns.

»Doch … das Aber ist bloß so aus mir herausgekommen. Er ist oft hier, ich denke, er ist gern hier und du weißt ja, dass ich ihn mag. Aber … und das ist kein schlechtes Aber …

Schule hat doch längst begonnen und ich bin nicht sein Erziehungsberechtigter, deswegen schläft er wieder mehr daheim.«
Ich lege meine Hände über mein zu schnell schlagendes Herz.

»Ich muss sofort zu ihm.« Hastig stehe ich auf, sodass ich am Tisch anremple und meine Tasse ein wenig überschwappt. »Scheiße!«, fluche ich.

»Nicht«, spricht Till äußerst bedacht und sehr ruhig. »Es geht ihm gut. Das verspreche ich dir. Er ... er ist für zwei Wochen nicht hier. Es geht ihm also richtig gut und ich telefoniere auch täglich mit ihm. Und wenn Vera lange auf der Arbeit ist, hole ich ihn von der Schule ab. Es geht ihm wirklich gut, Lulu.« Till streckt seine Hand aus und bittet mich mit den Augen, sie zu nehmen. Ich habe sie vermisst, ich habe den treuherzigen Blick, diese dunklen Augen verdammt vermisst.

»Okay«, hauche ich und gebe mich geschlagen. »Es ist vermutlich sowieso zu spät und ich würde ihn nur wecken.« Till nickt, während ich seine Hand halte. Dieses vertraute Gefühl schießt mir dabei durch den Körper, wenn es auch mehr als nur seltsam ist. So anders ... »Und Mum?« Till seufzt und ich setze mich, da ich weiß, dass das nichts Gutes zu verheißen hat. Es macht mich nervös und die Knie weich.

»Sie ist eine Hülle. Sie lässt sich nicht helfen. Und wenn Matthias nicht wäre, wer weiß ... wenn er da ist, blüht sie doch noch ein wenig auf.«

»Ich muss morgen zu ihr.« Er nickt bloß.

»Und du? Wo warst du? Viele Lebenszeichen hat es ja nicht gegeben.« Er nimmt mich in den Arm, lässt mich an sich anlehnen und wird mich vermutlich so schnell nicht wieder loslassen und das ist in diesem Augenblick okay.

»In Österreich, hab in einem Hotel gearbeitet. Irgendwie musste ich ja leben«, zucke ich mit den Schultern.

»Lulu, wirst du etwa selbstständig?«, lacht er leise. Es ist der Versuch, mich ein wenig aufzuheitern.

»Idiot«, kicher ich, da es mir tatsächlich ein Lächeln

entlockt hat, und schlage ihm leicht auf die Brust »Aber ich habe erkannt, dass ich zurück muss«, flüster ich.

»Schön, dass du das als Zuhause siehst«, haucht er. Ja, so habe ich es noch nicht gesehen, aber ich fühle mich hier einfach wohl. Aber wer täte das nicht, wenn er das Haus des Schreckens kennt.

»Zu Hause ist vermutlich da, wo man die Menschen um sich hat, die man gern hat.« Ich seufze und lächle ihn an. Allerdings ist auf Tills Lippen kein Lächeln zu finden. Er sieht mich bloß ernst an.

»Ich habe dich wirklich vermisst, Lulu.« Seine Hand legt er auf meine Wange, ich schließe die Augenlider und genieße. Anschließend spüre ich seine Lippen auf meiner Stirn, auf der Nasenspitze und schließlich auf meinem Mund. Ich lehne mich ein wenig von ihm weg. Bilder von Stephan kommen mir in den Sinn und dann liegen wieder seine Lippen auf meinen.

Richtig oder falsch? Kopf hilf mir, mein Herz weiß es nicht, es ist verwirrt.

Hier ist zu Hause.

Ich schüttle die Bilder, die Scheu von mir ab und lege beide Handflächen auf seine Gesicht und lasse mich mit diesem Kuss entführen und hoffe, dass die Welt so schnell wieder bunter wird.

»Es tut mir so leid, Till.« Ich weiß, dass er keine Antwort, sondern bloß eine Reaktion gibt und das ist die Vertiefung dieses Kusses.

Tills Hände gleiten an meiner Seite hinab, die Hitze ist durch den Stoff des Kleides spürbar. Ich will mein Zuhause fühlen, den Mann, der immer für mich da gewesen ist, auch wenn ich es vielleicht nie so wahrgenommen habe, aber möglicherweise ist er der, den ich brauche.

Ganz offensichtlich weiß man einige Dinge erst dann zu schätzen, wenn man sie lange nicht hatte.

Meine Finger kriechen unter sein Shirt, die Wärme seiner

Haut überträgt sich gleich auf mich. Till lässt es sich auch nicht nehmen und seine Hände sind unter meinem Kleid, langsam streichen seine Finger an meinem Oberschenkel aufwärts, berühren den Slip und schließlich kommen sie höher, bis ich meine Hände heben muss, damit er mir das Sommerkleid ausziehen kann. Er lächelt mich an, als wollte er mir so sagen, wie schön ich bin, wie sehr er es vermisst hat, mich zu berühren, wie sehr er Sehnsucht nach mir hatte. Allerdings machen mich diese Berührungen nervös, gut oder schlecht kann ich in diesem Moment kaum sagen. Ich muss daher fühlen, um es tatsächlich zu wissen.

Till zieht sein Shirt und die Jeans aus und steht bloß mit dieser ausgebeulten eng anliegenden Boxershorts vor mir, seinen rechten Arm ausgestreckt, einladend und wartend, dass ich sie ergreife. Mit einem Lächeln lege ich meine Finger in seine Hand, er umschließt sie, zieht mich hoch, um mich in das Schlafzimmer zu dirigieren.

»Du hast umdekoriert?«, frage ich leise, denn ich will diese Stimmung nicht ruinieren, aber ich musste einfach nachfragen, da mich ein Lichtervorhang hinter dem Bett erwartet. Es sieht so schön romantisch und kuschelig aus, beinahe kitschig.

»Matthias mag es nicht sehr, im dunklen Zimmer zu schlafen.« Er zuckt mit den Schultern und nimmt meine zweite Hand, anschließend beginnt er zu nicht vorhandener Musik zu tanzen, er lässt sich nur von dem Rhythmus der Herzen leiten. Ein intimer Tanz, unsere Oberkörper reiben aneinander, unsere Lippen sind permanent aufeinander und ich spüre, wie seine Männlichkeit gegen mich drückt. Aus diesem Tanz wird ein Schunkeln, das schließlich zum Stehen kommt. Meine Hände sind auf seinem Körper, seine überall auf meinem, öffnen den BH und lassen den Slip zu Boden gleiten, indessen meine seine Boxer entfernen.

Till schaut nicht auf meinen Körper, sondern nur in mein Gesicht und lächelt, während seine Augen strahlen, als wäre es ihm endlich gelungen, die Sterne zu sehen, die er seit Wochen nicht mehr zu sehen bekommen hat.

Genau mit dieser Zärtlichkeit küsst er mich und legt mich auf das Bett. Tills Hand gleitet sanft bis zu meinem Bauch, umkreist meinen Nabel und streicht gleich wieder hoch, bis er mein Gesicht umfassen kann. Anschließend legt er sich auf mich. Der Kuss stoppt für einige Sekunden. Unsere Blicke sind voller Hoffnung, Trauer, Schmerz und das, was immer zwischen uns gewesen ist, aber ich weiß nicht, was es tatsächlich ist. Till ist doch stets nur der Freund mit den gewissen Vorzügen gewesen – zumindest für mich.

Im nächsten Augenblick dringt er sachte in mich ein, meine Augenlider schließen sich instinktiv und ein erleichtertes Seufzen kommt aus mir heraus. Langsam bewegt er sich, während mein Finger zart über seinen Rücken streichen, um jeden Millimeter zu erfassen. Ein Kuss vollendet dieses ruhige Spiel und bringt es sogleich auf die nächste Ebene.

Vertrautheit ist was Wichtiges, wenn es um Sex geht.

»Ich zerbreche nicht, sei nicht so vorsichtig mit mir«, hauche ich, bevor er dem nachgeht, was ich ihm gesagt habe. Mit Leidenschaft erhöht er das Tempo, dringt tiefer in mich ein, sodass es sogar ein wenig schmerzt, es ist allerdings noch in der perfekten Dosis, um dieses Spiel zu etwas Besonderem zu machen. Meine Fingernägel krallen sich in sein Fleisch, kleine Kratzer sind ihm wohl sicher. Der Kuss ist längst kein Kuss mehr, es liegen einfach die Lippen aufeinander, während sich unser heißer Atem vermischt.

Es ist sexy, es ist erotisch und magisch.

»Lulu … wie konntest du mich bloß so lange auf dem Trockenen sitzen lassen«, dröhnt es stockend aus ihm heraus. Es schmerzt ein wenig, das zu hören, aber ich will es für diesen Moment ignorieren.

»Scheiße!«, ruft er, stöhnt dabei und erhöht das Tempo. Zugleich bildet sich diese unerträgliche Wärme in mir, die intensiver wird, bis ich selbst nicht mehr kann, stöhne und die

Hitze zur heißen Flamme wird. Ein letzter Laut von Till, ehe er sein Gesicht an meinem Hals vergräbt.

»Ich habe dich so verdammt vermisst, Luisa«, flüstert er, gibt mir einen Kuss auf das Schlüsselbein und legt sich neben mich, um danach die Decke über uns zu ziehen.

Ich sage nichts, denn ich habe keine Ahnung, *ob* ich ihn vermisst habe.

Ich weiß es ehrlich gesagt nicht.

KAPITEL 21

Guten Morgen, Schlafmütze.« Das Licht aus dem Wohnzimmer strahlt mir in die Augen, es blendet, wenn auch der gut aussehende Mann ein wenig von der Grellheit nimmt. Ich will mich vor dem Licht verstecken, aber ich muss hinsehen, da Till bloß mit Sweatpants vor mir steht, Oberkörper nackt und wer müsste da nicht hinstarren.

»Dir auch, viel zu gut aussehender Kerl.« Das Lachen kann ich mir nur schwer verkneifen.

»So ist das also. Gab es in Österreich denn niemand Ansehnlichen, oder haben sie dich mit ihrer seltsamen Aussprache abgeschreckt?« Till setzt sich zu mir, streicht mir dabei zärtlich über die Haare.

»Tja … stell dir vor, die meisten sprechen so wie wir. Ich denke, das hat was mit dem Alter zu tun. Bei der älteren Generation hatte ich schon teilweise meine Schwierigkeiten. Die Jüngeren hatten kaum noch etwas vom österreichischen Akzent.« Ich zucke mit den Schultern.

»Und Stephan?« Mein Herz bleibt stehen, mein Mund vermutlich geöffnet. Der Puls ist nicht mehr greifbar

»Ich … wo… woher?«

Panik.

»Du hast mir doch geschrieben. Und er hat sich meine Adresse abgeschrieben«, sagt er irgendwie trocken. Ich kann nicht einschätzen, was er wirklich darüber denkt.

»Was? Er hat geschrieben?«, frage ich nur leise. Es ist schwer, mir nicht anmerken zu lassen, dass er mehr als bloß ein Mann gewesen ist.

Viel mehr.

»Nicht viel. Wie es dir geht. Dass er auf dich aufpasst. Dass … du daheim jemanden vermisst.« Sein Blick weicht von mir. Ich habe nie was erwähnt, doch man hat es mir wohl angemerkt.

»Was war mit ihm?« Till sieht mich schließlich wieder an, jedoch weiche ich ihm schulterzuckend aus.

»Vermisst du ihn?« Till fragt nicht böswillig, er weiß haargenau, dass er nie der Einzige gewesen ist, dass er aber immer derjenige gewesen ist, zudem ich geflüchtet bin, wenn etwas in meinem Leben nicht so abläuft, wie ich es mir wünsche. Und nun denke ich darüber nach, ob ich ihn vermisse, dabei schließe ich die Augen. Er hat mich aufgefangen, als wären wir schon seit eh und je gute Freunde, als wäre es für ihn selbstverständlich, einer jungen Frau zu helfen. Er hat mir Arbeit gegeben, hat mir eine Wohnung geben, ohne zusätzliche Kosten. Er hat mich geliebt. Hat mir die Sterne wie kein anderer gezeigt. Hat mein Herz berührt, obwohl wir uns irgendwie kaum kennen. Niemand hat über seine Fehler, über Schmerzen gesprochen. Das ist ein Fehler gewesen.

Er hat meine Zerbrechlichkeit ausgenutzt.

»Nein … nein, tue ich nicht«, behaupte ich selbstbewusst und schaue ihn lächelnd an. »Nein«, flüster ich und lege meine Lippen auf seine, um ihm zu zeigen, dass mein Wort der Wahrheit entspricht.

Wir liegen noch eine Zeit lang schweigend nebeneinander und jeder spürt wohl, dass sich was geändert hat. Aber ich bin mir sicher, dass er nichts dazu sagen wird. Till schweigt und versucht nur alle heiligen Zeiten, mich davon zu überzeugen, dass er *der* ist. Ich schweige sowieso immer.

»Ich muss los«, unterbreche ich irgendwann die Ruhe. »Mum ... ich denke, es wird Zeit, dass ich nach ihr sehe.« Als wäre ich ihre Mutter und müsste auf sie achtgeben. So hat es sich immer angefühlt und die letzten Wochen haben das verdrängt, doch nun, wo ich zurück in der Heimat bin, kommt diese Emotion wieder auf. Die Verantwortung liegt viel zu oft bei mir.

»Tu das«, haucht Till und lässt mich aufstehen.

»Aber nicht, ohne zuvor bei dir geduscht zu haben. Ich rieche nach Zug und viel zu vielen Menschen und irgendjemand hat mich gestern nicht mehr aus diesem Bett gelassen.« Meine Mimik ist ernst. Till weiß selbstverständlich, dass ich ihn bloß aufziehe. Im nächsten Moment springt er auf und ich vor ihm kreischend davon. »Bin in der Dusche«, rufe ich durch die Tür, denn ich bin rasch in das Badezimmer gehuscht und habe es hinter mir verschlossen.

»Das nächste Mal bin ich schneller«, droht er mit einem Lachen. Ich sage nichts mehr, sondern lehne mich bloß gegen die Tür, schließe die Augenlider und atme kräftig durch, aber es will sich keine Erleichterung einstellen, denn ich habe die Befürchtung, dass ich mich wieder verlaufe.

Zielstrebig gehe in an der Rezeption in Mums Arbeitsstelle vorbei, ich verstehe ja nicht, weswegen man sich immer anmelden muss, vor allem, weil man mich hier kennt. Warum muss ich mich überhaupt bei meiner Mutter anmelden? Hat sie etwas zu verheimlichen.

Oh ...

»Luisa!«, ruft mir die Rezeptionistin hinterher.

»Ach komm schon, du kennst mich. Ich will bloß zu Mum.« Ich verharre und drehe mich genervt zu ihr.

»Jetzt … nach acht Wochen? Denkst du, niemand von uns weiß, dass du abgehauen bist.«

»Gott verdammt noch mal … ich bin vierundzwanzig. Da werde ich wohl tun und lassen können, was ich will.« Sie starrt mich mit geöffnetem Mund an. »Noch was, oder kann ich nun weiter?«

»Geh ruhig zu ihr, Luisa«, sagt sie ein wenig eingeschüchtert.

Ich klopfe immerhin an und reiße nicht gleich wie sonst die Tür auf, da ich Schiss habe, ihr zu begegnen. Wer weiß, wie es ihr tatsächlich geht. Nur weil sie arbeiten ist, heißt es noch lange nicht, dass sie lebt. Ich bin mir nämlich ziemlich sicher, dass sie einfach hier ist, weil sie Ruhe sucht.

Zaghaft öffne ich die Tür und sage erst mal kein Wort, sondern warte und sehe sie an, wie sie vor dem Bildschirm sitzt. Tiefe Augenringe hat und dann sieht sie mich an.

Mein Herz erhöht das Tempo und die Knie schlottern mir.

»Luisa«, flüstert sie mit einer Mischung aus Zufriedenheit, Wut und Besorgnis. Die Tür schließe ich hinter mir und gehe langsam auf sie zu, Mum steht auf und kommt auch näher.

»Mum …« Meine Stimme zittert, da ich diese gebrochene Frau vor mir sehe. Was ist bloß geschehen? Dann fällt sie mir um den Hals, sie erdrückt mich regelrecht und heult. Wie soll es auch anders sein, weine ich mit. Ich habe sie vermisst.

»Wie konntest du mir das antun?«, schreit sie mich im nächsten Moment an und lässt los. »Ich war völlig allein, und Matthias …« nervös beginnt sie, in ihrem Büro auf und ab zu gehen. Schuldgefühle drängen sich in den Vordergrund.

»Mum, bitte beruhige dich«, versuche ich sanft zu sagen.

»Mich beruhigen. Du weißt, wie Egon ist, und hast mich mit ihm allein gelassen.« Sie bleibt stehen und sieht mich wütend an, ihre Pulsader vibriert. »Du kannst froh sein, dass du so einen guten Freund hast, der sich um deinen kleinen Bruder gekümmert hat.« Oh ja … da sind sie die Schuldgefühle.

»Du sagst es«, schreie ich zurück. »Er ist mein Bruder. Und es ist im Grunde nicht meine Pflicht, mich um ihn zu kümmern.« Scheiß auf Beherrschung. Irgendwann muss einfach alles raus. »Ich liebe meinen Bruder, aber ich bin nicht seine *Mutter* und kann nicht ständig für ihn da sein.« Mums Nasenflügel beben und meine auch. Dann ist da noch ihr Blick, der mir irgendwie sagt, dass ihr das, was ich ihr gerade an den Kopf geworfen habe, alles egal ist – das darf es nicht.

»Du hast mich allein gelassen, weißt du, was das bedeutet?« Ihre Verzweiflung ist ihr anzuhören. Vera kommt wieder auf mich zu, während ich allerdings einen Schritt zurückgehe.

»Das weiß ich, Mutter. Ich weiß es. Ich weiß auch, dass er nicht mein Vater ist. Ich weiß, dass irgendwo da draußen jemand ist, der mein Vater ist und vermutlich nicht so ein … ein Arschloch ist. Du kannst ihn nicht lieben!« Den letzten Satz muss ich einfach brüllen, wenn mich auch die gesamte Belegschaft hören kann, dann soll es eben so sein. Ich will kein Geheimnis mehr daraus machen, was bei uns im Haus vor sich geht. Jeder soll es hören, damit er zur Rechenschaft gezogen wird.

»Ich tue es, Luisa.« Mums Stimme ist mit einem Mal extrem ruhig, es klingt wie immer einstudiert.

»Weißt du, warum ich abgehauen bin? Nicht weil ich dir eins auswischen wollte, Mum. Ich hätte alles für dich und Matthias getan, aber das … es ist zu viel geworden. Er hat mir an den Kopf geworfen, dass ich nicht sein Kind bin. Und um ehrlich zu sein, ist es mir nur recht, weil ich weiß, dass ich niemals so wie er werde – ein arrogantes Arschloch.« Vera schüttelt bloß ihren Kopf. Ich weiß, dass sie vieles nicht wahrhaben will. Man könnte sagen, Liebe macht blind, wobei ich da eher das Wort Angst verwenden würde.

»Ist er tatsächlich nicht«, sagt sie sachlich. »Es war damals ein Fehler meinerseits. Egon und ich haben uns gestritten, ich war wütend, habe mich betrunken und … da bist du nun.« Sie sagt es, als wäre ich tatsächlich ein Fehler. Das schmerzt höllisch, als würde man mir ein Messer direkt in die Brust rammen. Und dennoch, oder genau deswegen bin ich verdammt sauer.

»Egon ... dein Mann, der Vater von Matthias.« Ich warte einen Moment, denn wer weiß, vielleicht führte meine Mutter auch so ein Vagabundenleben wie ich, zumindest was die Männer angeht. Sehr sesshaft bin ich wohl nicht. »Egon wollte mich zum Sex zwingen«, bekomme ich gerade so heraus, denn die Luft wird knapp. »Deswegen bin ich abgehauen. Ich habe es nicht mehr ertragen. Es ist mir egal, wenn er mich anstelle von dir oder Matthias schlägt, weil er eben Frust auf mich hat. Jetzt weiß ich auch den Grund. Ich. Bin. Nicht. Seine. Tochter.« Die Tränen kommen wieder wie ein Schwall aus mir heraus, Bilder von Egon, wie er sich gewalttätig Sex verschaffen will, dringen in mein Hirn. »Aber ich lasse es nicht zu, dass er mich vergewaltigt, dass er mich misshandelt, dass er mich bricht.« Vera erstarrt. Ihr Blick wird glasig und sie schüttelt immer mal ihren Kopf. Unterdessen geben meine Knie nach, am Boden sitzend, ziehe ich die Beine zu meinem Körper.

»Lulu?«, flüstert meine Mutter, allerdings kann ich nicht hochsehen. »Das ...« Sie klingt genauso zerknirscht, wie ich mich in diesem Moment fühle. Aber ich kann sie hören – die Stimme, die ich kenne, meine Mum.

»Ich wusste es nicht«, haucht sie und setzt sich neben mich, ihren Arm legt sie um meine Schulter. Sie schweigt eine Weile, bis sie schließlich leise zu sprechen beginnt. »Er war vermutlich nie ein guter Mann, aber ich lie... habe ihn mal geliebt. Damals, als es dich noch nicht gegeben hat. Wir hatten diesen blöden Streit, immer und immer wieder, weil er nie wollte, dass ich mir Arbeit suche, er verdiene doch genug, aber ich wollte Geld haben, für mich. Es ist nicht schön, wenn man von jemandem in allen Belangen abhängig ist.« Sie seufzt. »Der Streit eskalierte und ich bin einfach weggelaufen. Voller Wut bin ich in die nächste Bar gegangen und hab viel getrunken. Dann war da er, er hat mich angelächelt, sprach so, als kenne er mich schon eine lange Zeit, als kenne er meine innigsten Wünsche.« Mum stockt und sieht mich verträumt an. Ich weiß in diesem Moment genau, wovon sie spricht. »Ich war verzaubert, vielleicht war auch der Alkohol schuld ... ja und wenn schon, aber es war eine tolle Nacht und es ist ein wunderbares Mädchen daraus entstanden. Luisa, niemals hätte mir etwas Besseres passieren können.« Schließlich sehe ich hoch. »Er heißt Luis«, lächelt sie. Erklärt nun also auch meinen Namen.

»Wie hätte ich eine Schwangerschaft verheimlichen können, waren wir schon lange nicht mehr miteinander im Bett. Egon arbeitete ständig, kam spät heim, da war es mir nicht nach Liebe. Ich habe also gebeichtet und dann ... bereits da begann er so zu werden, wie er nun ist. Er hatte Angst um mich, dass ich es wieder tue, und hätte mich ja doch sehr gern eingesperrt. Und ich hatte Angst, weil er laut wurde. Jedes Jahr mehr, jedes Jahr wurde es schlimmer, je älter du wurdest und je weniger du wie er aussahst, umso mehr wurde ihm bewusst, dass ich ihn betrogen hatte, dass ich ihn niemals so geliebt habe, wie er mich. Habe ich ... irgendwann ... Daher wollte ich es ihm zeigen, wollte ihm beweisen, dass wir gut füreinander sind.« Sie schüttelt ihren Kopf. »Ich hatte im Grunde immer nur Schiss, dass er mir was antut, wenn ich gehe. Also dachte ich, Matthias könnte das retten. Sein eigenes Fleisch und Blut. Er mag ihn irgendwie.«

»Er hat ihm noch nie etwas angetan«, stelle ich fest.

»Nein, wird er wohl nie, aber der Kleine hat dennoch Angst, er hört schließlich alles«, flüstert Mum.

»Viel zu viel«, füge ich hinzu.

»Ich werde ihn verlassen, Luisa«, sagt sie bewusst und hebt dabei ihren Kopf. »Hätte ich womöglich längst tun müssen. Aber du hast mir mit deiner Flucht gezeigt, dass es sein muss. Du kannst gehen, ich kann auch gehen. Aber nicht alleine. Ich habe so gehofft, dass du zurückkommst. Luisa, ich benötige deine Hilfe, gemeinsam sind wir stärker.« Ihre Augen flehen.

»Okay«, flüster ich und lege meine Arme um Mum. »Okay … gemeinsam schaffen wir das, damit wir endlich leben können und nicht nur den Schatten eines Lebens führen müssen.« Ich spüre sie nicken. »Es war so schön in den letzten Wochen, ich habe gelebt, ohne Angst zu haben. Beinahe … Meine Gedanken waren oft bei euch, aber ich musste es einfach tun, weil ich die Tortur nicht ausgehalten habe. Es ist mir zu viel geworden. Die Verantwortung für Matthias«, entschuldige ich mich.

»Ich weiß, Prinzessin«, haucht sie und küsst meine Stirn. Es ist eine Ewigkeit her, dass sie mich so genannt hat. Jahre, es muss noch vor Matthias gewesen sein. Ich habe es immer geliebt und es zaubert mir nach wie vor ein Lachen auf die Lippen.

»Wir schaffen das. Wir gehen gleich auf Wohnungssuche, dann die Scheidung, du wirst sehen, danach geht es dir wieder richtig gut. Keine Angst mehr. Egon wird unserer Familie nie wieder nahe kommen dürfen. Geld darf er allerdings schon rüberschieben«, lache ich.

»Ja, aber all das Geld ist mir im Grund egal. Ich will bloß mit euch mein Leben verbringen. Damit ich endlich sagen kann, dass ich lebe.« Ein tiefer Seufzer dringt aus Vera.

»Und das schaffen wir, Mum.« Ich nehme meine Mutter fest in die Arme und bin so verdammt froh, dass endlich dieser Durchbruch gelungen ist.

Es hat seine Zeit benötigt, es mussten schlimme Dinge geschehen, aber es kann vom heutigen Tag doch nur noch bergauf gehen.

* ✳ *

KAPITEL 22

Mit den Händen tief in den Hosentaschen stehe ich hier und warte. Ja, ich bin aufgeregt – so richtig.

»Lulu«, ruft mein kleiner Bruder, als er mich entdeckt, wie er gerade aus der Schule geht. »Lulu!«, schreit er regelrecht und läuft immer schneller, bis er in mich hineindonnert, seine Arme um mich legt. Ich streiche ihm über sein wildes Haar, einen Kamm hat diese blonde Mähne wohl länger nicht gesehen.

»Wie hab ich dich vermisst, Kleiner«, flüster ich und ziehe ihn enger an mich. »Es tut mir so leid, dass ich mich nicht persönlich von dir verabschiedet habe.« Matthias sieht zu mir hoch, er lächelt, es ist ihm nicht anzusehen, dass er mir böse wegen meines Verhaltens wäre. Aber vielleicht versteht er mehr, als dass es mir eigentlich lieb ist.

»Das ist schon in Ordnung, Lu. Ich weiß, dass es daheim manchmal nicht leicht ist. Ich wäre auch gern davongelaufen.« Mein Bruder zieht einen Schmollmund. »Mama sagte, du bist abgehauen, weil du … Hast du uns noch lieb, Lulu?« Matthias' Augen funkeln verdächtig, als würde jeden Moment die erste Träne rauslaufen.

»Ach, mein Kleiner, natürlich habe ich das. Aber weißt du, ich musste einfach mal etwas für mich tun. Ich war arbeiten und habe neuen Mut gefasst, damit unsere kleine Familie nun wieder besser wird. Es wird Spaß geben. Nur Mama, du und ich.«

»Und Till?«, fragt er ungeniert nach.

»Till? Wieso Till?« Ich nehme ihm seinen Ranzen ab, halte seine Hand und wir schlendern gemeinsam los, während meine Gedanken abdriften, aber nicht zu Till.

»Er hat gesagt, dass er dich wirklich mag, aber du manchmal ein bisschen komisch bist und dann so tust, als ob du ihn ja eigentlich nicht lieb hast.« Mein kleiner Bruder verdreht die Augen und zuckt mit den Schultern. Anschließend bleibt er für einen Moment stehen und sieht mich an. »Ich glaube, er liebt dich«, flüstert er, als wäre es ihm unangenehm, anschließend gehen wir weiter.

Er liebt mich …

»Till …«, sage ich gedankenverloren. Er ist ein herzensguter Mensch. Ich schließe für einen kleinen Augenblick die Lider und sehe Stephan, wie er mich anlächelt, als wäre ich sein Stern, der nur für ihn leuchtet. Danach öffne ich sie wieder und schüttle den Kopf, um diese Gedanken loszuwerden, er ist ja nur ein Arsch, dem ich im Grunde egal bin. Vermutlich hat er es mit jeder weiblichen Angestellten getrieben.

»Ja … Till ist wirklich ein Netter, oder?«

»Ich glaub, er ist schwer in Ordnung«, meint Matthias trocken, aber ich sehe, dass ihm ein Lächeln entkommt.

»Wir gehen jetzt übrigens zu ihm«, flüster ich ihm zu.

»Oh ja!«, ruft er freudig.

»Ich denke, du magst ihn wohl ein bisschen mehr«, kicher ich, was ihm bloß ein Schulterzucken entlockt. »Und Mama kommt nach der Arbeit auch.« Sein Lächeln fällt in sich zusammen.

»Dann nimmt sie mich wieder mit und ich muss nach

Hause?« Die Panik in den Augen ist nicht zu übersehen. Also halte ich an und beuge mich auf Augenhöhe hinab.

»Nein, Mama bleibt, wir machen ein kleines Abenteuer bei Till und dazu brauchen wir Mama doch, nicht wahr?« Sogleich beginnen diese kleinen Kinderaugen zu strahlen.

»Das klingt toll, Lulu«, flüstert er und nimmt mich in die Arme.

»Das wird es auch, Kleiner.«

Wir werden von einem bezaubernden Duft in Tills Wohnung empfangen. Ich schließe die Lider, während ich die Tür hinter mir schließe. Till hat mir einen Schlüssel gegeben, damit ich nicht jedes Mal klingeln muss, und meinte, dass es ohnedies Zeit sei. Doch dieser Duft … was kocht er? Ich wusste ja nicht einmal, dass er das kann, nicht so.

Ich öffne die Augen und beobachte, wie Matthias seine Sneakers regelrecht von den Füßen wirft und gleich in den Wohnbereich stürmt. Er fühlt sich sichtlich wohl hier. Und ich kann es nicht sein lassen und sammle seine Schuhe auf, damit sie ja ordentlich auf dem Platz stehen, dabei müsste ich das nicht, denn wie es aussieht, hat Matthias auch schon gelernt, dass man hier keine Rüge bekommt, wenn etwas nicht an seinem vorgesehenen Platz ist. Vermutlich ist das genau der Grund, warum sich mein Bruder wohlfühlt – hier kann er einfach er sein – ein Kind.

Als ich allerdings in den Wohnbereich gehe, sehe ich ihn nicht, aber gut, er kennt sich hier aus und weiß offenbar, was er darf und was nicht.

»Hey«, umarme ich Till von hinten und atme erleichtert ein und aus. Er dreht sich um, um mich zurück zu umarmen.

»Na du.« Ich seufze bloß und lehne mich gegen seinen Brustkorb, dabei schließe ich die Augen und spüre Tills Lippen auf meiner Stirn. Ich habe nach der Kollision mit Mum schon mit Till gesprochen, eine verdammte Telefonzelle zu finden, war gar nicht so einfach. Ich sollte mein Handy zurückverlangen.

»Ich bin müde«, nuschele ich. »Das Gespräch mit Mum hat mich ordentlich ausgelaugt.«

»Dann geh zu Matthias, er hat sich auch ins Bett gelegt.« Ich lasse ein wenig locker und sehe Till verdutzt an.

»Mein Bruder legt sich am Nachmittag in ein Bett? Na klar.« Ungläubig schüttele ich den Kopf.

»Ja«, lacht er. »Sieh nach. Das macht er nicht jeden Tag, aber doch gern.«

»Nein, lass mal. Das glaub ich dir.«

»Bloß das?«, fragt er mit tiefer Stimme, dabei legt er seinen Kopf etwas zur Seite.

»Oh nein, Till«, ermahne ich. »Diesen Blick kenn ich, ich bin wirklich müde und bin nun nicht gewillt, in der Wohnung vor dir davonzulaufen, nur weil du mir anhängen willst, dass ich dir sonst nie glaube«, lache ich mit ein klein bisschen Verzweiflung, da ich weiß, wenn ich laufen muss, dass ich so oder so verlieren werde. Ich gebe der Müdigkeit die Schuld.

»Dann nicht«, kommt enttäuscht von ihm, außerdem sieht er mich mit diesem Dackelblick an, der sagt, dass er so richtig traurig ist, weil er nur spielen wollte.

»Aber …« Ich kneife meine Augen ein wenig zusammen.

»Aber? Warst das nicht du, die meinte, dass mit einem *Aber* nie etwas Gutes beginnt.«

»Immer so nachtragend, der Herr Voigt.« Ich stelle mich auf die Zehenspitzen und küsse seine Nasenspitze.

»Vielleicht überlege ich mir das mit dem Nachtragendsein«, murmelt er. »Dein Bruder hat im Übrigen hier einen verdammt guten Schlaf. Und schläft schon mal bis zu zwei Stunden.«

»Das klingt doch gut.« Mein Herz beginnt bereits jetzt höherzuschlagen, da ich weiß, was nun geschieht. Emotionen zeigen – auf die einzige Art, die Till und ich können –, es bedeutet vergessen.

Er tastet mit einer Hand hinter sich und schiebt ein paar Kochutensilien beiseite, ehe seine Lippen auf meinen landen und wir sogleich in einen gierigen Kuss einsteigen, als wären wir ausgehungert und müssten die Zeit nachholen, die wir in den letzten Wochen verpasst haben. Dabei hatten wir nie regelmäßig Sex – es ist einfach immer wieder im Suff passiert.

Till dreht mich um, legt seine Hände auf meine Hüften und hebt mich auf die Arbeitsplatte. Meine Beine spreizt er und nun wünschte ich, ich hätte mir doch den Rock angezogen. Er geht ganz nahe an mich ran, sodass ich seine ausgebeulte Hose spüre. Eine Hand langt danach und reibt kräftig daran. Das lässt diesen Kuss hungriger werden. Während mich eine Hand am Hinterkopf hält, streicht die andere an meiner Seite abwärts. Seine warmen Finger streichen über meinen Bauch und lassen mich scharf einatmen, sodass ich ihn zu küssen vergesse. Ich fühle bloß sein Lächeln, ehe ich mich wieder konzentrieren kann. Der Knopf meiner Hose wird geöffnet und die Konzentration lässt wieder nach.

»Ich kann heute nicht schlafen«, murrt eine kleine Stimme. Scheiße, dröhnt es in mir und wie auf Kommando brechen wir das ab, was wir hier gerade machen. Till stellt sich ein Stück zur Seite und tut so, als würde er den Kram in der Küche wegräumen, während ich nach wie vor auf der Arbeitsfläche hocke und mir die Röte in die Wangen steigt. Doch immerhin bin ich noch angezogen und den geöffneten Hosenknopf bemerkt man nicht. Meine Haare sind vorher wohl ein wenig ansehnlicher gewesen, also streiche ich mir schnell durch das Haar, was aber wiederum ohne Spiegel nicht den gewünschten Effekt erzielen wird.

»Luisa!«, schockiert sieht mich mein Bruder an. »Auf der Küche sitzt man nicht!« Er schüttelt seinen Kopf und hat genau die gleiche Mimik wie meine Mutter. Ich denke, sie hat das einmal zu oft zu ihm gesagt.

»Ja, Mama«, murre ich und hüpfte hinab.

»Und nicht mal die Hose kannst du dir ordentlich zumachen. Bin ich froh, dass Till auf mich in letzter Zeit gesehen hat, bei dir hätte ich vermutlich meine Unterhose unter der Hose vergessen.« Dieser kleine freche Kerl rollt mit den Augen und schüttelt noch seinen Kopf. Rasch knöpfe ich mich zu und merke, wie Till sich das Lachen verkneifen muss.

»Du hast hier gerade mal so gar nichts zu lachen«, schubse ich ihn, was ihn nur in lautes Gelächter ausbrechen lässt. »Und du kleiner Mann, das ...« Empört starre ich ihn mit geöffnetem Mund an. »Na warte«, rufe ich und sprinte los, aber dieser Giftzwerg ist schnell und läuft sogleich kreischend los, rennt um den Esstisch, zischt von einer Ecke zur anderen, bis ich ihn schließlich fange und mit ihm gemeinsam auf das Sofa purzle. Ich wuschle ihm durch die Haare.

»Das habe ich vermisst«, flüster ich ein wenig außer Atem, aber richtig glücklich.

»Geh einfach nicht mehr fort, Lu«, nuschelt er und kuschelt sich zu mir.

»Hab ich in nächster Zeit nicht wirklich vor.« Ich schaue zwar nicht zu Till, doch ich kann seine Augen auf uns fühlen.

KAPITEL 23

*A*uf drei?«, frage ich zaghaft nach.

»Nein, noch nicht einmal auf drei.« Verängstigt sieht mich meine Mama an, ihre Pupillen sind geweitet, so wie die einer Katze bei Nacht.

»Ich kann auch bis zehn zählen, doch ich vermute, dass das absolut keinen Unterschied macht. Es bleibt das gleiche Haus, es bleibt der gleiche Volltrottel darin.«

»Luisa«, mahnt Mum. Dafür hab ich nur einen schiefen Blick über. »Ja, du hast recht. Ich sollte es hassen.« Ich sehe sie wieder schockiert an. »Ich hasse ihn«, sagt sie schließlich mit dieser Wut in den Augen, die sie bloß noch in Energie verwandeln muss. Ich denke, sie hat es nämlich tatsächlich verstanden, dass eine Zukunft, ein Leben ohne ihn besser funktioniert und sie somit endlich wieder atmen kann.

»Rein mit euch, es wird wirklich nicht besser. Außerdem habt ihr mich dabei.«

»Weil du uns ja helfen kannst«, murre ich ihn an. Nicht gewollt, aber ja … selbstverständlich bin ich auch aufgeregt, wer wäre das nicht, wenn er dem Teufel begegnen müsste. Er jagt einem nun mal verdammte Angst ein und hat diese Art an sich, dass er dich bei sich behalten will, dass man einfach nur *»Ja«* sagen kann, wenn er dich ansieht.

»Sorry«, murmele ich, wende mich zu ihm und entschuldige mich mit einem kleinen Kuss.

»Till hat recht, gehen wir. Es wird nur schlimmer. Wir wollen ja schließlich einige Sachen hier rausbekommen.«

»Und Egon die Trennung erklären. Wobei … erklären muss man da wohl nichts, es wird einfach gemacht. Er hat selbst daran schuld.«

Mum nickt und versucht, ein Lächeln auf ihre Lippen zu bekommen. »Ich liebe ihn nicht!«, sagt sie selbstbewusst und sieht für meinen Geschmack endlich ein wenig glücklicher aus. »Ich habe ihn in den letzten zwei Wochen auch nicht ein einziges Mal vermisst«, spornt sie sich selbst an.

Ich spüre den Anfang vom Ende.

»Okay«, flüstert sie.

»Los gehts«, hauche ich und setze einen Schritt nach dem anderen über diesen nicht wirklich eben gepflasterten Weg. Er hat Lücken, genauso wie unsere Familie immer Lücken hatte.

Till nimmt meine Hand, als wir vor der Tür zum Stehen kommen und ist so frei und schließt auf. Mum und mir zittern die Hände einfach zu sehr.

»Vera! Bist du das?«, brüllt Egon sogleich nach unseren ersten Schritten im Flur.

»Hör zu schreien auf, ich bin doch nicht taub«, kontert sie ihm. Entweder er hat es nicht gehört, oder er ist baff, dass Mum mal ein wenig lauter wird. Sie sieht mich aber bloß fragend an, ob das tatsächlich die richtige Entscheidung ist. Ich nicke ihr zuversichtlich zu.

»Wir können alle sehr gut hören, Egon«, rufe ich auch. Und da sind sie schon — seine schweren Schritte, die auf uns zukommen. Mitten im Flur begegnen wir uns.

»Ach, sieh mal einer an, Luisa«, grinst er höhnisch und kommt auf mich zu. Seine Hand erhebt sich, als wollte er mich anfassen. Mein Herz gerät in Panik. Die Luft in diesem Raum wird knapp, genauso wie vor einigen Wochen.

»Fass sie ja nicht an«, brummt eine männliche Stimme hinter mir.

Ich bin nicht allein.

Erleichtert seufze ich.

»Was dann, Bürschchen?« Sein Lachen ist bissig.

»Das kann ich dir gern zeigen«, presst Till zwischen seinen Zähnen hervor. Ich strecke meinen Arm seitlich aus, sodass ich seinen Bauch berühre, um ihn zurückzuhalten. Er ist nämlich kurz davor, einen weiteren Schritt zu wagen, und ich fürchte, dass das dann tatsächlich nicht gut ausgehen wird.

»Wir sind hier nicht zum Streiten, Egon. Ich hole mir nur meine Sachen. Du hast hier nicht allein das Sagen. Lang genug hab ich mich hinter meinem Schatten versteckt. Du hast mich gedemütigt, hast mich nicht nur ein Mal zu fest angefasst, sodass ich blaue Flecken an den Armen hatte. Mit langen Ärmeln im Sommer umherzulaufen ist ja vollkommen *normal*.« Mum kann nicht mehr, das sieht man ihr an. »Aber ich kann nicht mehr. Ich gehe weg und es ist mir egal, was du dazu zu sagen hast. Es ist ein Fehler gewesen, überhaupt so lange bei dir zu bleiben. Ich hätte mich schon längst gegen dich stellen müssen. Das ist keine Ehe, die du mit mir führst und Liebe schon gar nicht.« Egon stellt sich vor sie hin und ich bin mir sicher, sie hat noch mehr Schiss als ich. Ich bin bloß froh, dass Till mitgekommen ist und ein Auge auf Egon hält. Seine Fäuste sind längst zum Kampf bereit.

Egon packt Vera schließlich am Oberarm.

»Was willst du gegen mich tun? Ich bin dein Mann und wenn es mir danach ist, dich fest anzufassen, dann tue ich das verdammt noch mal auch. Hättest du mir dieses Schmarotzergör nicht untergejubelt, wäre es vermutlich nie so weit gekommen«, zischt er. Den Alkohol in seinem Atem kann ich bis zu mir riechen. Kaum eine Stunde oder so von der Arbeit daheim, leert er ein Cognacglas nach dem anderen. Ich will gar nicht wissen, wie viele Tausend Euro da verloren gehen.

»Wenn du mich nicht auf der Stelle loslässt, ist die Polizei schneller hier, als du dir vorstellen kannst«, zischt Vera durch zusammengebissene Zähne. Er lässt mit einem Mal los und wird blass. Offenbar ist er auf die Polizei nicht sehr gut zu sprechen.

»Sieh zu, dass du schnell von hier abhaust«, kontert er ein letztes Mal und macht auf dem Absatz kehrt. Ich sehe ihm baff hinterher.

Als er aus dem Zimmer verschwunden ist, sackt Mum regelrecht zusammen, ihre Schultern werden schlaff, die Arme hängen leblos an ihr hinab und die Knie drohen zusammenzu-klappen. Till ist sofort an ihrer Seite, um sie zu stützen.

»Danke«, atmet sie erleichtert durch. »Ich dachte, er würde niemals verschwinden.« Mit einer Hand fasst sie sich an ihr Herz, während ich einen Arm um sie lege. Mir geht es ebenso wenig gut, aber vermutlich noch tausend Mal besser als meiner Mutter.

»Er ist einfach weg. Hat aufgegeben und lässt uns schalten und walten und die Bude ausräumen?« Geschockt sehe ich meine Mutter an.

»Oh nein, Liebes. Leider nein«, seufzt sie und richtet sich auf. »Aber er hasst es, mit der Polizei konfrontiert zu werden, also haben wir ein wenig Spielraum, zumindest so lange, bis wir unsere Sachen genommen haben. Aber danach …«

»Diese Sätze, die mit diesem beschissenen *Aber* beginnen, enden nie gut«, brumme ich.

»Es wird auch ein Nachspiel haben. Er denkt wohl, dass wir zurückkommen. Wäre nicht zum ersten Mal, dass ich versuche, abzuhauen.« Während meine Mum erzählt, gehen wir die Treppe hoch und beginnen, in ihrem Zimmer die Klamotten einzupacken. »Du warst klein und ja, ich habe ihn damals gehasst. Bin mit dir abgehauen, nur hat er mich leider gefunden.« Tränen schießen in ihre Augen. »Ich war jung, wusste mich nicht zu wehren.« Sie stoppt inmitten des Ausräumens. »Ich habe so Schiss vor ihm«, flüstert sie. »Verstehst du, warum ich nie davongelaufen bin. Ich weiß, dass er mich … uns finden wird, und er wird versuchen, all sein Geld einzusetzen, um die Wahrheit so zu drehen, dass sie für ihn gut aussieht.«

»Ich denke, da haben wir schon vorgesorgt und irgendwann wird er aufgeben müssen. Du reichst einfach die Scheidung ein.« Für einen mehr oder minder Außenstehenden wie Till klingt das natürlich als die einfachste Lösung, aber ich bin mir sicher, dass es die in sich hat.

»Alles vermutlich leichter gesagt als getan«, murmelt Mum unverständlich, dennoch laut genug, damit wir es hören können. »In diesem Kerl fließt böses Blut durch die Adern.«

»Ich helfe euch«, ermuntert uns Till, nachdem er offenbar unser beider Gesichter gesehen hat, die alles, nur keine Zuversicht zeigen.

»Danke«, umarme ich ihn und mache mich danach wieder ans Packen, denn je schneller wir fertig sind, umso rascher können wir aus dem Haus gehen und es gibt noch einiges mitzunehmen, damit wir nie mehr hierherkommen müssen. Wenn ich nur wüsste, wo die Dokumente von uns sind.

KAPITEL 24

* * *

*W*arum bist du hier?« Ich stelle ihm die Frage, weil ich wissen will, warum er mich verfolgt. Ich habe ihm schließlich oft genug klargemacht, dass er mich verdammt noch mal in Ruhe lassen soll. Es hat keinen Sinn, wenn er von einer Frau zur nächsten hüpft. Das habe ich doch alles selbst mitgemacht und es bringt nichts als Kopfschmerzen, da der Sex mit Alkohol beginnt.

Aber er steht einfach da. Die Hände tief in den Taschen, als wäre es ihm unangenehm, mich anzusehen. Ich kann ihn nicht lesen, ich werde aus ihm nicht schlau.

»Weil ich mich in dich verliebt habe«, schreit er wütend, als wäre ich daran schuld. Und mir wird einiges klarer ...

»Stephan ... Liebe«, flüster ich.

»Hey, Prinzessin ... wach auf.« Sanftes Rütteln weckt mich und ich schlage sogleich herzklopfend die Augenlider auf und blicke in Tills Augen.

»Till«, nuschele ich verschlafen.

»Hast du geträumt?«, fragt er bescheuert und dabei sieht er zudem dämlich aus.

»Ich … ich …«, stotter ich dümmlich vor mir her. Danach setze ich mich ein wenig höher, um in eine halbwegs aufrechte Position zu kommen. Nur einen Wimpernschlag schließe ich die Augenlider und erinner mich an jedes Bild, das mir mein Gehirn vorgetäuscht hat. Stephan, so wie ich ihn am ersten Tag kennengelernt habe. Seine glänzenden Augen, wenn sie auch so dunkel sind, sie leuchten für mich.

Das muss wohl mit der Aufregung zu tun haben, die ich im Moment habe. Studium wieder begonnen, Mum am Verzweifeln, keine greifbare leistbare Wohnung. Wir hocken daher alle hier bei Till und sein Büro wurde kurzerhand zu Mums und Matthias' Schlafreich umgewandelt. Ewig hält das keine Person auf so engem Raum aus.

»Ja, mag sein. Tut doch jeder Mensch«, sage ich schließlich, als ich mich gefangen habe. »Allerdings kann ich mich nicht daran erinnern. Wer kann das schon.« Selbst für meinen Geschmack spreche ich ein wenig zu schnell. Tills Hand, die zuvor noch meine gehalten hat, verschwindet und er rutscht auch höher. Ich habe ein mieses Gefühl im Magen.

»Wer ist Stephan?«, fragt er stur.

»Das weißt du«, entgegne ich genervt. »Er war mein Boss und hat mir seine Wohnung überlassen. Zufrieden, oder willst du es ein weiteres Mal hören?« Mit gehobenen Augenbrauen starre ich ihn an. Ich habe nämlich keine Ahnung, worauf er hinauswill. Es nervt, vor allem deswegen, da es mitten in der Nacht ist und mir mein Schlaf heilig ist.

»Du weißt haargenau, was ich will.« Till spricht nicht laut, allerdings scharf. Das hatte ich zur Genüge und will es auch nicht mehr. Ich springe aus dem Bett und ziehe mir rasch ein Shirt über, denn irgendwie fühlt es sich gerade nicht gut an, bloß in Unterwäsche diesem Typen gegenüberzustehen. Ja … ich weiß, dass es Till ist, aber mein Till schreit nicht mit mir, er nimmt mich in die Arme und tröstet mich, wenn ich mit ihm brülle, weil mir die Welt über den Kopf wächst. Er hält mich und fängt mich auf. Er verurteilt meine Entscheidungen nie. Also was soll der Mist?

»Stephan ist einfach nur Stephan. Oder nenn ihn Steven, so wie er sich mir vorgestellt hat. Aber ich finde es hässlich. Klingt ja sehr dämlich. Und ja … damit du es nun endlich zu hören bekommst. Ich hatte was mit ihm. Sex … ich hatte Sex mit ihm. Bist du nun zufrieden?« Aufgeregt laufe ich in diesem viel zu kleinen Schlafzimmer umher und wünschte mir, dass ich mehr Platz zum Ausweichen hätte.

»Dachte ich es mir ja«, sagt er spöttisch. Seine Arme verschränkt er vor dem Körper, sein Blick weicht von mir ab. Und in meinem Kopf rebelliert es. Das kann es nun wirklich nicht sein, dass er auf diesem Mist herumhackt. Wir sind nie ein Paar gewesen, wie sind … waren verdammte Freunde.

»Weil du die Unschuld vom Lande bist«, keife ich ihn an. Nachdem keine Antwort von ihm kommt, rede ich mich also wieder in Rage. »Wir waren niemals ein Paar. Wir sind Freunde, oder so etwas Ähnliches. Ja … wir hatten Sex und es war gut, ist gut …« Genervt fassen beide Hände in meine Haare und reißen daran. »Aber es war nie davon die Rede, dass wir eine Beziehung haben. Wir sind Freunde mit diesem gewissen Extra. Sag bloß, dass es dir nicht gefällt.«

»Natürlich mag ich es. Welcher Kerl würde sich weigern, Sex zu haben. Noch dazu mit einer bildhübschen Frau.« Das lässt meine Wangen doch ein bisschen erröten, auch wenn wir uns gerade mächtig zanken. »Aber …«

»Dieses beschissene Aber. Am liebsten würde ich es aus dem Wortschatz verbannen.« Mein Herz rast, mein Puls ist zu hoch. Ich will weg. Ist Flüchten das Einzige, das ich gut kann?

»Ein Aber kann auch etwas Gutes an sich haben.« Er belächelt mich. Ja wirklich … er belächelt mich.

»Davon habe ich bloß nichts mitbekommen.« Ich sehe weg und drehe weiterhin meine Runden.

»Ein Aber kann verdammt gut sein, Luisa. Und ich bin vielleicht nicht die Unschuld vom Lande, allerdings … und dieses Mal benutze ich mit Absicht kein Aber … habe ich niemanden auch nur angesehen in den paar Wochen, wo du nicht hiergewesen bist.« Ich verharre, da ich mir das nicht vorstellen kann. Sein Blick verrät jedoch anderes. »Es ist so. Ich habe dir oft versucht zu sagen, was ich für dich empfinde. Du blockst meist ab, wenn es um das Thema Gefühle geht.« Till steht schließlich auf und stellt sich vor mich hin. In seinen Augen erkenne ich, dass er noch überlegt, ob er mich anfassen soll. Er tut es und legt seine Hände auf meine Schultern. Dabei schließe ich die Augenlider und atme durch. Seine Berührungen – sind es nur die kleinsten – beruhigen mich jedes Mal.

»Till … ich kann das nicht«, seufze ich. »Ich mag dich, ich weiß nicht wie, aber …« Ich sehe wieder in seine Augen.

»Aber …«

»Ja aber… und vielleicht negativ oder positiv oder beides. Ich weiß nicht, was ich wirklich für dich empfinde.« Nun ist es endlich raus.

»Tut es dir gut, wenn du bei mir bist?«, fragt er vorsichtig nach und zieht mich enger an sich ran, sodass ich meinen Kopf gegen seine Brust legen muss. Dabei höre ich seinen Herzschlag.

Ist da mehr? Es fühlt sich nicht vollkommen an, vielleicht liegt das aber an mir, da ich mit meiner gesamten Situation kaum klarkomme.

»Ja, du bist ja auch irgendwie immer für mich da, wie kann ich dich da nicht mögen.« Das ist bloß ein kleiner Versuch gewesen, dieses Gespräch von dieser Ernsthaftigkeit zu befreien. Till ignoriert es jedoch.

»Genießt du den Sex?«, haucht er gegen meinen Hals.

»Ach Till … das ist eine bescheuerte Frage, die man mir niemals stellen darf. Ich wäre krank, wenn ich ein Nein als Antwort gäbe.« Ich kann nicht mehr ernst bleiben und lächle ihn an. »Vielleicht ist es so etwas wie eine Beziehung«, murmele ich, um das Gespräch zu beenden.

»Aber was ist dann mit Stephan?« Warum muss er nun wieder mit ihm anfangen, will er mich ärgern? Oder will er mir seine Bilder in das Gedächtnis rufen, denn genau das hat diese Frage bewirkt.

»Warum glaubst du wohl, dass ich zurück bin?« Ich seufze und versuche, Stephan beiseitezuschieben.

»Weil du deine Familie retten wolltest?« Till küsst meine Stirn.

»Auch. Doch ich habe mehr als nur meine Familie vermisst. Du bist ein großer Grund gewesen und ich musste mich verdammt anstrengend, dass ich dich nicht anrufe.«

»Du hast mich nie angerufen«, lacht er.

»Das wäre mir sonst zum Verhängnis geworden«, jammere ich. »Komm, lass uns ins Bett gehen. Ich will darüber nicht weiter nachdenken, aber vielleicht noch ein wenig schlafen. Wenn ich jetzt auch mehr als nur munter bin.«

»Okay«, haucht Till und ich weiß in dem Moment, dass er damit nicht einverstanden ist. Mit dem, was ich gesagt habe.

»Wenn wir schon mal wach sind …«, säusele ich, stelle mich auf die Zehenspitzen und berühre nur sanft seine Lippen. »Ich wurde uncharmant geweckt.« Tills Hände wandern an meinen Hintern und umklammern ihn.

»Ich bin immer charmant«, protestiert er, wenn auch leise.

»Ja … darüber lass uns ein anderes Mal reden, nun zum anderen Teil«, flüster ich und küsse ihn wieder, dieses Mal forscher. Die Zunge leckt über seine Unterlippe, bis er mir endlich Einlass gewährt. Unsere Zungen tanzen zu einem süßen Spiel, das doch eine leicht bittere Note mit sich trägt, denn Till weiß, dass ich im Grunde nur vom Thema ablenke. Vielleicht kennt er mich zu gut. Vielleicht ist das das Problem.

»Du lenkst ab«, murmelt er schließlich. Und mag sein, dass ich ihn ebenso gut kenne.

»Nein, das bildest du dir ein«, murmele ich und küsse ihn ein weiteres Mal. »Ich will bloß die Zeit überbrücken, bevor ich eigentlich hätte aus dem Bett steigen müssen. Noch über eine Stunde … so viel Schlaf hast du mir genommen«, jammer ich theatralisch, löse mich von ihm und lasse mich auf das Bett fallen.

»Allerdings …« Ich setze mich höher und ziehe das Shirt über den Kopf.

»Luisa …«, seufzt Till. »Was tust du nur mit mir?« Er schließt die Augen für einen kleinen Augenblick, ehe er zu mir in das Bett steigt. »Du bringst mich um den Verstand«, murrt er, bevor seine Lippen auf meinen Brusthügeln landen und diese liebkosen. Meine Arme greifen hinter seinen Nacken, die Finger gleiten in sein Haar. Und wie so oft frage ich mich, wie man so verdammt weiches Haar haben kann.

»Man muss doch nicht immer seinen Verstand benutzen«, kichere ich und lasse mich auf dieses Spiel ein. Sachte kratze ich mit den Nägeln den Rücken abwärts, bis ich am Saum seiner Boxershorts bin, diese ein Stück hinabschiebe und schließlich mit meinem Fuß ganz entferne.

»Ich wusste gar nicht, dass du so gelenkig bist«, lacht er leise, während seine Küsse tiefer wandern.

»Vermutlich weißt du so einiges nicht«, flüster ich und wünschte, das hätte ich niemals gesagt. Zu meinem Glück geht er allerdings nicht darauf ein, sondern küsst unbeirrt weiter, währenddessen ich mich zu entspannen versuche. Aber irgendwie ist heute etwas anders. Es ist keiner wirklich bei der Sache.

Tills Zunge kreist um meinen Nabel, was mein Becken in die Höhe treibt und somit die Einladung für ihn ist. Auch wenn mir mein Gefühl sagt, dass genau jetzt nicht der beste Zeitpunkt ist, um mit meinem Freund ins Bett zu gehen, kann ich meine Lust nicht bändigen, sie rückt immer wieder in den Vordergrund und gewinnt meist.

Seine rechte Hand streichelt meine Seite aufwärts, um danach hinabzugleiten, um sogleich den Slip mit sich zu ziehen. Eine heiße Handfläche liegt über meiner empfindlichen Stelle, sie bewegt sich nicht und dennoch hat es was

Magisches, Erotisches an sich, das das Verlangen in mir aufsteigen, die Atmung um ein Stück schneller werden lässt. Und mein Kopf sagt mir, dass ich wieder nur ablenke. Ich lege meine Hand über seine und bewege unsere Hände gemeinsam, weil ich spüren will.

Ich will doch nur vergessen, hallt es in mir.

Mehr Emotionen …

Till entfernt jedoch unsere Hände und umfasst lieber meine Taille und …

»Oh Scheiße!«, sage ich viel zu laut, als mich seine Zunge berührt, als ich diesen heißen Atem fühle, und halte mir beide Hände vor den Mund. Ich will nicht wieder von einem kleinen Kind gestört werden.

»Oh mein … bitte komm hoch, du treibst mich in den Wahnsinn«, nuschele ich wie in Trance, als wäre ich betrunken.

Till guckt schelmisch zu mir und pustet über die Nässe. »Das ist gewollt«, flüstert er und macht sich weiter an die *Arbeit*.

»Ich … keine Sekunde länger«, wimmer ich und drücke mein Becken in sein Gesicht, nachdem er nach wie vor unentwegt an meiner Klitoris saugt und leckt. Zudem kommen zwei Finger hinzu, die auch ihren Part verstehen. Im regelmäßigen Tempo dringt er ein und wieder aus.

»Till, bitte … ich … ich … meine … es …« Ich kann weder klar denken noch mich wirklich konzentrieren, außer auf das eine. »Oh Shit!«, stöhne ich und presse meine Hände sofort auf meinen Mund. In bunten Farben präsentiert sich mir die Welt und der Himmel fällt auf mich hinab.

Ich bin ermattet und meine Arme fallen auf die Matratze.

Mein Bettkamerad hat das allerdings nicht bemerkt, oder es ist ihm schlichtweg egal. Till legt sich nämlich auf mich.

»Ich … ich kann nicht mehr«, sage ich erschöpft und dennoch entkommt mir ein Lachen. Aber auch das ist ihm gleich und er lächelt mich schelmisch an.

Bin ich um nichts besser als Niklas, der einfach sein Bedürfnis gestillt hat?

»Jetzt wird es doch gerade mal interessant«, haucht er nahe an meinem Mund, dabei berühren seine Lippen meine, sein Bart kratzt an meinem Kinn. Anschließend dringt er mit seinem Glied in mich ein. Ein wohliges Brummen kommt aus ihm heraus, während wieder Hitze in meinen Unterleib schießt. Meine Augen schließe ich und lasse mich ein weiteres Mal innerhalb von wenigen Minuten von einem Mann verführen, der weiß, was ich brauche, der mich verdammt gern hat. Wenn ich bloß auch so fühlen würde … könnte.

Aber er ist gut für dich, Lulu.

Es ist ein Rhythmus, ein Herzschlag, als wären wir eins. Selber Takt, der immer schneller wird und sich irgendwie in sich verliert, bis ich wieder das Pulsieren fühle, Till schneller wird und wir im selben Augenblick hastiger zu atmen beginnen und uns ineinander verlieren.

Sein Kopf lehnt an meiner Schulter. Seine Atemluft bildet Feuchtigkeit auf meiner Haut und ich verkrieche meine Finger in seinen Haaren.

»Ich könnte stundenlang durch diese Mähne gleiten. Wie gelingt es dir, dass sie so weich ist? Meine sind immer so … ich weiß nicht«, flüster ich und gebe ein Küsschen auf seine Stirn.

»Die richtigen Pflegeprodukte«, lacht er leise und legt sich neben mich.

»Das kannst du jemand anderem erzählen. Ich habe tolle Produkte. Du wäscht sie dir vermutlich bloß mit Shampoo und von Conditioner hast du noch nie etwas gehört.« Kopfschüttelnd rücke ich näher an ihn ran.

»Genetisch bedingt«, versucht er weiter, meine Frage zu beantworten, die ich so ziemlich sicher nur gestellt habe, damit ich von dem Offensichtlichen ablenke.

»Ach Quatsch. Du bist heute mal so richtig bescheuert.« Ich starre an die weiße Decke und beobachte die Sterne, die mein Gehirn an die Augen sendet.

»Liegt alles an dir«, haucht er, danach berühren seine Lippen kurz meine Nasenspitze. Darauf kann man nur den Kopf schütteln. »Komm her«, flüstert er und zieht mich so eng an sich ran, dass ich halb auf ihm liegen muss. Schweigend liegen wir in Tills Bett.

»Ich liebe dich, Lulu«, platzt er mit einem Mal in die Stille, wenn es auch nur geflüstert ist, dennoch schlägt es ein wie eine Bombe. Ich will mich gar nicht bewegen. Mein Herzschlag ist viel zu schnell und scheint mich zu lähmen.

Gibt man auf eine derartige Explosion eine Antwort? Vielleicht.

Aber ich hingegen bleibe reglos. Schließe die Augen und höre seine Worte in meinem Kopf: *»Ich liebe dich, Lulu.«*

Es sind Worte, die man nicht einfach so aus Jux aus sich herausposaunt. Till hat bestimmt lange darüber nachgedacht, er ist ein Denker und überlegt bei jedem Schritt, der seine Zukunft beeinflussen könnte, eine halbe Ewigkeit. Mag sein, dass es mit seiner Intelligenz zu tun hat und er Szenarien sieht, wie es verläuft, wenn er dies oder jenes wagt. Manchmal ist er wie ein Computer, möglicherweise sollte er weniger Zeit davor verbringen. Das Programmieren macht ihn noch irre.

Mein Gehirn denkt unnötigerweise an diese Dinge, nun ja … vielleicht nicht unnötig, es versucht abzulenken von diesen drei kleinen Worten, die wie ein spitzer Pfeil auf mich geschossen wurden und nun in meiner Brust stecken und schmerzen, da ich ihm keine Antwort geben kann.

Keine Antwort ist auch eine Antwort …

Ein Seufzer von Till signalisiert mir, dass er merkt, dass hier was faul ist, denn meine Antwort dauert schon viel zu lange, aber ich werde schweigen und das ist ein beschissenes *Aber.*

Ich kann ihm einfach keine Antwort darauf geben, sondern lege meinen Arm um seinen Bauch und kuschle mich an ihn ran, weil sich zumindest das im Augenblick gut anfühlt, denke ich.

KAPITEL 25

＊

*I*ch hab etwas!«, rufe ich hüpfend und freudig durch Tills Wohnung.

Till … wir schweigen seit über einer Woche über dieses heikle Thema. Ich kann schließlich schlecht zu ihm hingehen, mich mit verschränkten Armen vor ihn stellen und sagen: »Hey, Till … ich liebe dich nicht, aber komm schon, lass uns weiter so tun, als wären wir ein Paar oder was Ähnliches, da der Sex mit dir ganz in Ordnung ist.«

Er würde mich hochkant aus seinen vier Wänden schmeißen. Aber vielleicht ist das egal, denn ich denke …

»Was hast du?« Matthias stellt sich vor mich und hüpft auch wie ich, obwohl er gar nicht weiß, worum es geht. Kind zu sein, sieht so einfach aus.

Ich stoppe und beuge mich auf seine Höhe. »Ich denke, ich habe endlich eine Wohnung für uns gefunden, wo du dein eigenes Zimmer haben kannst«, flüster ich in sein Ohr. Anschließend richte ich mich wieder auf und beobachte, wie seine Augen größer werden. Sein Mund öffnet sich und schon startet er los mit einem ohrenbetäubenden *»Mama«*.

»Ach Kinder …«, kommt sie mit der Hand über dem

Herzen aus ihrem provisorischen Schlafzimmer. »Schreit nicht so, ich dachte, es ist etwas passiert.«

»Ist es auch. Ist es auch. Ist es auch«, ruft mein Bruder im Singsang und dreht sich im Kreis.

Mum blickt sich um, sieht mich an. »Du lächelst und hast keine offensichtliche Verletzung.« Skeptisch wandern ihre Augen an mir hinab und wieder hinauf, danach verfangen sie sich in meinen Augen. »Du bist schwanger!« Ihr Blick wird starr. Also das wäre dann ja keine gute Meldung ihrem Verhalten nach.

»Nein ... doch wäre das tatsächlich so schrecklich?« Ich ziehe die Augenbrauen zusammen. Nicht, dass ich schwanger sein wollen würde, da ich ein klein wenig zu unreif dafür bin und der richtige Partner dazu fehlt. Bloß einen Augenblick schließe ich die Lider, sehe Till, aber er verschwimmt und Stephan drängt sich in den Vordergrund.

Bescheuertes Hirn aber auch, muss es mir diese Streiche spielen.

Mum seufzt bezüglich meines Kommentares. »Nein, Mutter ... ich bin nicht schwanger und habe es in nächster Zeit nicht vor.« Erleichtert seufzt sie. Vielleicht weiß sie mehr, als ich gedacht habe, vielleicht merkt sie, dass mein Herz nicht ganz bei Till ist, so wie ich es wusste, dass sie nicht zu Egon gehört.

»Ich habe etwas viel Besseres.« Ich strahle. »Eine Wohnung. Für uns«, hauche ich, einfach um ein bisschen die Spannung zu steigern.

»Nicht wahr, oder?« Ungläubig schüttelt sie ihr Haupt. Mum ist an der Suche nämlich beinahe verzweifelt. Nichts hat ihr zugesagt. Entweder ist die Miete nicht leistbar, dafür aber die Wohnung schön, oder die Miete ist erträglich, jedoch die Wohnung so was von renovierungsbedürftig.

»Ja, warum würde ich es dir sonst sagen. Auf den Bildern sieht sie verdammt gut aus. Ein älteres Ehepaar vermietet ihre Wohnung, die haben sich irgendwo ein Haus hergerichtet. Die

Wohnung ist frisch renoviert, aber im leistbaren Rahmen und falls es knapp werden sollte, helfe ich selbstverständlich aus. Und … wir können sie uns morgen ansehen.« Ich schnappe nach Luft, nachdem ich das Atmen vergessen habe.

»Morgen, am Sonntag?« Sie kann es wohl nach wie vor nicht fassen.

»Ja, morgen, Mum. Du wirst begeistert sein, glaub mir.« Ich lächle sie an, gehe zu ihr und umarme sie.

»Wirklich morgen und dann beginnt das Leben so richtig.«

»Aber Egon.« Sein Name zerstört die Freude nun erheblich. Ich wollte ihn verdrängen, jedoch wird es schwer sein, wenn er laut Papier noch Mums Mann ist, und das muss geändert werden.

»Wenn wir die Wohnung bezogen haben, gehen wir gemeinsam zu einem Anwalt, lassen uns beraten und auch wenn es seine drei Jahre dauert, bis auf dem Papier steht, dass ihr rechtmäßig geschieden seid, kannst du in deiner eigenen Wohnung einen neuen Anfang starten. Er wird dich in Ruhe lassen, solange wir nicht in seiner Nähe sind«, flüster ich, damit es der Kleine nicht hört, dabei spüre ich ihre Tränen auf meine nackte Schulter tropfen.

»Warum weint Mama?«, fragt Matthias besorgt nach.

»Weil ich mich so freue.« Sie lässt locker und beugt sich zu ihrem Sohn. »Ich freue mich so, dass wir eine eigene Wohnung bekommen. Du hast dann dein Zimmer. Wir werden dafür wohl neue Möbel besorgen müssen. Oder willst du deine alten haben?« Das Herz klopft schneller, als Mum seine alten Möbel erwähnt, das bedeutet nämlich, dass wir noch einmal in das Reich des Teufels müssen.

»Nein, die mochte ich eigentlich nie, die sind so dunkel. Ich mag es hell haben und bunte Wände und Sterne an der Decke, damit ich hinaufsehen kann und ich mir denke, dass ich auf einer Wiese liege und in den Sternenhimmel sehe.« Die Freude ist nicht zu überhören. Mum gibt ihm ein Küsschen auf die Stirn und sieht anschließend mich an.

»Und wir können sie haben?«, fragt sie erneut nach.

»Ja … ich habe mit der Frau telefoniert. Mit ihr das Finanzielle besprochen. Ihr erzählt, wer wir alle sind und auch ein kleines bisschen über unsere Lebenslage. Vielleicht hat sie das gleich dazu veranlasst, Ja zu sagen, ohne dass wir die Wohnung live gesehen habe. Ich habe ihr gesagt, dass wir sie sehr gern hätten, aber sie dennoch ansehen wollen. Vor allem, weil du sie ja nicht kennst.« Ich lächle Mum an.

»Das ist wunderbar.«

»Mehr als das, Mum«, wisper ich.

»Oh ja … ich bekomme bald mein Sternenzimmer!«, freut sich Matthias und läuft wie ein Irrer durch die Wohnung.

»Lass uns darauf anstoßen. Ich bin mir sicher, hier findet sich irgendwo Sekt oder Wein.«

»Prosecco gleich am Vormittag«, begrüßt uns Till, als er nach Hause kommt, beugt sich zu mir hinab und gibt mir einen federleichten Kuss auf meine Lippen.

»Luisa hat heute etwas Wunderbares für uns erreicht«, strahlt meine Mutter. Sie lächelt Till an. Ich denke, sie mag ihn ganz gern, aber wer nicht – er ist der Typ Mann, der einem immer weiterhilft, wenn man es benötigt, ohne dass man nur ein Wort verlieren muss, zudem will er keine Gegenleistung.

»Ja?« Mit dieser Neugierde im Gesicht setzt er sich nah an mich, eine Hand legt er auf meinen Oberschenkel, sein Wärme ist durch die dünne Leinenhose fühlbar, seine andere schnappt sich mein Glas.

»Hey«, protestiere ich und sehe ihn finster an.

»Immerhin hab ich den gekauft, also werde ich ihn auch trinken dürfen.« Ich grummle ein wenig und rolle mit den Augen.

»Luisa, bitte hör damit auf«, mahnt mich meine Mutter, als wäre ich so alt wie Matthias.

»Und sag nicht, dass da meine Augen stehen bleiben

können«, kicher ich. »Das kannst du meinetwegen noch deinem kleinen Sohn erzählen.« Also rolle ich wieder mit den Augen. Ich hasse es ja selbst bei anderen Personen.

Mama schüttelt ihren Kopf und sieht schließlich Till an. »Luisa hat für uns eine Wohnung gefunden. Morgen können wir sie besichtigen, so wie sie sagte, dürfen wir sie auf alle Fälle haben. Sie hat ein wenig über unsere Notlage gesprochen und ich denke, die Dame am anderen Ende hatte etwas Mitleid.«

»Nein hatte sie nicht, aber ich bin einfach nett und wir haben das an Geld, was sie haben möchte, also … was sollte sie dagegen haben.« Mum winkt ab.

»Ihr zieht also aus?« Till klingt alles andere als erfreut, obwohl er gestern noch meinte, dass er es gar nicht gewohnt sei, wenn ständig jemand hier ist. Das nackt Umherlaufen fehle ihm außerdem.

»Ähm … ja … oder?« Vera sieht mich an.

»Ja Mum. Die Wohnung steht leer und ist ab sofort zu beziehen«, lache ich. »Hörst du mir eigentlich irgendwann zu, das habe ich doch alles längst erzählt.«

»Ach … Schätzchen. Die gleichen Worte habe ich immer zu dir gesagt.« Sie klatscht die Hände vor ihrem Gesicht zusammen und lacht auf.

»Ach … Mutter.«

»Kann ich mit?« Oh … Till ist ja noch hier.

»Ob du kannst, weiß ich nicht. Allerdings darfst du gern.«

Die nette Frau Neumann hat uns richtig herzlich begrüßt, sie hat dieses Omahafte an sich, das man sogleich ins Herz schließt. Und von der Wohnung bin ich sowieso begeistert gewesen. Sie hat natürlich nichts mit einem Haus gemein, aber wer will schon ein Dreihundertquadratmeterhaus, wenn er sich eingesperrt fühlt. Da bevorzuge ich doch lieber eine Wohnung mit hundert Quadratmetern Wohnfläche und fühle mich dafür wie daheim.

Frau Neumann hat uns kurz allein gelassen, wir sollen uns mal ohne sie wie zu Hause fühlen, meinte sie.

»Ich hab mein Zimmer gefunden!«, ruft Matthias aus irgendeinem der Zimmer. Wobei ich ja vermute, dass er sich den Raum mit dem bodentiefen Fenster ausgesucht hat. Von dort aus kann man in einen Park sehen.

»Ich seh mal nach ihm«, lächelt mich meine Mutter an. Ich nicke ihr zu.

»Hier wirst du also wohnen.« Till stellt sich vor mich, seine Hände liegen um meine Hüfte. Meinen Kopf lehne ich gegen seinen Oberkörper, während er sein Kinn an meinem Kopf ablegt.

»Ist doch schön, oder?« Sein Verhalten macht mich skeptisch und lässt mich an meiner Unterlippe beißen, deshalb sehe ich zu ihm hoch.

»Ja, natürlich. Alles perfekt renoviert. Neue Fenster, Küche neu, Böden neu, Heizung neu.«

»Till …« Ich drücke mich von ihm weg. »Wenn du mir was zu sagen hast, dann tu das bitte.« Vielleicht habe ich etwas zu harsch gesprochen, allerdings hasse ich es, wenn er offensichtlich was sagen will und es nicht ausspuckt.

»Du darfst gern bei mir bleiben«, sagt er schließlich.

»Ich weiß, Till«, meine ich ein wenig betrübt. »Und es ist schön bei dir. Jedoch möchte ich auch hier sein. Ein wenig Zeit mit der Familie verbringen. Endlich mit Vera und Matthias leben zu können, in den eigenen Wänden, ohne Angst zu haben.«

»Du weißt, ich …«

»Ich weiß«, bremse ich ihn, weil ich es nicht hören will. Es schmerzt zu wissen, dass ich ihn nicht lieben kann.

Lulu, du nutzt den armen Kerl nur aus, um deine Bedürfnisse wahrzunehmen.

Weg mit diesen Gedanken.

»Na, ihr zwei Süßen«, stört uns Mum. »Was sagt ihr?« Ich winde mich aus Tills Armen und lächle sie an, als wäre dieses

Gespräch zwischen mir und meinem ... was auch immer er für mich ist ... niemals passiert.

»Wir nehmen es«, sage ich freudig. »Was Besseres wird uns ja kaum passieren.«

»Nein und ich denke, Matthias fühlt sich wohl. Er sitzt schon vor dem Fenster und beobachtet die Leute im Park.« Vera strahlt und endlich erkenne ich sie – die Frau, die sie mal gewesen ist, die Frau, die sie so lange versucht hat, wieder zu sein.

»Ich muss mal eben raus«, höre ich Till hastig sagen und er hält dabei sein Smartphone in der Hand. Vera sieht ihm nach, sieht mich aber anschließend gleich wieder freudig an, zumindest sehe ich das im Augenwinkel, denn mein Blick ist auf Till gerichtet.

Was habe ich da bloß angefangen?

Einen Augenblick später wende ich mich wieder Mum zu. »Dann lass uns mal Frau Neumann suchen. Ein Vertrag muss unterschrieben werden.« Ich atme tief durch und umarme meine Mutter, die sogleich ihre Arme um mich schlingt und mich festhält. Bloß schwingt in meiner Freude dieses Unwohlsein wegen Till mit.

KAPITEL 26

Schweigen schmerzt mehr, als sich nur anzubrüllen. Da würde man wenigstens über die Sachen sprechen, die einem am Herzen liegen. Aber das Nichtreden ist wie ein Messer, das ständig in das Herz des anderen sticht, mit jedem Blick, den man sich schweigend zuwirft.

Und wir werfen uns diese schon seit zwei Tagen zu. Ich denke, ich sterbe, wenn das so weitergeht.

»Till?«, frage ich vorsichtig, als er an mir vorbei in die Wohnküche geht, doch er schweigt. Noch nicht einmal einen herabwürdigenden Blick bin ich ihm wert. Wenn Mum und Matthias da sind, bemüht er sich offensichtlich ein wenig, mich anzulächeln. Allerdings ist Vera heute arbeiten und Matthias noch in der Schule.

»Till?« Meine Stimme ist kratzig und leise, dennoch nicht lautlos.

Nichts, aber auch gar nichts kommt von ihm. Ein verdammter Kloß bildet sich in meinem Hals, Tränen schießen mir in die Augen, während ich ihn dabei beobachte, wie er seinen Kühlschrank durchforstet. Das geht irgendwann nicht mehr, daher gehe ich in sein Schlafzimmer und knalle die Tür hinter mir zu.

Vorsicht! Hochpubertierendes Mädchen.

Ich lasse mich auf das Bett fallen, starre an die Decke und spüre die Tränen hinabrollen.

»Mistkerl«, murre ich. »Er könnte ja sagen, wenn ihm etwas nicht passt.« Ich schließe die Augen und unweigerlich denkt mein Hirn an den Sommer. Wehmut dringt in den Vordergrund. Auf irgendeine Weise habe ich es schon sehr genossen, nur für mich da sein zu müssen. Wenn der erste Tag und die erste Nacht auch ein Desaster gewesen sind. Eines kann ich für mich sagen, ich will nie mehr auf der Straße pennen, wenn ich auch nur irgendwie immer wieder mal eingedöst bin, doch ich habe mich ein wenig schäbig gefühlt.

Und dann ... so bescheuert er mich angemacht hat, so lieb hab ich ihn gewonnen.

Stephan ...

Warum hänge ich nach wie vor an ihm, wenn er so scheiße zu mir gewesen ist? Ein Sommerflirt. Ich habe Till, beständig und zuverlässig, das ist es, was man als Frau haben will. Ist das nicht so?

Ehe ich zu einem heulenden Wrack mutiere, wische ich mir die Tränen aus dem Gesicht und versuche, den Tag so gut wie möglich zu bestreiten. Nach einigen kräftigen Atemzügen gehe ich aus dem Bett, wenn auch nach wie vor wütend auf Till, aber ein kleines bisschen gelassener als vor fünf Minuten.

»Till?«, öffne ich die Tür. »Ich möchte gern mit dir reden.« Jedes Wort von mir ist äußerst sanft. Ich will ihn nämlich nicht noch mehr aufregen.

»Till?« Fragend sehe ich mich um, öffne jede Tür, nur ist er nicht auffindbar. »Ganz wunderbar«, murre ich und lasse mich auf das Sofa nieder.

Hey Süße. Zeit?

Das verschollene Lamm meldet sich wieder.

Ich habe mir wenige Tage nach meiner Ankunft mein Handy zurückerkämpft. Matthias hat es nämlich für ganz gut befunden, dass er nun ein eigenes hat, aber so ist das nicht ausgemacht gewesen. Danach hab ich mich gleich bei Ninja gemeldet. Sie war … nein ist noch ein wenig böse auf mich, dass ich mich nie bei ihr abgemeldet habe und sie es über Till erfahren musste. Sie zieht mich mit dem verlorenen Lamm also ständig auf, denn ich melde mich im Moment mindestens jeden zweiten Tag. Ich kompensiere, da ich tatsächlich ein schlechtes Gewissen habe.

Wir haben uns gestern erst gesehen … wie auch immer. Zeit?

Natürlich, Liebes. Für dich doch immer.

Kaffee? Bei dir? Ich brauche ein wenig Luft.

Geht klar.

»Hey du Liebe«, lächelnd begrüßt mich Ninja und gibt mir ein Küsschen auf die Wange. Mehr wagt sie nicht mehr, seitdem sie mitbekommen hat, dass da eventuell mehr zwischen mir und Till ist. Wenigstens nimmt sie mir das nicht übel.

»Hey du Liebe«, sage ich auch und setze ein Lächeln auf.

»Oh oh oh … das ist kein aufrichtiges Lachen. Was ist los?« Meine Freundin nimmt meine Hand und zieht mich in ihre Wohnung. Danach setzt sie mich auf das Sofa.

»Und nun sprich«, sagt sie, während sie sich hinsetzt. »Nein halt«, springt sie gleich wieder auf. »Ich hol Kaffee.«

»Und vergiss den Schuss Baileys nicht«, sage ich trocken.

»Scherz oder? Es ist gerade mal kurz nach zehn Uhr am Vormittag.« Mit aufgerissenen Augen sieht sie mich an.

»Genau deswegen, der Tag scheint kein Ende zu haben.«

»Okay …« Ninja öffnet einen Schrank und holt tatsächlich den Baileys heraus.

»Nein, das war ein bescheuerter Scherz, Ninja. Nicht mal ich trinke um diese Uhrzeit. Also selten, vielleicht um etwas zu feiern, aber nicht, um was zu vergessen. Habe nämlich festgestellt, dass es alles nur noch schlimmer macht.«

»Wer hätte es gedacht. Trink mal den Kaffee, möglicherweise sieht die Welt dann ein wenig anders aus«, versucht sie, mich aufzumuntern, als sie sich neben mich setzt und mir die Tasse in die Hand drückt.

»Von vorne.«

Ich seufze. »Till … ich weiß nicht, was er hat. Er ist ein Mistkerl.« Ich lehne mich tiefer in das Sofa und hoffe inständig, dass es mich verschlingt.

»Ah … das hätte ich dir doch gleich sagen können. Das weiß jeder«, kichert Ninja.

»Nicht sehr hilfreich.« Mein Blick würde sie gern für diesen Kommentar töten.

»Sorry. Nein, er ist ein Netter, ich weiß. Aber warum ist er auch ein Mistkerl?« Fragend zieht sie ihre Augenbrauen in die Höhe und nippt am heißen Kaffee. »Ich dachte, ihr seid nun das neue Traumpaar?«

»Weil er mir nicht sagt, was er hat. Schweigt, seitdem ich … wir die Wohnung besichtigt und den Vertrag unterschrieben haben.«

»Süße …« Ninja stellt ihr Tasse ab, nimmt meine und stellt diese auch zur Seite. Anschließend nimmt sie meine Hand. »Der Kerl liebt dich«, flüstert sie. Diese Worte aus dem Mund eines anderen zu hören, schmerzt genauso wie aus Tills. Er hat es nie wieder erwähnt.

»Ich weiß«, schreie ich plötzlich auf. »Sollte mich das nicht freuen?« Ich beiße auf der Unterlippe und schüttele den Kopf. »Er hat es mir gesagt und stell dir mal vor, was ich gemacht habe? Nichts. Ich habe so getan, als hätte ich es nicht gehört.« Ich schüttele den Kopf.

»Ach … Lulu. Ich dachte, du hättest nun endlich dein Glück gefunden. Mich wolltest du ja nicht.« Das ist bloß der Versuch, mich etwas aufzuheitern.

»Wir haben keine Zukunft, Süße. Alles, was wir voneinander wollten, ist ein bisschen Spaß«, hebe ich die Augenbrauen.

»Und den hatten wir«, lächelt sie mich an. Da gebe ich ihr zu hundert Prozent recht. »Till will mehr von dir, als du vermutlich von ihm.« Sie wartet einen kleinen Moment, ob noch was von mir kommt, ehe sie weiterspricht. »Liebst du ihn?« Diese Frage ist wie ein Dolch in meinem Herz.

»Ninja …«, murmele ich.

»Einfache Frage. Mehr oder weniger«, flüstert sie zurück.

»Ich weiß, doch die Antwort dazu ist wohl nicht so leicht.« Ich nehme die Tasse und trinke einige Schlucke, ehe ich weiterspreche. Zeit schinden nennt man das. »Ich mag ihn. Ich schätze ihn, und zwar für alles, was er je für mich getan hat. Und das ist viel. Nie hat er sich beklagt. Dann … ja dann ist es einmal passiert und wir hatten Sex. Es hat sich nie verkehrt angefühlt und doch auch nicht zu hundert Prozent richtig. Oh Gott … das ist schon ewig her und dann ist es immer und immer wieder passiert.« Ich vergrabe mein Gesicht in meinen Handflächen, doch Ninja zieht sie sogleich weg.

»Passiert … und es ist zufällig passiert, dass er sich dabei in dich verliebt hat.« Ich nicke und fühle diesen Kloß im Hals. »Hast du ihn vermisst, als du in Österreich gewesen bist?« Ich überlege für einen Moment, aber ich kann die Tage an einer Hand abzählen, an denen ich so richtig an ihn gedacht hab. Es sind die gewesen, an denen ich Stephan weniger gesehen habe.

Gott … ich bin verkorkst.

»Nur dann, wenn es mir nicht gut ging«, flüster ich, denn ich will es nicht laut aussprechen.

»Ansonsten hattest du Steven.« Ich nicke und kaue nun doch an meinen Nägeln. »Liebes, rede mit ihm. Ich denke nicht, dass du ihn verletzen willst, oder?«

»Nein … ich mag ihn doch. Und das wirklich gern. Aber ich denke, einfach zu wenig, damit es eine Beziehung sein kann. Vielleicht habe ich nur das Gefühl von daheim vermisst, als es dort auch nicht gerade rosig gewesen ist.«

»Willst du mir mal erzählen, was geschehen ist?« Ich habe es niemandem gesagt, weil ich es für unwichtig empfunden habe.

»Lieber nicht, das ist so wie in Las Vegas – was dort geschieht, bleibt dort.« Ninja lacht auf, verstummt dann bald wieder.

»Okay, ich bohre nicht mehr nach. Allerdings hatte es ganz offensichtlich Auswirkungen auf das Leben hier.« Darauf kann ich nur seufzen und nicken.

»Danke fürs Zuhören, Süße. Ich werde mal sehen, wo Till ist. Er ist nämlich verschwunden.« Und das bereitet mir auch Kopfschmerzen.

»Tu das und berichte mal, wie es lief.«

»Mach ich«, sage ich zaghaft, denn allein der Gedanke, meine gesamte Gefühlswelt nun Till zu öffnen, bereitet mir verdammte Angst.

KAPITEL 27

*T*ill, bist du zurück?« Die Eingangstür lasse ich nur leise in das Schloss fallen. Seine Schuhe sind immerhin hier, auch wenn er mir keine Antwort gibt.

»Till?«, frage ich, als ich in den Wohnbereich eintrete und ihn auf dem Sofa mit seinem Laptop sitzen sehe. »Lass uns doch mal reden.« Unweigerlich zittert meine Stimme. Ich erkenne, dass er im Augenwinkel zu mir sieht. Er tippt rasch zu Ende und schließt danach das Notebook.

»Denkst du, dass es notwendig ist?« Emotionslos sieht er mich an.

»Ähm … ja, weil ich … ich habe das Gefühl, dass hier so einiges wahnsinnig schiefläuft.« Ich traue mich kaum, näher zu treten, daher bleibe ich mit einem großen Sicherheitsabstand stehen.

»Dann schieß mal los.« Um seine Gleichgültigkeit zu unterstreichen, verschränkt er die Arme vor der Brust.

»Musst du nun so ein Arsch sein«, sage ich harsch. Manchmal muss man seinen Emotionen einfach freien Lauf lassen. »Ohne mir zu sagen, was in deinem Kopf so vor sich geht, hasse mich bitte nicht. Rede mit mir, schreie mich an, aber schweige nicht, das macht es schlimmer, glaube mir.«

»Solltest du nicht Matthias abholen?« Wunderbar, er lenkt diese Unterhaltung gleich in die andere Richtung.

»Nein, Mum macht das, sie gehen noch ins Kino.«

»Solltest du nicht studieren, lernen oder sonst was tun?«

»Verdammt noch mal, hör auf mit dem Scheiß! Nein, ich bin heute hier und Schluss. Wenn es dir nicht passt, dann sag es. Schrei es raus, aber schweig mich nicht an.« Ich habe mich in Rage gesprochen, mein Puls ist ins Unermessliche gestiegen.

»Dann tue ich das, wenn du es so lieber hast.« Till hat endlich seine Stimme erhoben und steht nun vor mir, wenn auch mit Sicherheitsabstand. Dennoch spüre ich diese elektrischen Impulse, die er abstrahlt. Es sind böse Schwingungen. »Bleib doch verdammt noch mal bei mir, zieh nicht aus!«

»Till … ich will endlich auf eigenen Beinen stehen«, seufze ich und lasse den Kopf sinken.

»Und das tust du, indem du mit deiner Mum und deinem Bruder in eine Wohnung ziehst? Hier … bei mir kannst du auf eigenen Beinen stehen, wenn du möchtest, kannst du die Rechnungen bezahlen, damit du sagen, kannst ›Hey, ich zahle Rechnungen und stehe jetzt auf eigenen Beinen‹.«

»Ich kann ja noch immer bei dir sein, aber auch mal drüben. Es gibt mir Optionen.«

»Optionen …«, belächelt er mich. »Ich verstehe.« Till schüttelt seinen Kopf. »Ich sage dir, dass ich dich liebe und du ignorierst es. Du hättest bloß ein Danke sagen können, irgendetwas, aber dein Schweigen sagt mehr.«

Wunderbar, wir sind gleich dort, wo dieses Gespräch hingehört. »Danke, dass du mich liebst, Till.« Meine Nasenflügel beben, als ich einatme. »Ich finde es schön, aber ich kann dir nicht dieses Gefühl zurückgeben. Mein Herz freut sich, wenn ich dich sehe.«

»Es freut sich. Und ich schütte dir mein Herz aus. Ich denke, wir gehen gerade zwei verschiedene Wege, nicht wahr?« Er hat sich etwas beruhigt und kommt auf mich zu. »Gar nichts?«, flüstert er und ich weiß, dass es um meine Emotionen geht. Ich gehe an ihm vorbei, nehme nebenbei seine Hand und gehe mit ihm zum Sofa.

»Da ist nicht nichts. Aber weniger als du benötigen würdest. Ich mag dich ... so richtig.« Ich kann nicht weitersprechen, denn von einem zum nächsten Augenblick heule ich. Das Gesicht verstecke ich hinter meinen Handflächen und dann sind da Tills Arme, die mich umarmen, als wäre es wieder selbstverständlich, dass er der Mann ist, der immer für mich da ist, der mich jederzeit tröstet.

»Sch... Alles gut, Lulu.«

»Nichts ist gut, Till«, schniefe ich. »Ich habe hier einen Mann vor mir, der mir sein Herz ausschüttet, und was tue ich ... ich trample bloß darauf herum.«

»Das Leben läuft nicht immer rund, was?« Ich drücke mich von Till weg, um ihm in die Augen schauen zu können. Er ist traurig, er hat diesen Blick, den man nie bei irgendjemanden sehen möchte.

»Es tut mir so leid, Till.« Mit dem Handrücken wische ich die Tränen ab. »Ich will dich nicht verlieren.«

»Was ist ... war das zwischen uns?« Ich zucke mit den Schultern und versuche all die wunderbaren Augenblicke, die ich mit ihm erlebt habe, Revue passieren zu lassen. Es gab nichts, das ich nicht gemocht habe, es gab aber auch nichts, dass mich sagen lassen könnte: »Das ist mein Freund, der Mann, mit dem ich eine Beziehung führe. Der Mann fürs Leben.«

»Ich habe dich niemals ausgenutzt. Das ... das will ich nur klarstellen. Weil ich wirklich jeden Moment mit dir genossen habe. Und das bereits vor diesem Sommer. Das Kaffeetrinken mit dir ist genauso wunderbar wie der Sex. Ich will jetzt nicht Kaffee mit Sex vergleichen, auch wenn guter Kaffee Sex sein kann. Och nein ... ich weiche ab.« Seufzend schüttele ich meinen Kopf. »Ich habe es bloß nur nie gefühlt – diese Anziehung, die man haben sollte. Es tut mir so leid.« Den letzten

Satz bringe ich gerade mal so aus mir heraus, denn mir ist das Herz ein ganz schönes Stück tiefer gerutscht.

»Liebe kann man wohl nicht erzwingen«, kommt enttäuscht von Till und dennoch irgendwie gelassen. Vielleicht hilft ja reden doch. »Ich will dich aber behalten, als Freundin, gute Freundin.«

»Kein Tanzen im Bett mehr?«, sage ich mehr fragend als feststellend.

»Diese Benefit-Sache hat unsere Situation vermutlich komplizierter gemacht, als es nötig gewesen wäre.« So etwas wie Erleichterung schimmert in Tills Augen.

»Es tut mir wirklich leid, Till«, sage ich betrübt.

»Schon okay, Lulu. Ich bin dir nicht böse, auch wenn ich gehofft habe, dass du mehr für mich empfindest.« Vielleicht ist es Gleichgültigkeit, die ich erkenne. Ich weiß es nicht, mich bedrückt es, weil ich weiß, dass ich jemanden … ja regelrecht vorsätzlich verletzt habe. Seelisch. Und der Seelenschmerz ist fies.

Ein versuchtes Lächeln kommt auf meine Lippen, ich will ihm so ein wenig Danke sagen, dafür dass er es gelassen nimmt.

»Ich schlafe heute Nacht bei Ninja«, sage ich knapp und stehe danach auf.

Als ich an der Tür zum Flur bin, ruft er mir erst nach: »Ist es wegen ihr?« Nun ist das in seinem Gesicht sichtbar, was ich eigentlich gedacht habe, die gesamte Zeit zu sehen – Verzweiflung, Trauer. Ich kann sogar von hier die Augen glänzen sehen. Auf seine Frage kann ich nur den Kopf schütteln.

»Ich denke, ich war nie die Person, die lieben kann«, seufze ich. »Menschen, die ich mag, verletze ich. Einige verletzen mich … dann … kann ich wohl auch nicht lieben.« Traurig senke ich meinen Blick und irgendwie hoffe ich, dass Till aufsteht, damit er mir sagt, dass alles gut wird. Ich weiß aber leider, dass das hier kein Film ist und er wohl auch gekränkt ist. Ich öffne die Augenlider und sehe, wie Till nach wie vor auf dem Sofa sitzt.

»Sag Mum bitte, dass ich bei Ninja bin, wenn etwas Dringendes ist, dann kann sie mich auf dem Handy erreichen.« Ich will nicht warten, ob von ihm noch etwas kommt, deswegen gehe ich.

KAPITEL 28

Sterne leuchten nur in der Nacht«, flüster ich.

»Bitte?«, fragt Ninja verwirrt nach, jedoch äußerst leise. Ich drehe meinen Kopf zu ihr und sehe sie eindringlich an. Sie legt sich seitlich und stützt sich auf, um mich besser ansehen zu können. Wir beide haben irgendwann beschlossen, dass heute ein guter Tag für Wein ist, wenn ich auch am Vormittag noch der Meinung gewesen bin, dass Alkohol keine Lösung ist. Aber ich bin ja nicht dabei, mich zu betrinken, sondern diesen Tag ein wenig aufzuheitern.

»Ich verstehe das nicht«, seufze ich. »Im Sommer, der Kerl … bei dem Fest im Garten.« Die Augenbrauen kneife ich zusammen.

»Ah du meinst diesen heißen Typen. Der mit den etwas längeren Haaren, ziemlich wirr zusammengebunden, Bart, große dunkle Augen, sah ein wenig mysteriös aus, aber auch zeitgleich verdammt sexy.« Ninjas Augen strahlen förmlich.

»Manchmal weiß ich nicht, ob du nicht doch Männer bevorzugst«, lache ich leise.

Sie zuckt mit den Schultern. »Ach, ich hatte ja schon beides. Bevorzuge Frauen, aber wenn jemand verdammt gut aussieht ... ja, das kann ich sehr wohl beurteilen. Aber was hat er mit den Sternen zu tun?«

Ich lege mich auch seitlich, ehe ich weiterspreche. »Er sagte, dass Sterne nur in der Nacht leuchten. Was irgendwie logisch ist, am Tag werden sie durch unsere Sonne überschattet, weil die so stark leuchtet, aber sie sind immer da. Sie leuchten eigentlich immer, aber ...«

»Liebes«, flüstert sie. »Ich würde dich so gern verstehen, aber ... hmm ... ich habe absolut keine Ahnung, wovon du eigentlich sprichst. Willst du mir etwas über Astronomie erklären?« Richtig verzweifelt sieht mich meine Freundin an. Im Grunde habe ich nur laut nachgedacht, darüber, was ich will, was mit meinem Leben geschehen soll.

»Nein ... Ich muss weg«, sage ich hastig und springe auf, sodass ich gleich über meine eigenen Beine stolper. Nein, ich bin nicht betrunken. Ich habe bloß zwei Gläser gehabt, aber meine Beine wollen nun mal nicht so schnell, wie ich will, also bin ich auf dem Hintern gelandet. Ninja lacht laut auf.

»Nicht nur Schwachsinn erzählen, sondern auch noch tollpatschig sein.« Sie setzt sich auf und lacht mich so richtig aus.

»Ninja ... das ist gerade nicht sehr hilfreich«, jammer ich, rappel mich auf und reibe meinen schmerzenden Hintern.

»Sorry«, murmelt sie mit vorgehaltenen Händen. Ich hätte ja auch gelacht, ich muss im Moment wirklich erbärmlich aussehen. Ich packe wieder meinen Kram zusammen – mein Rucksack muss sich wie eine Wanderhure anfühlen, so oft in letzter Zeit woanders gewesen, aber ich habe ihn immer gepackt mit einigen Kleinigkeiten, damit man zwei oder drei Tage auskommen kann.

»Wo willst du hin?« Mit etwas Panik in den Augen starrt mich meine Freundin an, als sie realisiert, dass ich nicht scherze, denn ich stehe längst bei der Eingangstür.

»Lulu!« Ich zucke nur mit den Schultern, als sie mich ermahnt. »Du hast Schule«, meint sie panisch.

»Ja, Mama ...« Ich rolle mit den Augen, wenn ich es an

anderen auch nicht als sehr schön empfinde. »Die kann warten. Bin ich halt krank, ein paar Tage können die auch ohne mich überleben.«

»Luisa, wohin willst du?« Ninja steht auf und kommt zu mir. »Der Boden war mir ohnehin schon zu unbequem«, stöhnt sie. »Also?« Ihre Hände stemmt sie in die Hüften, was sie nicht wirklich boshaft aussehen lässt, da Ninja einfach zu zierlich gebaut ist und ihre Locken zu süß wirken.

»Ich bin nicht aus der Welt, Süße«, sehe ich sie entschuldigend an. »Und ich nehme dieses Mal mein Handy mit.«

»Ein Kerl?«, fragt sie vorsichtig nach. Ich nicke bloß. »Der Sternentyp?« Ninja kommt immer näher, bis sie vor mir steht.

»Nein, aber er hat mit dem anderen zu tun. Leider ... und da habe ich großen Mist gebaut, aber egal ... der andere auch. Aber ich möchte ein Stern der Nacht sein, der stark ist. Sie sind nämlich dann am stärksten, wenn es am dunkelsten ist.« Mit einem Lächeln im Gesicht gebe ich meiner Freundin ein Küsschen auf die Wange.

»Dann leuchte, Süße. Und zeige es dem Kerl«, zwinkert sie mir zu.

»Danke. Ich hoffe, dass es das Richtige ist«, seufze ich.

»Das oder der?«

»Der Richtige, aber dass ich das Richtige tue.«

Ninja lächelt mich zuversichtlich an und legt ihre Handfläche über mein Herz. »Wenn du es hier fühlst, dann ... dann ist es perfekt«, haucht sie.

»Danke.« Das Herz schlägt schnell. Es ist aufgeregt, weil es endlich das Gefühl hat, das Richtige zu tun, weil es endlich fühlt und nicht nur zu erdrücken versucht.

»Es fühlt sich wunderbar an«, flüster ich, lächle sie ein weiteres Mal an und gehe aus ihrer Tür.

Diesen Weg bin ich schon einmal gefahren, doch das letzte Mal mit Emotionen in mir, die ich nie mehr spüren möchte –

es ist die Angst vor Egon gewesen, die Panik, dass es jederzeit wieder passieren kann. Jedoch dieses Mal fahre ich mit dieser Zuversicht in mir, die mir sagt, dass alles möglich ist, wenn man miteinander redet.

Und genau aus diesem Grund habe ich verdammten Schiss, ich weiß nämlich nicht, wie Steven auf mich reagiert. Ich habe ihn kalt abblitzen lassen. Zu meiner Verteidigung nicht ohne Grund, aber der Grund wäre zu bereden gewesen, wenn das auch davon zeugt, dass es zwischen uns enorm an Vertrauen mangelt. Mir kann man wohl genauso wenig vertrauen.

Meine Gedanken haben die erste Euphorie etwas getrübt, aber nichtsdestotrotz bin ich nun hier und sollte das Angefangene beenden oder neu beginnen …

»Zuerst aber schlafen«, nuschele ich zu mir selbst und gehe in ein Hotel, nicht in das Hotel. Die Höhle des Löwen kann eine Nacht warten. Es langt mir in diesem Moment schon, dass ich hier am See bin und die Vertrautheit und die Angst in mir zeitgleich fühle.

»Ein Zimmer für eine Nacht«, sage ich gedankenverloren.

»Hey Lulu. Was machst du denn hier?« Erst da sehe ich genauer hin. Bernd, der Barkeeper der Strandbar.

»Was machst du hier?« Verwirrt schaue ich ihn an, so schick gekleidet kenne ich ihn gar nicht.

»Arbeiten, im Herbst hat die Strandbar geschlossen und sie gehört dem Hotel, wo ich für gewöhnlich arbeite, also außer im Sommer. Aber was machst du hier? Kathi sagte mir, dass du irgendwie einfach verschollen bist.« Ganz wunderbar, wenn sich solche Geschichten herumsprechen, aber mich hat man wohl gekannt – die mit den pinken Haaren war nie zu übersehen.

»Ja … lange Geschichte, die vermutlich niemand hören will«, sage ich beinahe schüchtern und zupfe an meiner Nagelhaut.

»Ich habe Zeit.« Bernd verschränkt seine Arme vor dem

Körper und grinst mich an. In meinem Kopf macht sich der Gedanke breit, dass es eventuell nicht die beste Idee gewesen ist, hier zurückzukommen. Ich bin wie ein Papagei, den man kennt, über den man gesprochen hat, denn wenn der von einem zum nächsten Tag nicht mehr hier ist, fällt es auf.

»Es tut mir leid und ich will nun wirklich nicht unhöflich sein, aber nein.« Mehr gibt es dazu nicht zu sagen, es ist privat. Was will er denn von mir? Ich verschränke auch meine Hände vor dem Körper und sehe ihn, hoffentlich, finster an. Ich habe allerdings mehr das Gefühl, dass es nach Verzweiflung aussieht. Fühle ich mich doch genauso.

»Ach Lulu, das war nicht ganz mein Ernst – ein Scherz. Aber ich seh schon, der kam nicht an.«

»Hahaha«, lache ich gefälscht. »Nein, kam nicht an. Mein Hirn hat wohl das Scherzzentrum für den heutigen Tag abgedreht.«

»Vielleicht ein anderes Mal«, zwinkert er mir zu und schiebt mir danach das Anmeldeformular über den Tresen. »Damit du ins Bett kommst. Siehst nicht sehr fit aus.«

»Es ist auch nicht gerade der helllichte Tag«, witzele ich. Aber der Scherz lässt auch auf sich warten und niemand lacht. »Danke«, flüster ich daher mit einem aufrichtigen Lächeln.

Nachdem ich die Zimmertür hinter mir abgeschlossen habe, streife ich mir die Schuhe ab und falle mit den Klamotten in das Bett, ich bin in wenigen Sekunden weg.

Ein neuer Tag und noch mehr Angst, die durch meinen gesamten Körper fließt. Das Frühstück habe ich verpennt, aber ich hätte bestimmt keinen Bissen herunterbekommen, denn mein Magen tobt. Die Angst bereitet mir ziemliche Magenschmerzen.

Und obwohl ich den Weg so gut kenne, habe ich Schiss, ich bin verdammt noch mal versucht, an meinen Nägeln zu kauen.

»Was hab ich mir bloß dabei gedacht, als mir die Idee eingefallen ist, hierherzukommen«, murre ich, als ich vor dem Restauranteingang zum Stehen komme. *So schnell ist der Sommer vorbei,* denke ich mir. Die Bäume tragen beinahe keine Blätter mehr. Keine Gäste auf der Terrasse, die Türen geschlossen.

Meine Knie zittern, als ich die wenigen Stufen auf die Terrasse gehe und die Tür zu dem Lokal öffne. Sogleich steigt mir ein vertrauter Duft in die Nase – nach frisch Gekochtem, ein wenig nach Bier und Wein. Es fühlt sich einfach bekannt an.

»Ahhhh … Lulu!«, höre ich Kathi durch das Lokal kreischen. Die Gäste drehen sich auf der Stelle zu ihr. Auffälliger hätte sie es ja wohl nicht machen können und doch zaubert es mir ein Lächeln auf die Lippen. Während sie zu mir eilt, murmelt sie zu jedem Gast, an dem sie vorbeikommt, ein »Entschuldigung« und nimmt mich schließlich in ihre Arme.

»Wie hab ich dich vermisst«, nuschelt sie und drückt mich richtig fest. Das ist ansteckend und ich umarme sie zurück.

»Wirklich schön, dich zu sehen, Kathi«, flüster ich, die Verzweiflung ist mir anzuhören.

»Jetzt lass dich mal ansehen.« Meine ehemalige Kollegin nimmt mich auf Armlänge und begutachtet mich. »Hast dich ja gar nicht verändert.« Belustigt sieht sie mich an.

»Ich war auch nicht wirklich lange weg, Kathi«, lächle ich.

»Viel zu lange, wenn du wüsstest«, flüstert sie und seufzt.

»Kathi«, ruft Franz.

»Ich glaub, ich sollte. Hast du später Zeit, Kaffee, Plausch?«

»Ich … vermutlich. Aber … ist der Chef da?« Nun ist es endlich raus. Wobei so lange ich ihn nicht sehe, gibt es noch ein Zurück. Nervös stapfe ich von einem Fuß auf den anderen.

»Ähm … ja, aber er ist überhaupt nicht gut auf dich zu sprechen. Seitdem du weg bist, ist er mega schlecht gelaunt.« Sie sieht mich traurig an. »Ich habe es mir ein wenig gedacht, dass du und der Boss ... er ist wie ein anderer Mensch, seitdem du abgehauen bist.«

»Katharina ...«

»Franz, bitte fünf Minuten.« Kathi blickt sich um, sodass er es sieht, um ihm zu anzudeuten, dass alle Gäste essen und auch nicht so viele hier sind. Er zuckt schließlich mit den Schultern und deutet ein Okay.

»Gehen wir kurz vor die Tür.« Gleich als sie die Tür öffnet, flucht sie. »Ist das arschkalt hier. Der Sommer ist mir lieber.« Sie versucht, sich ihre Arme warm zu reiben.

»Nimm meine Jacke.« Ich ziehe sie aus und lege sie ihr über, immerhin habe ich darunter auch lange Ärmel und sie läuft mit der dünnen kurzen Bluse umher.

»Danke«, lächelt sie und beginnt danach, rasch zu erzählen. »Ich weiß ja nicht genau, was da zwischen euch gewesen ist. Aber an dem Tag, dein letzter ... ja von da war alles anders. Gerli hat uns bloß erklärt, dass du im Guten von ihr gegangen bist, weil du eben dringend heim musstest. Ist das wahr?« Mit erhobenen Augenbrauen sieht sie mich an.

»Ja ... ich musste mir über vieles klarwerden. Irgendwie flüchte ich von Ort zu Ort, um mir mal über das und dann dieses den Kopf zu zerbrechen.«

»Ist es nun besser?«, fragt sie behutsam nach und legt eine Hand auf meinen Oberarm.

Ich zucke mit beiden Schultern, ehe ich zu sprechen beginne. »Hmm ... ich weiß nicht ... einiges ja. Doch dann hab ich daheim wieder Mist gebaut, vielleicht nicht Mist, aber ... ich weiß nicht ... mein Leben in die falsche Richtung geleitet. Wobei ich gedacht habe, dass es genau das Richtige ist, deswegen bin ich weg.«

»Ich verstehe zwar größtenteils nur Bahnhof, aber ...«

»Ich bin nun zurück, um die hoffentlich richtige Richtung einzuschlagen«, vollende ich ihren Satz und lächle verzagt.

»Du hattest tatsächlich was mit dem Chef, oder?« Sie flüstert es nur, so als könnte uns noch jemand hören. Ich nicke und senke den Blick. »Oh scheiße!«, flucht sie allerdings laut.

»Pst«, ermahne ich sie und lege ihr einen Finger auf die Lippen.

»Sorry. Irgendwie dachte ich an so was, weil du bist weg und er ist zu diesem Monster geworden. Was ist passiert?« Ich höre jedes Wort, versuche, zwischen den Zeilen zu lauschen, denn es klingt doch so, als hätte ich Stephan gebrochen. Aber er auch mich. Aus Kathi spricht nicht nur die Neugierde, auch das Interesse an mir, man sieht es mir wohl an, dass ich auch darunter zu leiden habe.

»Wir hatten unseren Spaß. Ich meine ... guck ihn dir an, er sieht einfach verdammt gut aus.« Meine Wangen erröten auf der Stelle. »Ich denke, dass Angst von beider Seiten mitgespielt hat, weil es sich gut angefühlt hat.«

»Aber wenn etwas positiv ist, muss man doch die wenigste Angst haben.«

»Ja ... sag das mal meinem Herzen.« Wieder seufze ich. »Ich kenne ... kannte das nicht in der Art.«

»Da ist mehr zwischen euch.« Ich nicke. »Und dann bist du weg?«

»So in der Art. In der letzten Nacht ist mehr passiert, als ich wollte. Kathi, ich ...«, verzweifelt sehe ich sie an.

»Schon gut, ich will dich nicht bedrängen.« Sie legt ihre Arme um mich, drückt kräftig zu, um danach wieder loszulassen, sich aus meiner Jacke zu pellen und sie mir zu geben. »Du kannst das«, flüstert sie und geht zurück in das Lokal.

»Ich kann das«, flüster ich mir selbst zu und gehe die Terrasse hinab, um zum Hoteleingang zu gehen. Ich hätte auch durch das Lokal gehen können, aber danach ist mir nun nicht mehr gewesen. Die Blicke zuvor haben mir allemal gelangt. Ich bin nun mal nicht gern der Mittelpunkt.

»Luisa«, sagt Monika bissig. Es ist ja wieder so klar, dass sie am heutigen Tag hier sitzt, wo meine Nerven am Ende sind.

»Moni ... komm schon, jetzt sei nicht so ... kalt.« Geradeso ist mir das »Bissig« nicht aus dem Mund gerutscht. »Wir waren Kolleginnen, da kann man ein wenig herzlicher zueinander sein.« Diese Worte bringen mir bloß einen verachtenden Blick. »Habe ich dir je was getan, dass du mich so behandelst?«, fragend sehe ich sie an, doch bekomme keine Antwort.

»Er will dich nicht sehen«, sagt sie stattdessen harsch, ohne dass ich auch ein Wort darüber verloren habe, was ich hier eigentlich zu suchen habe.

»Und wenn ich nicht zu ihm will?« Sie hebt bloß ihre Augenbrauen, als wäre das so was von klar, dass ich immer nur die eine Mission hatte – den Chef ins Bett zu bekommen.

»Er ist nicht besonders gut auf dich zu sprechen.« Monika sieht mich noch flüchtig an, ehe sie ihre Aufmerksamkeit wieder dem Bildschirm vor ihr widmet.

»Ja … das habe ich schon gehört«, nuschle ich und kratze mich am Kopf. Moni sagt kein weiteres Wort und wartet offensichtlich nur darauf, dass ich abhaue, aber nicht mit mir. Ich bin wohl in letzter Zeit viel zu oft abgehauen, es wird Zeit für mich zu leuchten und das zu tun, wonach mein Herz verlangt.

»Pfeif drauf«, sage ich entschlossen, gehe am Tresen vorbei und rausche, ohne anzuklopfen, in Stephans Büro hinein.

»Luisa!«, mahnt mich Moni, aber sie ist mir längst egal, denn ich erblicke ihn.

»Luisa, ich sagte dir doch, dass er dich nicht sehen will.« Ihre Hand packt mich am Oberarm, sie will mich aus dem Zimmer zerren, doch ich stehe da, als wäre ich am Boden einbetoniert. Genauso schwer fühle ich mich in diesem Augenblick, wenn auch ein kleines bisschen Leichtigkeit durch meinen Bauch fließt.

»Luisa«, haucht Stephan hauchzart, als wäre seine Stimme eine Violine und diese spielt für mich ein Menuett. Und ich stehe bloß da und bekomme keinen Ton heraus. In diesem Moment lässt Moni auch ihre Hand von mir. Sie hat Stevens Reaktion wohl anders eingestuft, nicht so, und geht schließlich zurück an ihren Platz. Ohne Worte schließe ich die Tür und starre ihn an.

Mein Herz spürt diese Vertrautheit, als wäre es endlich dort, wo es schon so verdammt lange hinwollte. In diesem Moment muss ich mich extrem zusammenreißen, da ich die Tränen in den Augen längst fühle und ich will nicht, dass sie hinabkullern – erst wenn alles besprochen ist. Wenn irgendwie alles im Reinen ist.

»Ich will dich nicht stören«, hauche ich stattdessen, senke den Kopf und nehme die Türklinke in die Hand. Mein Verstand hat abgedreht, der Instinkt setzt ein – Flucht.

»Nicht«, sagt er hastig, was mich selbstverständlich zu ihm sehen lässt. »Bleib, bitte«, sagt er schließlich ruhig. Seine Stimmlage macht mir keineswegs Mut, aber immerhin veranlasst sie, dass meine Hand nicht mehr die Klinke zerstören will.

»Ich … ich bin gleich wieder weg. Eigentlich wollte ich nur schnell loswerden, dass es mir leidtut, dass ich so abgerauscht bin, so wie ich eben abgerauscht bin.« Stephan steht schließlich von seinem Lederdrehstuhl auf und stellt sich gefährlich nahe zu mir. Auch wenn er mindestens einen Meter Abstand hält, spüre ich die Wärme und bilde mir ein, seinen Herzschlag zu hören, wobei ich mir da nicht sicher bin, ob es nicht meiner ist.

Er treibt mich in den Wahnsinn.

»Ich …«, beginne ich zu erzählen, aber Steven bremst mich mit einem »Pst«.

»Lass mich, bitte.« Ich presse die Lider zusammen, da ich so viel im gleichen Moment loswerden will, aber nicht weiß, wo ich anfangen soll, und atme einfach mal tief durch.

»Warte … Stört es dich, wenn wir irgendwo anders hingehen? Ich habe das Gefühl, dass Moni größere Ohren hat, als sie im Augenblick haben sollte.« Ein Schmunzeln zeigt sich auf seinen Lippen, er nickt mir zu und greift nach seiner Jacke, die auf dem kleinen Sofa liegt.

Wortlos öffnet er mir die Tür, lässt mir den Vortritt und geht mir schließlich schweigend nach. Eine seltsame Emotion durchflutete mich, als wir so nebeneinander schlendern. Mein Körper würde so gern seine Hand nehmen. Ich würd mich gern an ihn anlehnen, seinen Duft einatmen, einfach kurz Geborgenheit fühlen. Aber das ist falsch.

Ich führe uns zu einer Parkbank am See und setze mich darauf, Stephan nimmt Platz, zum Glück mit Sicherheitsabstand. Niemand sagt ein Wort, bloß der Wind treibt die Blätter vor uns her und das Rascheln erinnert beinahe an eine melancholische Melodie.

Wie ich diese Situationen hasse, gestern noch mit Till, dem ich das Herz herausgerissen habe, und heute Stephan, nachdem mein Herz verlangt, wo aber ein zu großes Chaos herrscht.

Irgendwann bricht er doch das Schweigen. »Ich gebe zu, ich hasse meinen Bruder. Er und ich … ich weiß nicht, was mit uns passiert ist. Vielleicht dieselbe Freundin«, lacht er auf, obwohl man es ihm ansieht, dass es ihm so gar nicht danach ist. »Da ist immer mehr gewesen«, betrübt sieht er zu Boden. »Du hast ihn so angelächelt, wie ich gern von dir angelächelt werden wollte.« Es zerreißt mein Herz, als ich seine Worte höre. Ich wollte Niklas nicht so anlächeln, das habe ich nicht getan. Stephan ist derjenige, den ich mein Lächeln schenken wollte, das habe ich … zumindest versucht. Da ist aber diese Angst gewesen, die mich immer gehemmt hat. »Du hast mit ihm an der Bar gesessen, seine Hand auf deinem Oberschenkel. Du hast es zugelassen.« Röte schießt in meine Wangen, beschämt sehe ich zu Boden. »Ich bin eher von Wien zurück und habe Kathi getroffen, sie gefragt, wo du bist. Du bist verdammt schwer zu erreichen ohne Handy.« Stephan schüttelt den Kopf.

»Ich hab eines«, flüster ich. »Also wieder.« Ich hätte ihn nicht unterbrechen dürfen, sein Blick verheißt nichts Gutes. »Sorry«, murmele ich und sehe beschämt auf meine Finger.

»Und du warst genau dort, wo sie gesagt hat. An der Bar. Mein Bruder neben dir.« Unsagbare Wut ist zu erkennen. Die Pulsader vibriert.

»Stephan«, hauche ich und schließe dabei die Augenlider.

»Ich habe rotgesehen. Es war wie damals. Er wollte immer die Frauen, die ich wollte. Ein einziger Konkurrenzkampf zwischen uns. Wir haben uns nichts geschenkt. Niklas hatte mit meiner langjährigen Freundin etwas. Ich dachte daran, mein Leben mit ihr zu verbringen, war mit meinen neunzehn Jahren aber zu feig, ihr einen Antrag zu machen. Vielleicht auch gut so, ich habe sie in meinem Bett erwischt, als ich früher von einem Meeting zurückkam. Zumindest dachte sie das. Ich wollte sie vielleicht auch testen und habe bloß gesagt, dass ich einen Tag später komme. Wer hätte gedacht, dass wirklich etwas passiert.« Die Geschichte hat sich wiederholt und dieses Mal bin ich die Böse. Es tut höllisch weh, das zu hören, das zu wissen. Ich bin nicht gut genug für diesen Mann.

»Stephan …«, fiepe ich. »Vermutlich könnte ich dir nun erzählen, was ich will, und du würdest es nicht glauben.«

»Versuch es«, sagt er provokant, wenn auch leise, aber er sieht mich an.

»Ich hatte wohl nicht den besten Tag. Jemand fehlte und ich wollte kompensieren – mit Alkohol und Menschen um mich. Woher hätte ich wissen sollen, dass Niklas dort ist. Er ist ein Kollege me… vom hoffentlich bald Exmann meiner Mutter. Ich hätte nie was gemacht, aber dann warst du da … diese Brünette … Es ließ meine Gefühle explodieren, mein Herz … Ich dachte, ich bin für niemanden gut genug. Das … diese Situation hat mir das bestätigt, was mir mein vermeintlicher Vater immer eingetrichtert hat. Ein bunter Vogel, der nirgendwo seinen Platz findet. Eine Frau, die bloß für Sex taugt. Selbst … selbst er wollte mich dazu …« Ich bremse. Dieses bescheuerte Leck, es lässt das Wasser aus den Augen. »Ich weiß nicht, ob ich mich entschuldigen soll oder nicht,

Stephan. Weil ich denke, dass wir beide Fehler gemacht haben. Ich hatte ein schlechtes Gefühl, als du weg bist. Ich kann es nicht erklären. Für Vertrauen muss man mutig sein.« Den letzten Satz sage ich besonders leise, danach stehe ich auf, sehe bloß einen Moment zu Steven, danach zu Boden. »Das bin ich nicht.« Ich setze zum Gehen an, in der Hoffnung, dass er was dazu zu sagen hat, mich aufhält, mir sagt, dass er mich ...

Vielleicht ist es ja doch nur ein Sommerflirt gewesen, bei dem ich mir ein wenig mehr eingebildet habe, denn Stephan sagt nichts und rührt sich nicht, ich fühle nur seine Blicke im Nacken.

Jeder Schritt, mit dem ich mich von ihm weiter entferne, zieht es mir den Magen mehr zusammen. Ich habe gehofft und die Hoffnung ist gestorben. Ich kann nicht einmal sagen, ob ich ihm gleichgültig bin, wobei ... nein ... dann hätte er niemals so auf mich reagiert. Und doch lässt er mich einfach gehen.

Der nächste Zug bringt mich also zurück in die Heimat.

KAPITEL 29

Schätzchen, was ist denn los mit dir?« Erschrocken sehe ich zu meiner Mutter. Sie steht im Türrahmen meines neuen Zimmers, während ich auf dem Boden sitze vor einer Kiste mit Kleinkram, den ich wegräumen wollte, aber er schafft es nicht, rauszukommen. Ich kann leider auch nicht zaubern, hab den Zauberstab verlegt.

»Also?« Vera setzt sich zu mir und schiebt den Umzugskarton beiseite.

»Was also?«, frage ich bescheuert und seufze.

»Was ist los mit dir?« Besorgnis schwingt in ihrer Stimme mit. »Ich hab dich schon etliche Male gerufen, weil ich deine Hilfe mit dem Tisch benötige.« Sie streicht sich durch ihre langen braunen Haare und schüttelt ihren Kopf. Vermutlich haben meine denselben Farbton, doch so ganz sicher bin ich mir nicht, da sie in den letzten Jahren von Türkis über Blau, Violett und nun eben Pink gewandert sind.

»Nichts ist los, Mum«, murre ich. »Ich denke, ich bin einfach nur müde von dem Schleppen. Was habt ihr beide auch viel Kram. Ich hab in den letzten Monaten aus meiner Tasche gelebt und es hat mir nichts bis auf die Bücher und die Nähmaschine gefehlt.«

»Die du unter anderem seit über einer Stunde versuchst, auszuräumen.« Schulterzuckend tue ich ihren Kommentar ab.

»Und wenn schon. Mein Regal steht ja noch nicht, also können die in den Kisten bleiben.

»Ich will dir nicht zu nahe treten, aber ich bin deine Mutter und darf das ja doch irgendwie«, lacht sie.

»Das beste Argument jeder Mutter.« Es bringt mich ein wenig zum Lächeln und meine Gedanken ebben ab, die immer auf dem gleichen Punkt landen.

»Wenn du einen Mann liebst, dann ist das immer hart, wenn er dich nicht so liebt. Umgekehrt genauso. Till hat es wohl im Moment nicht leicht.« Natürlich hat sie mich gefragt, warum ich nicht mehr zu Till gehe, also habe ich ihr gesagt, dass wir beide nicht funktionieren, da mein Herz in Österreich verloren gegangen ist. »Du kannst es ein weiteres Mal versuchen, aber wenn du auch dieses Mal an deine Grenzen stößt, dann soll es vielleicht nicht sein.« Ich will niemandem mehr nachlaufen. Meinen Versuch habe ich getan, er hat nicht gefruchtet. Es soll wohl nicht sein.

»Und jetzt fehlt bloß noch der Spruch mit den Fischen. Mum, wenn du vieles kannst, aber keine Ratschläge geben«, lache ich.

»Immerhin hat dir das ein Lächeln entlockt.« Sie streicht über meine Wange, als wäre ich das zerbrechliche Kind, das sie immer wieder vor Egon retten musste.

»Ein bisschen.«

»Wie sieht es nun mit Hilfe aus? Trübsal blasen kannst du später in deinem Zimmer, aber allein oder mit mir und einem Glas Wein.« Mum steht auf und reicht mir die Hand, die ich gern entgegennehme. »Das hat schon was, wenn man mit der eigenen Tochter Wein trinken kann«, lächelt sie. Es ist so wunderbar, dass sie wieder die Person ist, die sie sein sollte, die sie vor allem auch für Matthias sein sollte. Die Freiheit hat sie wieder, das bringt mein Herz zum Lachen. Meine Mutter ist zurück.

»Lass uns diesen Tisch zusammenbauen«, lache ich.

»Bitte, ich versteh die Anleitung einfach nicht.«

»Bei Ikea könntest du wohl nicht arbeiten«, schubse ich sie, als wir in das Wohnzimmer gehen.

Während die Sterne über mir vorbeiziehen, kreisen die Gedanken. Von Till zu Stephan. Zwei Männer, die ich auf eine besondere Art gern habe. Till ist der bester Freund, mit dem man Spaß haben kann, der einem sein Ohr leiht. Und Stephan, an dem ich doch tatsächlich mein Herz verloren habe.

Mein Handy zerreißt diese nahezu unangenehme Stille, wenn es auch nur ganz leise piept. Ich will in der Nacht niemanden wecken. Ich fasse zu meinem neuen Nachtkästen, um mein Smartphone zu nehmen. Dieses Zimmer hat schon was, etwas mehr – ich liebe es.

Die Sterne sehen heute anders aus.

Ich lese diese Wörter und weiß sofort, wem ich diese Nummer zuordnen soll. Meine freie Hand streift wie wild durch mein Haar und die Füße treten Furchen in den Boden. Mein Herz weiß nicht, wie es sich verhalten soll.

Warum schreibt er? Nach mehr als drei Wochen Funkstille. Gut, er hatte meine Nummer nicht …

Woher hat er meine Nummer?

Ich stelle mich ans Fenster und sehe hinaus, ich habe das Gefühl, die Sterne heute gar nicht sehen zu können, als wäre eine dichte Nebelwolke davor. Hat die Angst meine Gedanken verschleiert? Ist es überhaupt noch wichtig zu denken? Wäre es nicht besser, alles zu vergessen?

Das Schicksal wollte uns nicht, also warum nun diese Nachricht, bei der ich mich beschissen fühle und mein Leben mir sagt, dass kein Mann zu meinem derzeitigen Lebensabschnitt passt. Solange ich mich nicht wohlfühle, kann auch niemand mein Herz berühren.

Gedanken ... geht fort!

Was tue ich in meiner Panik? Ich telefoniere.

»Luisa?«, fragt mich eine verschlafene Stimme, die zudem äußerst irritiert ist.

»Es tut mir so leid, es ist Gewohnheit. Ich sollte das nicht tun. Ich weiß doch, dass du eigentlich Ruhe von mir haben willst«, plapper ich in einem fort. »Ich ... ich lege einfach auf.«

»Halt«, ruft Till in das Mikrofon, so richtig laut. Er konnte ja nicht wissen, dass ich den Lautsprecher noch am Ohr liegen habe. »Leg nicht auf, Lulu«, flüstert er so zart, dass es mir schon wehtut, dass ich ihn so verletzt habe. »Wir sind nach wie vor Freunde, Lulu. Daran wird sich nie etwas ändern, wenn ich auch lernen muss, dass zwischen uns nie mehr sein wird.« Wie gern würde ich mich nun wieder entschuldigen, allerdings fürchte ich, dass es irgendwann zu viel ist.

»Okay«, hauche ich bloß. Anschließend schweige ich, zumindest für einige Zeit, denn irgendwie fühlt sich diese Stille erdrückend an, das hat es nie – wir sind uns so fremd geworden.

»Till ... es ... es tut einfach gut, deine Stimme zu hören«, bringe ich heraus.

»Deine auch«, sagt er, wenn auch sehr melancholisch. »Aber sag mal, was ist denn los?«

»Ähm ... ich hab wohl ein wenig Panik bekommen und ehe ich mich versehen habe, hab ich dich angerufen.« Ich stocke kurz und rede dann weiter. »Steven ... er hat meine Nummer, hat mir geschrieben.« Meine Stimme überschlägt sich und erst dann fällt mir ein, dass Till nicht wirklich was davon weiß, was letztens zwischen mir und Stephan geschehen ist.

»Oh Scheiße, ich sollte dich damit nicht belasten«, rufe ich zu laut und halte mir eine Hand vor den Mund.

»Luisa«, mahnt mich Till. »Rede einfach«, sagt er schließlich sachter, danach seufzt er. »Ich weiß, was mit Stephan passiert ist und es ist in Ordnung. Ich meine, du kannst ja nicht auf ewig dein Herz verschließen.« Man merkt, dass er den letzten Satz mit einem Lächeln sagt. »Ich habe ihn über das Hotel angeschrieben. Er war nicht schwer zu finden. Ich wollte ihn zuerst einschüchtern. Ich war nun mal sauer. Du warst immer irgendwie mein Mädchen. Doch ich hatte schon bei dem Gedanken ein schlechtes Gewissen, also habe ich ihm von dir erzählt. Warum du manches Mal so reagierst, wie du eben reagierst, dass du denkst, du seist für niemanden gut, weil der werte Herr Arsch lebenslang nichts anderes zu dir gesagt hat. Aber dass du die liebenswerteste Person bist, die ich kenne. Dass jeder seine Fehler hat. Dass er eventuell darüber nachdenken sollte, was er für Fehler hat, bevor er über andere urteilt und das Liebe nur funktioniert, wenn man miteinander spricht. Das war so die Kurzfassung.« Den letzten Satz haucht er bloß noch und ich bin dennoch irgendwie aufgewühlt.

»Du hast was?« Ich halte mir sogleich die Hand vor den Mund, da ich ein wenig zu laut gewesen bin und Matthias' Zimmer neben meinem ist. »Du hast was?«, frage ich also leiser nach.

»Lulu, denkst du, ich weiß nicht, dass du unglücklich bist? Ninja hat auch mit mir gesprochen. Mit der redest du ja noch, im Gegensatz zu mir.«

»Hey, Till, das ist nun nicht fair. Du hättest dich genauso melden können«, sage ich empört.

»Ja, gut. Es war ein wenig als Scherz gedacht. Wie auch immer … die Nummer hat er von mir. Ich konnte es nicht mit anhören, wie sehr du dich wegen ihm kränkst und wollte ein bisschen nachhaken. Er hat sich aber ordentlich Zeit gelassen, denn das letzte Mal habe ich mit ihm geschrieben, als du von deinem sehr kurzen Österreich-Ausflug zurückkamst.«

»Danke, Till. Also nicht weil du mich des Abhauens beschuldigst, sondern ein ganz ehrliches Danke dafür, dass du da nachgefühlt hast.« Wie soll ich ihm da böse sein, wenn er vermutlich mehr von mir erzählt hat, als mir lieb ist.

»Ich will doch bloß, dass es dir gut geht, Lulu.« Und das sind Tills ehrliche Worte, sie rühren mich zu Tränen. »Weinst du?«, fragt er besorgt nach.

»Ein kleines bisschen vielleicht«, nuschele ich und schniefe.

»Schreib ihm zurück. Er ist wohl auch nur gekränkt, aber ich habe da so die Ahnung, dass er dich mehr mag.«

»Okay«, flüster ich und wische mir die Tränen weg. »Danke für alles, Till.«

»Sehr gern, Lulu. Was tut man nicht für Freunde und dazu zähl ich dich, allerdings ohne Vorzüge«, lacht er auf, ehe er weiterspricht. »Und berichte, aber lass dir nicht wieder drei Wochen Zeit, bis ich was von dir höre.«

»Jaha.«

»Ich kann deine Augen rollen hören.«

»Gut so und du Mister Voigt, du könntest dich doch auch melden.«

»Keine Sorge, der Bann ist mit dem heutigen Tag gebrochen, denn so schnell wirst du mich nicht los.« Ohne dass er sich von mir verabschiedet, legt er auf.

Ich starre danach gefühlte Stunden auf das schwarze Display des Handys, bis ich mich dazu entschließe, Stephan endlich Antwort zu geben.

Vielleicht ist es nur der Himmel, die Sterne sind doch eigentlich immer da.

Danach lege ich das Handy schnell auf das Bett und starre es von der Ferne an, da mich aber sogar das irre macht, lege ich noch das Kissen darüber. Blöd ist nur, dass es auch durch mehrere Schichten Daunen durchvibriert. Daher gehe ich langsam dorthin, als wäre eine Bombe darunter versteckt und hebe das Kissen.

Es ist so, als würden sie alle sehen, nur ich nicht.

Mehr nicht. Diese Nachricht bietet mir noch nicht einmal die Möglichkeit, eine ordentliche Antwort zu geben.

Frustriert setze ich mich auf mein Bett und streiche durch mein Haar. Ich weiß nicht, was ich erwarte, was mein Herz erwartet. Vielleicht doch … ich will, dass sie leuchten – die Sterne, sodass sie bis in mein Herz strahlen, als würden sie die dunkelste Nacht erwärmen. Aber das Gefühl lässt auf sich warten.

Gerade als ich mich auf meinen Rücken werfen will, vibriert das Smartphone wieder.

Sieh doch mal aus deinem Fenster.

So sehr mich die vorherigen Worte ein wenig kalt gelassen haben, so nervös machen mich diese nun. Und ich überlege tatsächlich, ob ich hinaussehen soll oder nicht. Einfach weil ich verdammten Schiss habe vor dem, was ich sehen könnte.

Mit geschlossenen Augen taste ich mich daher bis zu meinem Fenster, halte mich am Fenstersims fest, die Lider nach wie vor geschlossen. Mein Herz rast zu sehr, die Nerven gehen mit mir durch. Und würden sich meine Hände nicht am Sims festhalten, hätten die Knie längst aufgegeben.

Und wenn ich sie nun öffne, steht er da?

Also tue ich es und blicke auf ein Lichtermeer vor meinem Fenster – ein Herz.

Skepsis macht sich breit, sie fragt mich, was das nun soll. Vor Wochen hat er kein Wort mit mir wechseln wollen und heute …

Er ist extra zu dir gereist, Lulu.

»Und ich zu ihm«, flüster ich zu mir selbst.

Außerdem ist er nicht zu sehen.

Aber weil ich eine Frau bin oder weil ich einfach nur ich bin, packt mich die Neugierde. Ich schnappe mir bloß den Hoodie vom Stuhl und ziehe ihn mir über. Auf Zehenspitzen schleiche ich in den Flur, ich weiß leider noch nicht, welche Diele knarrt und welche nicht, und wie auf Kommando trete ich selbstverständlich auf die knarrende. In der Stille hört es sich immer doppelt so laut an. Leise gehe ich weiter, schlüpfe noch in meine Chucks und gehe mit Schlüssel bewaffnet aus der Wohnung. Jede Stufe, die mich abwärts führt, klopft das Herz schneller, lauter und unregelmäßiger. An der Tür, die mich schließlich endgültig nach draußen führt, halte ich an und atme durch. Meine Gedanken kreisen nicht nur um ihn, sondern darum, was mir guttut.

»Wenn du ihn sehen willst, dann geh nun endlich da hinaus«, sage ich als Motivation zu mir. Denn ja, das will ich irgendwie, denn ich vermute, dass da mehr als nur dieser Sommerflirt dahintersteckt.

Tür auf und das mit geschlossenen Augenlidern. Aber der kühle Wind lässt sie mich öffnen und ich gehe in die Stille auf die andere Straßenseite, wo gute hundert Teelichter leuchten. Genau davor bleibe ich stehen und es schummelt sich ein Lächeln auf meine Lippen.

»Ich dachte, wenn ich Blumen von daheim mitnehme, verwelken die in der Zwischenzeit.« Seine Stimme ist nur ein Hauch und doch so dicht an mir, dass mir Gänsehaut über den Körper rieselt. Wenn man denkt, dass man nicht mehr nervöser werden kann, wird man es. Steven ist verdammt nahe an mir dran und ich weiß, dass er versucht ist, mich zu berühren, mich zu umarmen. So ging es mir auch, als ich bei ihm gewesen bin.

»Eigentlich hätte ich dir gern die Sterne vom Himmel geholt, aber das wäre sogar für meinen Geschmack zu kitschig gewesen.« Ich kann mich nicht umdrehen, denn ich bin nicht mutig genug – es fehlt das Vertrauen.

»Luisa«, flüstert er. »Ich weiß, dass wir nicht den besten Start hingelegt haben, doch ich hatte Zeit und habe nachgedacht.«

»Du Idiot!«, drehe ich mich schließlich um. »Manchmal sollte man nicht nachdenken.« Die erste Träne läuft an der Wange hinab, während ich mit den Fäusten auf seine Brust schlage. Ich weiß es nicht, aber ich bin mit einem Mal einfach nur wütend auf ihn. »Du bist so ein Idiot. Ich bin vor drei Wochen zu dir gefahren, hab dir mein Herz ausgeschüttet und du … du hast verdammt noch mal geschwiegen.« Nach wie vor hämmer ich auf seinen Brustkorb und er lässt es über sich ergehen, ohne ein Wort darüber zu verlieren, dass ich ihm wehtue.

»Luisa«, flüstert er und das reicht vollkommen aus, um mich zum Aufhören zu bringen, denn es ist nicht nur mein Name, den er gerade ausgesprochen hat, sondern die gesamte Emotion dahinter, die er damit ausspricht. Wie gern würde ich ihm nun um den Hals fallen und nie wieder loslassen. Jedoch ist das nicht so leicht.

»Wir haben beide Fehler gemacht«, beteuert er. Genau in diesem Punkt hat er recht und es lässt mich in seine Augen sehen. Wenn es auch dunkel ist, erleuchtet die Straßenlaterne seine Augen und darin sind sie – die Sterne.

»Es tut mir leid«, hauche ich automatisch, dabei stehen wir uns so verdammt nahe, dass wir uns berühren könnten, würde sich einer von uns bewegen, allerdings wagt es niemand.

»Entschuldige dich nicht, okay?« Ich nicke und zitter sogleich. Die Nächte haben es mittlerweile ganz schön in sich.

»Lass uns reingehen, dir ist ja kalt.« Und dann tut er es doch, er legt seine Hände auf meine Oberarme und reibt sie ein wenig warm. In diesem Moment merke ich, wie angespannt ich dagestanden habe, denn meine Muskeln lassen nach und schmerzen, als hätte ich Sport betrieben.

»Nicht zu mir, Matthias und Vera sind im Bett.« Fragend sieht er mich an. »Mum und mein kleiner Bruder«, kläre ich die Situation auf.

»Okay, dann in das Hotel.« Zögerlich sehe ich ihn an und gehe etliche Schritt rückwärts, bis mich seine Hände nicht mehr berühren können. »Ohne Hintergedanken, Lulu.«

»Gut«, hauche ich, unterdessen streckt Stephan seine Hand aus, die ich allerdings nicht annehme, daher zieht er seine zurück.

Stephan führt mich zu seinem Auto, hält mir die Tür auf und wartet, bis ich eingestiegen bin.

»So kenn ich dich gar nicht, also diesen Gentleman, der einer Frau die Tür öffnet.« Meine erste Scheu ist wieder verflogen und das freche Mädchen kommt wieder zum Vorschein, vielleicht ist es auch einfach reines Ablenkungsmanöver.

»Ja …« Steven zieht scharf Luft durch die Zähne ein. »Ich habe wohl einiges gutzumachen.«

»Aber das wirst du so nicht schaffen. Also nicht, dass es nicht absolut nett ist, wenn man von einem Mann die Autotür geöffnet bekommt, allerdings … nun ja … du weißt vermutlich, was ich zu sagen versuche.« Lächelnd nickt er und fährt los. Schweigend sitzen wir nebeneinander, aber diese Stille ist nicht unangenehm, sondern vielmehr beruhigend, weil ich weiß, dass die Person neben mir die ist, nach der mein Herz verlangt.

. . .

In seinem Hotelzimmer sitzen wir einfach nur auf dem Bett, ab und an berühren sich unsere Schultern oder die Fingerspitzen. Es ist ein Herantasten an diese ungewöhnliche Situation.

»Ich wusste nicht, wie ich auf dich und meinen Bruder reagieren sollte«, bricht er schließlich das Schweigen. »Wut und ja … Eifersucht machten sich in mir breit, als ich ihn und dich gesehen habe. Luisa … ich … noch nie habe ich so etwas gefühlt. Noch nicht mal damals, als es sozusagen das erste Mal passiert ist.« Der Schmerz in Stephans Stimme ist kaum zu überhören, sein Blick wandert zudem immer wieder von mir ab, als wäre es ihm unangenehm. Aber das muss es nicht.

»Ich kann dich verstehen.« Ich sehe ihn an und beiße mir außerdem auf die Unterlippe. Sie hat schon lange nicht mehr gelitten, also dachte ich mir, es wird wieder Zeit, sie ein wenig zu beleidigen. Stephan rückt näher ran, ich vermute, dass er es unbemerkt machen wollte, allerdings ist es sehr offensichtlich.

»Und nun?«, frage ich leise. Ein Ziehen in der Magengegend zeigt mir zusätzlich zum Klopfen des Herzens, wie nervös ich eigentlich bin.

»Werden wir einen Weg finden müssen, wie wir trotz der Entfernung zusammen sein können«, flüstert er und ist mittlerweile so nahe, dass sich unsere Lippen berühren könnten. Ich schließe die Augenlider und lehne mich instinktiv ein kleines Stück näher an ihn ran und lege meine Hände um seinen Nacken.

»Es tut mir leid, Lulu«, haucht er.

»Scht…«, ist alles, was ich noch sage, ehe sich unsere Lippen endgültig treffen. Sie liegen nur aufeinander und doch fühlt es sich so vollkommen an. Die Augen halte ich geschlossen, denn ich will bloß fühlen, will die guten Emotionen in mir hervorholen, die sich seit Wochen in mir aufgestaut haben, sobald ich an Stephan gedacht habe.

Und trotzdem breche ich den Kuss ab, drücke mich von Steven weg, weil es sich im selben Moment genau richtig und dennoch falsch anfühlt.

»Alles in Ordnung?«, fragt er bedacht nach. Eindringlich sehe ich ihn an, ehe ich zu sprechen beginne.

»Nein, ich weiß nicht, wie richtig das in diesem Augenblick ist, wo diese Kluft zwischen uns ist, ich kann sie verdammt noch mal spüren. Und wenn ich dich nun weiterhin küsse, weiß ich zwar, dass ich irgendwie über diese Kluft für diesen kurzen Augenblick klettern kann, aber sobald das … dieser Kuss, diese … was weiter geschieht, vorüber ist, falle ich«, rede ich mich in Rage. »Und das bestimmt tief … tiefer als ich es im Moment bin«, flüster ich und schnappe danach nach Luft. Stephan sieht mich mit diesem Verständnis an, als würde ich ihm aus der Seele sprechen und doch verliert er kein Wort darüber, sondern fährt sich zum x-ten Mal mit der Hand durch die Haare. Ein klares Zeichen, dass er richtig aufgeregt ist.

»Mein Leben ist ein Chaoshaufen, den ich aufräumen muss. Du weißt so viel nicht.« Schmerz durchfährt mich.

»Dann sag es mir. Erzähle mir, wer du bist«, wispert er und seufzt zugleich. Aber ich schüttele meinen Kopf.

Schließlich stehe ich auf, seine Wärme ist mir mit einem Mal zu viel, das, obwohl wir uns längst nicht mehr berühren. Jedoch könnte ich diese Ausstrahlung vermutlich durch eine Wand fühlen.

»Dieses Mal sage ich es, Stephan.« Mit jedem Wort zittert meine Stimme mehr. »Wenn es mir auch verdammt schwerfällt und wenn …« Ich sehe zu Boden, da sich die Tränen am Unterlid sammeln. »Manchmal ist jeder Kampf zu viel, wenn man die Person auch noch so gern mag. Allerdings … ich bin nicht mutig genug«, hauche ich, während sich die Tränen nicht mehr aufhalten lassen. Schritt für Schritt gehe ich rückwärts, unterdessen steht Steven auch auf und geht im selben Tempo immer einen Schritt vorwärts.

»Luisa …« Mein Name aus seinem Mund klingt schmerzverzerrt. Aber genau er müsste es verstehen, ist er es schließlich gewesen, der mich das letzte Mal hat sitzen lassen.

»Ich weiß, was ich fühle«, flüster ich. »Ich weiß aber auch, dass es zwischen uns nicht klappen kann, wenn mein Leben nicht geregelt ist.«

»Sag das nicht.« Stephans Gesichtsausdruck ist bedrückt, betrübt und zerbrochen, wie wohl auch sein Herz, auf dem ich gerade herumtrampel. »Es gibt immer einen Weg.« Ich schüttele darauf bloß den Kopf – vehement.

»Du hattest recht, Stephan«, kommt noch irgendwie stockend aus mir heraus, denn die Tränen nehmen mir nicht nur die Sicht, sondern auch die Stimme. »Heute sehen die Sterne anders aus.« Meinen Magen krampft es zusammen, weil ich ihn im Grunde nicht gehen lassen will, und doch ist es nicht der richtige Zeitpunkt, das weiß ich nun, da Stephan vor mir steht.

»Tut mir leid.« Mit den Worten drehe ich mich um und bewege mich in Richtung Tür, doch kurz davor legen sich seine Finger um mein Handgelenk – sachte wie eine Feder.

»Nicht, Luisa.« Wer sagt, dass Männer nicht fühlen können, irrt sich. Stephan ist wohl nicht nach einem Lächeln und seine Augen glänzen verdächtig nach Tränen. Aber in diesem Moment bin ich hart. Meine Hand entfernt seine.

»Nicht zu diesem Zeitpunkt«, flüster ich und versuche, ein Lächeln zu zeigen, ehe ich in mein Leben gehe.

KAPITEL 30

*J*n einem Jahr passiert verdammt viel.

Ein Jahr kann wie zehn sein, ein Jahr kann wie eine Woche sein, ein Jahr kann wie ein Tag sein.

Ein Jahr kann aber auch einfach nur eine elende Ewigkeit sein.

Ein Jahr kann erheiternd sein.

Ein Jahr ist Veränderung.

Ein Jahr ist Leben.

Ein Jahr ist Familie.

»Lulu! Es geht nicht mehr.« Matthias ruft nach mir, während ich meinen wunderbaren Gedanken nachhänge, beinahe wunderbar. An alles will man nicht zurückdenken.

»Du solltest zu ihm gehen«, lacht Till. »Dein Bruder klingt äußerst verzweifelt.« Ich pruste Luft durch meine Lippen.

»Bleibt mir wohl nichts anderes über«, murre ich, dabei wäre ich so gern noch im Bett geblieben.

»Lulu!«, brüllt er wieder aus dem Wohnzimmer. Genervt steige ich aus dem Bett und gehe seufzend aus meinem Zimmer.

Ferien, wer hat sich das wieder ausgedacht … Okay, ich gebe es zu, dass ich sie auch richtig genieße, wenn ich nach wie vor zwanzig Stunden die Woche arbeiten bin, allerdings ist der Lernstress vorbei. Aber nur noch ein Jahr, dann … dann kann ich meinen Traum zu Ende leben und meine Klamotten verkaufen als ausgelernte Modedesignerin. Mich wundert es ja nun schon, dass überhaupt irgendwer meine Sachen kauft, ich habe mir einfach gedacht, dass ich mal so einen kleinen Onlineshop eröffne und es klappt, zwar reicht es nicht zum Leben, aber dafür hab ich da noch den anderen Job. Und doch wachse ich und habe mehr und mehr Kundschaft.

Ja … in einem Jahr kann verdammt viel passieren.

»Luisa! Es geht nicht mehr.«

»Was denn?«, frage ich genervt, als ich in das Wohnzimmer trete, und stemme eine Hand in die Hüfte, zudem sehe ich ihn mit großen Augen an.

»Dein Handy, es geht nicht mehr«, sagt er mit einem Mal sehr kleinlaut, er wagt es nicht mal, mich anzusehen.

»Matthias, was machst du schon wieder mit meinem Telefon?« Ich gehe erst gar nicht darauf ein, dass es nicht funktioniert. Das Problem sehe ich mir später an, viel mehr interessiert mich, was er mit meinem Gerät zu tun hat, wo ich ihn gebeten habe, sein Chaos zu beseitigen.

»Ich wollte mein Zimmer nicht mehr aufräumen. Ich weiß doch gar nicht, wo ich beginnen soll. Da ist so ein Durcheinander.« Erstaunt sieht er mich an, als wüsste er nicht, wie das hat passieren können.

»Nun stell dir mal vor, wer das verursacht hat.«

»Ja, das frage ich mich die ganze Zeit«, sagt er mit vollem Ernst. »Und wenn ich denjenigen finde, würde ich ihm auch sagen, dass er das getrost wieder wegräumen kann, aber er ist nicht hier, also hab ich einfach aufgegeben.« Diese Ausrede ist so süß, dass ich ihm nicht böse sein kann.

»Also dachtest du dir, dass du mein Handy nimmst.« Ich gehe zu ihm und wuschele durch sein Haar.

»Ja. Du benutzt es ja sowieso nie«, nuschelt er. »Aber es will nicht mehr.« Unschuldig sieht er mich an.

»Ab und an benutze ich es doch. Nicht oft, da hast du wohl recht.« Er drückt es mir in die Hand, es ist verdammt heiß und ich vermute bloß, dass er viel zu viel gespielt hat und der Akku aufgegeben hat.

»Ich stecke es mal an, mag sein, dass das hilft«, zwinker ich ihm zu.

»Darf …« Weiter lasse ich ihn nicht sprechen, da ich weiß, was nun kommt.

»Nein, Matthias. Du weißt, dass ich selten ein *Nein* zu dir sage, wenn du mich wegen des Handys fragst, aber irgendwann ist Schluss, vor allem dann, wenn du mich nicht fragst.« Murrend senkt er den Kopf. Er versteht schon, was er falsch gemacht hat, und genau deswegen ist er angepisst. Ich denke, auf sich selbst.

»Hol mal die Post, Kleiner. Vielleicht macht das ein wenig gut«, zwinker ich ihm zu. Auf der Stelle läuft er los. Hach … wie einfach ist es doch gewesen, als man noch Kind war. Wobei … meine Kindheit hatte wenig mit Heiterkeit zu tun, vielleicht sollte ich Matthias nicht zu sehr verwöhnen, aber ich versuche irgendwie, all das wiedergutzumachen, was *er* falsch gemacht hat. Mum ebenso.

»Das wird das verzogenste Kind überhaupt werden«, murmele ich zu mir selbst und könnte mir auf die Stirn klatschen.

»Das sagte man von mir auch immer.« Till erschreckt mich, als er plötzlich hinter mir steht. »Schließlich bin ich ein Einzelkind.«

»Mensch, Till. Nicht lustig.« Böse sehe ich ihn an, während die andere Hand über meinem zu schnell schlagenden Herzen liegt.

»Wie du meinst.« Er presst die Lippen aufeinander, um sich das laute Auflachen zu verkneifen, und geht an mir vorbei, jedoch nicht, ohne dass er mich leicht an der Hand berührt. »Soll ich uns heute etwas kochen?«, fragt er vor geöffnetem Kühlschrank.

»Wie du möchtest, ansonsten bestellen wir Pizza«, zucke ich mit den Schultern.

»Nein, dann koche ich lieber. Immer dieser Fertigfraß …«

»Wenn der Mann kochen kann, sollte man ihn lassen … hab es verstanden«, lache ich, gehe zu ihm und lehne mich an der Küchenzeile an. »Dann tu dir keinen Zwang an. Mum, Matthias und ich werden es genießen«, grinse ich.

»Was tätet ihr wohl ohne mich?« Kopfschüttelnd sieht er mich an.

»Pizza bestellen«, sage ich mit vollem Ernst. »Nein, ich kann ja kochen, wenn ich will. Aber man muss nicht immer dazu Lust haben.« Ich drehe mich um, hole mir eine Tasse aus dem Schrank und lasse Kaffee einlaufen.

»Hauptsache, du hast deinen Kaffee«, lacht er.

»Richtig.« Ohne Kaffee wäre die Welt ja nur halb so schön.

»Lulu, du hast Post bekommen«, ruft Matthias, obwohl er schon beinahe neben mir steht und mit einem Brief vor meinem Gesicht winkt.

»Kleiner, ich stehe neben dir, du musst nicht so brüllen«, lache ich und reibe mein piependes Ohr. Er grinst bloß und zuckt mit den Schultern. »Ich dachte, du hörst nicht mehr gut, weil du schon so alt bist.« Seine Mundwinkel sind bei den Ohren.

»Du Frechdachs, du wirst noch sehen, wenn du in mein ›Alter‹ kommst. Aber frag mal Till, der ist vermutlich taub, er ist schließlich drei Jahre älter als ich.«

»So was dachte ich mir längst, er hat sogar Falten auf der Stirn.« Mit aufgerissenen Augen sieht mich Till an, danach kneift er seine Augen zusammen und gafft Matthias an.

»Sagt mal … ihr werdet hier immer frecher. Ich lass das gleich stehen und gehe nach Hause.« Gespielte Empörung ist von ihm zu hören.

»Oh nein.« Theatralisch hängt sich Matthias an sein Bein. Er ist so ein Schauspieler.

»Nein, ich will ja doch nicht nach Hause, denn da wartet die Arbeit.«

»Morgen aber auch noch und das vermutlich sogar mehr, weil du heute, so wie ich annehme, nichts mehr tun wirst.« Mit gehobenen Augenbrauen sehe ich ihn an.

»Mag sein, aber daran denke ich morgen. Heute bleibe ich bei euch.«

»Oh ja!«, schreit mein kleiner Bruder und wirbelt wie wild im Wohnzimmer umher.

»Er mag dich nach wie vor wahnsinnig gern«, lächle ich Till an. Darüber kann ich mich bloß freuen, denn ich finde es wichtig, dass Matthias auch eine männliche Bezugsperson in seinem Leben hat, die wird er früher oder später dringend benötigen.

»Er ist auch ziemlich cool, so wie seine Schwester, die mir vor einem Jahr das Herz rausgerissen hat.« Bestürzt legt er seine Hand auf die Brust und schnieft.

»Idiot!«, kicher ich und schlage ihm leicht auf den Oberarm. Danach lächelt er mich allerdings liebevoll an.

»Nein im Ernst. Es ist wunderbar, dass wir wieder so miteinander umgehen können«, seufzt er.

»Umgehen ... aber ja ... das finde ich auch. Und ich habe dich verdammt vermisst, doch das habe ich dir damals im November schon gesagt. Ich hasse Funkstille zwischen uns.« Mit einem Lächeln trete ich an ihn heran und lege meine Arme um ihn, den Kopf lehne ich an seiner Schulter an. Sachte streicht er meinen Rücken entlang. Es tut einfach gut, vor allem deswegen, weil ich kein schlechtes Gewissen mehr habe, dass ich ihn vielleicht ein wenig für meine Bedürfnisse ausgenutzt habe.

»Aber nun ran an den Herd, Herr Voigt.«

»Aye, aye Ma'am ...« Till lässt locker und durchforstet weiter unseren Kühlschrank, während ich mich auf die Arbeitsfläche setze, um zuzusehen.

»Du könntest mir helfen, dabei eventuell auch etwas

lernen.« Fragend sieht er mich an, doch ich rümpfe bloß die Nase und gebe ein »Nö« von mir und winke mit dem Brief.

Ohne auf den Absender zu achten, reiße ich das Ding auf.

Sehr geehrte Frau Luisa Marie Becker

Till bricht in schallendes Gelächter aus. »Du heißt Marie?«

»Ah du Idiot, hast du etwa mitgelesen?« Ich stopfe den Brief hinter mich und setze mich ein wenig darauf.

»Bloß die Anrede.« Ich weiß ja selbst nicht, was sich meine Mutter bei Marie gedacht hat, es hat wohl zu Luisa gepasst.

»Schon mal etwas von Briefgeheimnis gehört? Zurück an den Herd mit dir.« Mit dem Fuß verpasse ich ihm einen Tritt in den Hintern. »Ich lese, du kochst. Ich lese allerdings leise.« Darauf sagt er nichts mehr, es liegt wohl auch an dem Lachen, das er sich nach wie vor zu verkneifen versucht.

Sehr geehrte Frau Luisa Marie Becker,

mit Bedauern mussten wir als Unternehmen feststellen, dass Sie Ihre Sommerstelle bei uns nicht angenommen haben. Nach wie vor wäre diese Stelle für Sie offen.

Einstieg wäre ab sofort.

Mit Bitte um rasche Antwort verbleibe ich,

Stephan Weißenbach

Nur gut, dass ich sitze, und doch wäre mir in diesem Moment ein Boden unter den Füßen lieber. Irgendwie zittert alles an mir. Ich blinzle zum tausendsten Mal, meine Augen können nichts fixieren.

Wenn man nach einem knappen Jahr denkt, dass man alles vergessen hat, beinahe, dann das und es kommt mit diesen wenigen Worten zurück.

Das Gefühl, die Wärme von innen zu spüren, die Emotion der Geborgenheit um einen herum.

Die Liebe, die ich im Herzen vermisse.

Die Seele, die nach einer Person verlangt.

»Lulu?« Till legt vorsichtig seine Hände auf meine Schulter, wir befinden uns in diesem Augenblick auf Augenhöhe und doch gelingt es mir nicht, ihn zu fixieren. Nervös blicke ich mich um, wo ich doch weiß, dass er nicht hier ist. Das habe ich ihm letztes Jahr wohl deutlich gezeigt.

»Ist alles in Ordnung mit dir? Du siehst mit einem Mal verdammt blass aus und das bist du ja auch so und das liegt dieses Mal nicht an der türkisen Haarfarbe.« Ich brauchte Veränderung, mit Haarfarbe geht es nun mal richtig gut und schnell. Ohne ein Wort drücke ich Till den Brief in die Hand, schnell liest er darüber.

Ich könnte mir nun denken, dass der Brief bloß eine blöde Anmache ist, allerdings wer tut das nach einem langen Jahr? Stephan mag mich.

Anschließend sieht er mich an, betrübt oder doch einfach nur neutral, kann ich nicht sagen. Im Grunde egal.

»Antworte ihm«, kommt hauchend aus dem Mund meines besten Freundes und ich weiß, wie viel Überwindung ihn diese Aussage kostet. Gefühle lassen sich nämlich nicht mit einem Fingerschnipser abstellen. Darüber könnten er und ich ein Lied singen. Allerdings weiß ich, dass er es aus dem Herzen sagt, da er mich glücklich sehen will, denn auch wenn ich ihm zwanzigtausend Mal versichere, dass ich es bin, glaubt er mir dennoch nicht, so lange, bis ich meinen Seelenfrieden gefunden habe. Und vielleicht ist das der Mann in Österreich, jetzt, wo mein Leben wieder in geregelten Bahnen verläuft, wo ich das Gefühl habe, dass ich alles unter Kontrolle habe.

»Fahr zu ihm … wenn du ihn noch willst.«

»Ich … ich kann nicht meine Prinzipien über den Haufen werfen«, piepse ich dennoch. Ich bin bloß froh, dass Matthias mein Elend nicht mit ansehen muss, er hat sich längst in sein Zimmer verkrümelt.

»Welche Prinzipien? Die, die dir sagen, dass du niemals mit einer Person, mit der du schon mal liiert gewesen bist, ein weiteres Mal etwas anfangen kannst? Oder die, die dir sagen, dass du nicht gut genug bist? Alles Bullshit.« Er schüttelt den Kopf. »Oder ist es der verletzte Stolz, der dir nach wie vor einzutrichtern versucht, dass du nicht mutig genug bist, um zu vertrauen?«

»Menschen tun schreckliche Sachen, da kann man doch niemandem vertrauen.« Eindringlich sieht mich Till an. »Du bist die Ausnahme«, nuschele ich.

»Und vielleicht ist es Steven auch, aber das wirst du nur dann herausfinden, wenn du mit ihm sprichst, und dabei meine ich sprechen. Ich weiß, dass es schnell ausarten kann. Redet miteinander, was euch wichtig ist. Wie ihr die kilometerweite Entfernung bewerkstelligen könnt, aber … und das ist ein positives Aber … redet nicht über Vergangenes. Ihr habt euch gegenseitig verletzt, ihr müsst es kein weiteres Mal aufleben lassen.« Ich kämpfe mit den Tränen, während Till mir diese wunderbare Ansprache hält.

»Danke, Till«, murmele ich und falle ihm um den Hals.

»Geheule schon zu Mittag?«, begrüßt uns Mum. Till lässt los und ich wische mir das Gesicht ab. Anstelle einer Antwort drücke ich ihr den Brief in die Hand.

»Na los«, ermutigt sie mich. »Guck nach, wann der nächste Zug fährt, und hau ab. Wir schaffen es auch ohne dich ganz gut. Wir haben schließlich Till«, lächelt und zwinkert sie ihm zu. »Auf den Kerl ist einfach Verlass und ich glaube auch, dass er unsere Familie mag.« Till lächelt zurück und nickt.

»Okay«, flüster ich, springe von der Arbeitsfläche, drücke Vera und gebe dann Till ein Küsschen auf die Wange, ehe ich in mein Zimmer gehe, um nach einer passenden Verbindung zu suchen, um meinen Seelenfrieden zu finden, mein Zuhause, in dem die Sterne am hellsten leuchten, in dem ich stark bin.

Ende

LIEBE LESER

Ich möchte mich recht herzlich bedanken, dass Du mich mit dem Kauf meines Romans unterstützt hast.

Hoffentlich konnte ich Dir einige nette Stunden bereiten.

Als Indie-Autorin ist mir Deine Meinung und Weiterempfehlung sehr wichtig. Besonders Rezensionen sind sehr wertvoll, weshalb ich mich freuen würde, eine kurze Bewertung von Dir im jeweiligen Shop lesen zu dürfen.

Für persönlichen Kontakt oder weitere Informationen zu meinen Büchern besuche doch gleich meine Webseite und folge mir auf allen gängigen Social-Media-Plattformen.

www.elibeth.at

 facebook.com/elibeth.at

instagram.com/elibeth.at